1

… Wand des … laktischen … n eine gei- … zig große Kreatur; zwischen den Reißzähnen in ihrem Maul ragte widerlich ein menschlicher Arm heraus. Dieser Chinger war ein besonders abscheuliches Exemplar seiner Rasse; auf seinen rasierklingenscharfen Schuppen glänzten sadistische Schlaglichter, und seine Klauen sahen wie frisch geschliffene Sicheln aus. Die Augen des ekligen Geschöpfs leuchteten teuflisch böse, während mit Menschenblut vermischter Speichel über den grünen Körper zu den muskelgeschwellten Beinen und dem züchtig in chartreuse- und silberblitzfarbige Kunstlederhaut gehüllten Schwanz floß. In den rautenförmigen Facetten der Augen glimmte wilde, hypnotische Bösartigkeit. Das Ding sieht wie das abstoßende Resultat eines verdruckten Exemplars der bisexuellen sadomasochistischen Comics aus, dachte Sergeant Bill von Phigerinadon II. Er zog die Schamstadt-Comics bei weitem vor.

TÖTE EINEN CHINGER FÜR KRISHNA! forderten die dreidimensionalen Buchstaben, die wie psychedelische Frisierladen-Reklame leuchteten und rotierten.

Bill starrte das Ding nachdenklich an, während er die abstoßenden Reste der morgendlichen Schüssel Schlick zwischen seinen Zähnen herausputzte.

»Ganz schön beeindruckend, was?« fragte der Mann hinter dem Pult. Laut einer flackernden Holoplatte hieß er HERVIL MAGERMILKTOAST. »Das ist der neue Entwurf aus des Kaisers eigenem Büro für genaue und effiziente Information.« Der Kerl war der typische Bürohengst, klein, dumm und uneffizient, und sah offenbar infolge eines Geburtsfehlers wie ein Krokodil aus: grüne Haut, Höcker, spitze Zähne und so weiter. In der Galaxis trieben sich jede Menge Mutanten herum, und solange es Strahlung und verpatzte genetische Genspaltung gab, und die Produzenten der Hollywoodwelt die Erlaubnis hatten, weiter zu reproduzieren, würde es sie immer geben. Aber das ging in Ordnung, denn man mußte Menschen haben, die die Galaktische Bürokratie in Gang hielten, während jeder zweite diensttaugliche Hurensohn gewaltsam für die Trooper rekrutiert wurde und die Kreditschulden des Kaisers bezahlte. Solange sie irgendwo hinter den Alien-Augen ein Gehirn besaßen, ihren Computerterminal im Zweifingersystem bedienen konnten und die Kabel des Fernmeldesystems nicht durch ihren Geifer durchschmorten, gaben sie prima Bürohengste ab. »Angeblich hat man einen echten Chinger als Fotoreferenz benützt. Und einen echten Arm. Es gab einen Skandal, als der Chinger ihn schnappte und sie ihn nicht dem Kerl zurückgeben konnten, der ihn ihnen geliehen hatte – aber da sieht man's wieder. Man kann einem Chinger nicht über den Weg trauen …« Er zog den Finger aus dem höhlenartigen Nasenloch, betrachtete ihn unglücklich, steckte ihn wieder hinein und begann, kräftig zu wühlen. »Hmmm. Was wollte ich wirklich sagen?«

An diesem Exemplar aus dem Sears und Geckbock Katalog schien nur etwas normal zu sein. Bill beugte sich über das Pult und setzte sein bestes Galaktischer-Trooper-ist-nett-Grinsen auf. »Sie haben da einen hübschen Fuß, Grünling«, erklärte er.

»Wie bitte?« Der Bürokrat hörte auf, in der Nase zu bohren, beugte sich vor und blinzelte heftig.

»Ich habe gesagt, ein hübscher Fuß. Das heißt, er wäre es, wenn Sie ihn nicht in dem Schuh versteckten. Macht es Ihnen was aus, wenn ich ihn mir ansehe?«

»Hm … Mister Trooper …«

»Ich heiße Bill, Kumpel. Trooper Bill.« Bill beherrschte sich, sonst hätte er den Mann am Hals gepackt und ihn freundlich und liebevoll mit dem Ausbilder/Rekrutierungsoffizier-Griff erwürgt. Sie befanden sich hier nicht in einem Ausbildungslager, aber Bill setzte trotzdem sein Lieblingsspiel ›Füßeln‹ fort – allerdings in einer seltsamen, verschrobenen Form.

»Trooper Bill. Habe ich Sie richtig verstanden? Sie wollen sich meinen *Fuß* ansehen?«

»Ja. Ich bin scharf auf Füße. Von mir aus nennen Sie es ein Fußpflegeproblem. Der Gehirnklempner hat es Pädophilie genannt. Und ich habe auch ein kleines Problem mit meinem Fuß. Ich kann nicht widerstehen – meine kleine Zehe fängt an zu jucken – ich kann mich nicht beherrschen – krrr!«

Bill hob ohne weitere Umstände das Bein, knallte den nackten Fuß auf den Schreibtisch des Saurier-Bürokraten und kratzte sich begeistert an der Zehe. Das war vielleicht ein Fuß! Er hatte zwölf Zehen, goldene Zehennägel – und die Haut wies das königliche Schottenmuster auf.

Dem Kerl traten die Augen beeindruckend aus den Höhlen, sein Unterkiefer klappte herunter – und klappte mit drohend knirschenden Reißzähnen wieder zu.

»Ich freß 'nen Besen! Das ist vielleicht ein Fuß. Darf ich mir erlauben zu fragen – was ist geschehen?«

»Ich erzähle Ihnen, was geschehen ist. Rein zufällig schoß ich mir auf einem Planeten namens Veneria den Originalfuß ab, das ist geschehen.« Bill schniefte voll Selbstmitleid bei der Erinnerung. »Das geht gar nicht so einfach, wissen Sie!«

»Aber … aber … ich will mir nichts herausnehmen, aber …« Die Stimme des Kerls klang ekelhaft winselnd, so ähnlich wie ein Juxkissen, das wie eine Blähung jault, wenn man sich draufsetzt – »warum?«

»Einfach. Es war die einzige Möglichkeit, von dem Planeten wegzukommen. Sie mußten mich woanders hin verlegen, weil sie keine Ersatzfüße mehr hatten. Schließlich gaben sie mir einen neuen Fuß und schickten mich zum nächsten Einsatz. Aber es war wenigstens ein anderer Planet.«

»*Diesen* Fuß?« fragte Herv.

»Nicht diesen, Idiot, einen andern. Ich habe so viele Füße gehabt, daß sie aneinandergereiht eine Meile lang wären. Ich habe so viele Füße gehabt, daß ich mir wie das Labor eines Fußpflegers vorkomme. Ich habe so viele Füße gehabt...«

Der Kerl sah ihn seltsam verängstigt an. »Ich verstehe«, grinste er affektiert. »Ich habe gehört, daß ihr Trooper auf den Schlachtschiffen jahrelang ohne weibliche Gesellschaft eingesperrt seid. Davon kriegt man einen Knacks – und das kommt oft vor, habe ich gehört. Sie haben es eben mit den Füßen.«

Bill runzelte drohend die Stirn und beugte sich über das Pult. »Gib acht, Bowb. Du behauptest, daß ich pervers bin?«

»Nein, nein, Trooper Bill«, winselte der Schreiber und wich zurück, weil ihm plötzlich die schwellenden Kappen-, Trizeps- und Deltamuskeln auffielen, die sich auf Bills Körper wie ein aufgepumpter Tauchanzug wölbten. »Hören Sie, es ist für mich einfach nicht normal, herbestellten Troopern meinen Fuß zu zeigen!« Der Bursche grinste versöhnlich, aber Bill hatte ohnehin vorgehabt, sich auf seinen Hals zu stürzen. Das Quäken des Lautsprechers unterbrach ihn.

»Magermilktoast! Ist der Trooper, der sich da unten blöd brüllt, derjenige, den ich zu mir befohlen habe?«

»Ja, Sir.« Herv sah Bill ängstlich an.

»Nur ein Blick, ja? Ich verspreche, daß ich ihn nicht berühren werde.«

»Was treibt ihr da draußen? ›Doktor‹ spielen? Schicken Sie den Schließmuskel zu mir!« Die Sprechanlage wurde mit statischem Knistern ausgeschaltet.

»Komm schon, Kamerad«, lockte Bill. »Ich gebe dir etwas dafür. Ich habe einige Liebesperlen von Beteigeuze mit jeder Menge Saft. Sie gehören dir. Wie wär's mit...?«

»Nein. Nein, nichts. Wenn Sie sonst nichts wollen,

dann sehen Sie es sich an und sorgen dafür, daß Sie ins Büro kommen, bevor ich diesen idiotischen Posten verliere.« Der Schreiber zog rasch den Schuh und dann die Socke aus. Dann hob er den blaßgrünen Fuß hoch und zeigte ihn Bill.

Dieser seufzte.

Es war der eleganteste Fuß, den er je gesehen hatte.

Von der schöngeformten Ferse über den Fußrücken bis zu den pedikürten, rosa lackierten Zehennägeln sah er wie eine Figur von Michelangelo oder wie ein Engel aus einem Raffaelbild aus. Auch wenn er grün war. Bills Fuß hingegen sah wie eine moderne Mülltonne aus.

»Hübscher Fuß«, erklärte Bill höflich. »Danke.«

»Aber was ist mit Ihrem zweiten Fuß? Ist der auch nicht normal?«

Bill schüttelte den Kopf. »Senkfuß. Gebrochene Zehen. Hühneraugen. Der übliche Trooper-Fuß. Du kannst sehr stolz sein. Ehre deinen Fuß, mein Freund.« Er wischte sich eine Träne ab. »Ich sehe jetzt lieber nach, was dieser Bowbschädel von mir will.«

Bill straffte die Schultern und begab sich in das Hauptbüro von J. Edgar Insufledor, dem stellvertretenden Direktor für Anti-Chinger- und Kommupop-Droheinsätze des GBI.

Bill marschierte hinein und stand direkt in den Fadenkreuzen eines Mark Tausend und zweier Howitzer Laserkanonen. Der Schreibtisch des Stellvertretenden Direktors bestand aus vernietetem grauen Stahl, und die Artillerie wuchs aus ihm heraus.

»Halt! Oder ich schieße Sie in Stücke!«

Bill blieb stehen. Er hob die Hände zum altehrwürdigen Signal des Sich-Ergebens, des Nichtvorhandenseins von Waffen und der Forderung, in den Raum für kleine Jungen gebracht zu werden. »Ich bin es. Trooper Bill. Loyaler Trooper. Ich melde mich wie befohlen, Sir.«

»Sind Sie sicher, daß Sie kein Chingerspion sind?« knurrte die Stimme. Bill entdeckte einen grauhaarigen Bürstenschnitt, der sich hinter dem gepanzerten Schreibtisch langsam in die Höhe schob.

»Nein, Sir! Sehe ich grün und zwei Meter fünfzig groß aus, Sir?« Bill wußte aus viel zu vielen persönlichen Erfahrungen, daß Chinger keineswegs zwei Meter fünfzig, sondern fünfundzwanzig Zentimeter groß sind. Sie kamen allerdings von einer Welt mit großer Schwerkraft und waren daher raffinierte Pokerspieler sowie kräftige, kleine, gefährliche, listige Kerle mit hervorquellenden Augen. Aber er fand, daß es am besten war, wenn er die Scheiße der intergalaktischen Propaganda mitmachte, denn sogar ihre Erzeuger glaubten offenbar daran.

»Verdammt knapp! Könnte eine kosmetische Operation mit einer Schwanzresektion sein. Allerdings haben Sie es durch den Macho-Scanner geschafft und beim unterbewußten IQ-Test versagt. Sie sind viel zu dumm, um ein Chinger zu sein.«

»Danke, Sir.« Bill vollführte das übliche bellende Mantra, das Respekt, Ehrerbietung und den normalen blanken Haß für die Vorgesetzten ausdrückte.

»Also gut, Bill.« Der Laserrevolver senkte sich merklich und Bill fühlte sich wesentlich wohler. Der Mann tauchte hinter seinem Panzerschild auf; sein Gesicht sah wie eine Kreuzung zwischen einem Warzenschwein und einem Feuerteufel aus. Aus dem Mund ragte eine Zigarre in der Größe einer Raumschiff-Notrutsche. »Sind Sie oder waren Sie jemals in diesem oder einem vorherigen Leben, oder *wollten* Sie jemals oder haben Sie *daran gedacht* oder *würden* Sie jemals in einem künftigen Leben in einer anderen Dimension ein Mitglied der Kommupop-Partei mit Mitgliedskarte sein?«

Bills zog die dichten Augenbrauen zusammen. »Soll das eine Falle sein?«

Die Kommupop-Partei!

Die oft gelesene Bedrohung!

Bill erinnerte sich undeutlich daran, daß es auf Phigerinadon II Kommupops gegeben hatte, aber als er ein kleiner Junge war, hatte sie ein Trooper-Überfall ausgelöscht. Daran erinnerte er sich genau, weil ihm seine Mutter plötzlich kein Kirscheis am Stiel mehr geben wollte, und weil man Mr. Leon Trotzki, der ein Stück weiter unten an der Straße wohnte, am Stadtplatz an den Daumen aufgehängt hatte. Das machte Bill traurig, weil Mr. Trotzki ihm das Kirscheis am Stiel gegeben und ihn in die Classic-Comics-Agitprop-Bücher und überhaupt in die Welt der Comics eingeführt hatte. Die eigentliche Ironie daran, erklärte Mrs. Bill, war, daß Mr. Trotzki in Wirklichkeit Fred Jones hieß, und daß er nur ein Fan der russischen Geschichte und Literatur und keineswegs ein Mitglied der Kommupop-Partei war. Doch Bill stellte als Erwachsener fest, daß Galaktische Trooper nicht in Bildungs-, sondern in Ausbildungslagern trainiert wurden, und daß die Ausbilder zuerst hängten und dann Fragen stellten. Bills Reaktion bestand darin, daß er seine Mutter fragte, ob Koprophilie etwas damit zu tun hatte, daß man Cops liebte. Mutter hatte etwas von ›verdammten Intellektuellen‹ gemurmelt, aus Bills Comics alles Erzieherische und Bedrohliche herausgerissen und ihn dann einfach weiterlesen lassen.

Die Kommupop-Partei war natürlich die Abkürzung für Kommunizierende Populäre Leserpartei und hatte überhaupt nichts mit der Intergalaktischen Kommunistischen Partei oder dem heiligen Karl Marx zu tun. Politisch waren ihre Mitglieder absolut neutral und bedrohten die Herrschaft des Kaisers genauso wenig wie zum Beispiel sein endgültig verstopftes WC in seinem Erholungsraum auf Wrackwelt. Doch da der Kaiser totalitär herrschte und die Kommunistische Partei ein historisches Schreckgespenst war, fiel sein Amt für Verfolgungswahn und Fehlinformation wie erschöpftes Uran über die glücklose Kommunizierende Populäre Leserpartei her.

Tausende glückloser Leser kamen ins Gefängnis, weil

sie die falschen Bücher lasen. Ein Sonderkomitee wurde beauftragt, die Millionen Bücher durchzugehen, die der Öffentlichkeit zur Verfügung standen, und jene mit dem Bann zu belegen, die für den durchschnittlichen, von der Regierung unterdrückten galaktischen Staatsbürger ungeeignet waren. Um den Philosophen Santayana frei wiederzugeben – jene, die die Geschichte nicht kennen, sind dazu verurteilt, sie wieder auszuspeien. Für den Kaiser wäre es besser gewesen, wenn er sich nicht um die Buchleser gekümmert hätte. Seine Unterdrückung radikalisierte Hunderttausende, die sofort zu jenen Revolutionären wurden, von denen die Behörden befürchtet hatten, daß sie es werden würden, (obzwar sie Revolutionäre waren, die nach einem harten Tag voll Brandbombenwerfen heimgingen und sich mit einem hübschen, dicken Buch auf der Couch zusammenrollten). Daher die Schaffung der vielgelesenen Bedrohung, der Kommupop-Partei.

»Eine Falle? Das ist natürlich keine Falle, Sie Idiot.« Die Zigarre hob und senkte sich obszön und der Mann sprang auf und hüpfte herum, wobei das Fett auf seinem breiten Körper unter dem gestärkten weißen Hemd und der schwarzen Krawatte mit weißen Tupfen wie Sülze wackelte. »Finden Sie, daß ich mir den Vortrag sparen kann?«

Bill tat genau das, was er jedesmal tat, wenn er einer bürokratischen Scherzfrage gegenüberstand. »Hören Sie, ich habe nichts vor. Der Oberst sagte mir, ich solle mich heute um Punkt elf Uhr hier melden, weil man mir eine besondere Aufgabe übertragen will. Ich bin kein Mitglied der Kommupop-Partei, sondern ein gesunder Leser von Blaublütigen Galaktischen Comics und geilen Porno-Comics – falls ich sie bekomme –, und bin stolz darauf. Bis Sie herausgeknobelt haben, was Sie von mir wollen, werde ich also einfach hier sitzen und, wie der Arzt mir befohlen hat, stündlich einen Schluck von dieser Medizin nehmen.«

Er zog eine Medizinflasche heraus, die in Wirklichkeit ein Flachmann mit hundertprozentigem Rum war (sogar Bill war so klug, keinen Wodka in das GBI-Büro mitzunehmen), schraubte den Verschluß ab, trank gut die Hälfte und machte dann mit offenem Mund eine Menge Lärm.

Bill wußte genau, daß er von jedem Trooper-Büro, in dem er so etwas abzog, sofort auf den nächsten Weltraumfrachter zum Kielholen gebracht worden wäre. Doch es ging hier um nichts Militärisches, sondern um das GBI, und man hatte ihn nur ausgeliehen.

Statt unglücklich zu sein, sog der Direktor jedoch begeistert die Luft ein. »Ich kann es nicht glauben! Sie sind genau der Mann, den ich brauche!«

»Was? Wollen Sie auch einen Tropfen?« Bill hielt ihm die Flasche hin; er spürte bereits, wie der Alkohol seine Sinne tröstlich dämpfte.

»Hm ... Nein, danke, Trooper Bill. Und da jetzt mein Gedächtnis erfrischt ist und ich meine Akten wieder angesehen habe, weiß ich, warum du hier bist. Daß ich dich in die Mangel genommen habe, tut mir leid. Eine unüberlegte Reaktion. Wenn ich mir nicht gerade wegen der Chinger Sorgen mache, sind es die verdammten Kommupops. Ich habe einen ganz speziellen Auftrag für Sie, Bill. Das Schicksal des Universums ruht auf Ihren beachtlichen Schultern. Oder so ähnlich. Setzen Sie sich, Bill, und ich schalte diese verdammte Maschine ab. Ich will unseren vielversprechendsten Agenten doch nicht braten, was?«

Bill setzte sich, gurgelte wieder einen Teil des Rums hinunter und steckte den Flachmann dann in die Tasche zurück. Die Idee wäre gut gewesen, wenn er den Verschluß zugeschraubt und dann das Ganze mit dem Boden voran in die Tasche geschoben hätte, denn so schüttete er sich vier Unzen erstklassigen Rum auf den Schoß, befleckte seinen Schritt, und seine behaarten Beine überliefen immer wieder Schauer.

Bill verzog zitternd das Gesicht, doch es gelang ihm, einen peinlichen Aufschrei zu unterdrücken.

»Ha! Ha!« sagte der Direktor und deutete mit dem kräftigen Zeigefinger auf den Trooper. »Ich habe es gesehen.«

»Hmm, ja, also ...«

»Nicht notwendig, daß Sie sich bei mir entschuldigen, Soldat. Ich bekomme selbst eine leichte Gänsehaut, wenn ich daran denke, daß ich für unseren ruhmreichen Kaiser eine besondere Aufgabe durchführen muß.« Der Patriotismus überwältigte den Direktor des GBI; er drehte sich um und grüßte den Erlauchten Kaiser, dessen dreidimensionales, kinnloses, aufgequollenes Bild hinter ihm an der Wand hing, zackig. Das Computerbild des Kaisers (des gleichen Kaisers, den Bill beinahe kennengelernt oder in dessen Nähe er wenigstens in seiner Jugend gestanden hatte) reagierte ebenfalls automatisch mit einem Gruß. Ungewöhnlich, dachte Bill, sie haben seine schielenden Augen nicht geheilt. Es tat aber gut zu wissen, daß sogar ein Kaiser körperliche Probleme hatte. Während Bill das stereoskopische Bild betrachtete, schien sich ihm das rechte Auge des Kaisers freiwillig zuzuwenden und ihn anzustarren. Doch es war natürlich nur ein Bild. Oder nicht? *Natürlich* war es eines. Der Kaiser hatte viel zu viel zu tun, um einen einfachen Trooper zu beobachten. Richtig? Verfolgungswahn ist dort in Ordnung, wo er hingehört, dachte Bill. Aber *wirklich*!

»Ja, natürlich.« Bill hatte keine Ahnung, was man von ihm wollte, aber er stritt weder mit Offizieren noch versuchte er, sie zu verstehen. »Was für ein geheimer Auftrag, Sir?« Er wollte nicht zu lange hierbleiben, weil er seinen Alkoholvorrat verbraucht hatte.

»Die Aufgabe? Ach ja. Richtig. Die Aufgabe.« J. Edgar Insufledor holte eine Laserpistole aus einer Schublade und zündete seine ungeheure Zigarre wieder an, wobei er ein Loch in die Decke brannte. Bill sah viele solche Löcher in der Decke und nahm an, daß das darüberliegende Büro entweder leer war oder für geheime Hinrichtungen des GBI verwendet wurde. »Wirklich einfach, Bill. Barworld. Chinger.« Er spuckte die Worte aus wie abgebissene Tabakkrümel. »Zeit Kontinuum Wirbel Verknüpfung Ort Abgrund!«

Bills Mund klappte auf. »Barworld«, keuchte er. »H-haben Sie B-Barworld gesagt?« Außer diesem schönen, unglaublich lieblichen Wort hatte er nichts gehört.

»Ich habe nicht Bearworld und ich habe nicht Jarworld gesagt, Trooper. Sie haben richtig gehört. Barworld. Dorthin schicke ich Sie. Dort gibt es anscheinend Schwierigkeiten. Es gibt Gerüchte über irgendwelche Zeit/Raum-Störungen auf dem Transgalaktischen Seismo-Grundger, und unsere Agenten behaupten, daß die Chinger sehr wohl die Ursache des Problems sein könnten. Und wenn sie es nicht sind, dann werden sie es werden. Die Chinger suchen seit Jahren das Geheimnis der Zeit, und wissen Sie warum, Bill?«

»Barworld?« konnte Bill nur wie eine Litanei wiederholen. *»Barworld!«* Barworld war gleichbedeutend mit einer Legende der Galaktischen Trooper. Vielleicht war es eine Legende. Aber kein Trooper hatte jemals die Wahrheit entdecken können, da es eine Urlaubswelt war und Trooper *nie* Urlaub bekamen.

»Ich sage Ihnen warum, Bill. Weil diese Chinger sich nicht nur hinter unserem Rücken an uns anschleichen wollen – nein, das Ungeziefer will sich *gestern* anschleichen! Darum.«

»Ich melde mich freiwillig.« Bill schwenkte begeistert seinen schwarzen Arm. »Ich gehe! Ich gehe!«

»Diese Chinger!« schäumte J. Edgar Insufledor empathisch. »Es ist meine Pflicht in diesem Leben, die Welt vor den gottverdammten, teuflischen, sich Galaxien aneignenden Chingern zu retten!«

Die Tür neben Bill flog unvermittelt auf. Eine fehlerlose Reproduktion des Chingers von dem Plakat stampfte mit unzähligen um sich schlagenden Armen und mit Reißzähnen versehenen Kiefern in dem riesigen Sauriergesicht auf den Stellvertretenden Direktor zu. Der menschliche Arm in seinem Maul fehlte natürlich. Der war offenbar längst verdaut, und der Chinger brauchte frisches Menschenfleisch.

Moment mal, erinnerte sich Bill dunkel. Chinger werden nicht so groß. Sein ewiger Gegner Bgr der Chinger (der als der lakaienhafte Rekrut Eager Beager in Bills Leben getreten war) war nur knapp über fünfundzwanzig Zentimeter groß.

Trotzdem war es schwierig, mit einem brüllenden Eidechsen-Alien zu streiten, dessen Hände voller Messer und Pistolen waren und dessen Augen nur harten, heißen Tod versprachen.

Doch zum Glück war der riesige Chinger direkt zu J. Edgar Insufledor unterwegs und schenkte Bill nicht einmal einen Blick. Der Stellvertretende Direktor war jedoch für ihn bereit. »Komm nur, du Stück Weltraumdreck. Komm und hol es dir, Planetenschlamm«, forderte er das Untier auf, holte die Kopie einer antiken prähistorischen G-Mann-Maschinenpistole heraus und zielte auf die angreifende Bestie.

»Grrrummarggggg!« büllte das wilde Raumbiest. Bill hatte diesen Ausruf *nie* von einem Chinger gehört. Er hatte die Chinger auf griechisch, suaheli, russisch und natürlich in ihrer eigenen zischenden und rülpsenden Sprache fluchen gehört. Dennoch stieß dieses besondere Untier den Schrei mit solcher Überzeugung aus, daß Bill ihm aufs Wort glaubte. Er hatte nie daran gezweifelt, daß in einer solch brutalen Situation ein eiliger Rückzug weise war, sah aber dennoch sofort, daß ihn ein noch so rascher Abgang in die Flugbahn der Maschinenpistolen-Kugeln bringen würde. Daher sprang er hinter die zu üppig gepolsterte Couch.

»Nimm das, du scheußliche Kreatur!« rief J. Edgar Insufledor. Als die Bestie nur noch einen Meter entfernt war, feuerte der Direktor. Die Maschinenpistole knatterte, und die Kugeln klatschten in die grüne Haut und schleuderten Fleischstückchen hoch. Der Chinger sprühte Blut wie ein Rasensprenger. Er wurde einen halben Meter zurückgeschoben, und seine Pistolen flogen wirbelnd aus den zerschossenen Klauen. Er verfügte noch über ein einziges Messer, als er blutrünstig kreischend und das Messer blitzschnell schwingend wieder auf den Direktor zusprang.

Bill wand sich hilflos hinter dem Sofa. Er wußte nicht, was sich hier abspielte, aber es war sicherlich wesentlich tödlicher als das denubische Flohhüpfen.

»Aha! Dir schmeckt heißes Blei!« sagte der Direktor ruhig durch die zusammengebissenen Zähne; seine noch immer rauchende Zigarre stand wie ein Rufzeichen in die Höhe. »Dann kriegst du noch welches, Chinger!«

J. Edgar Insufledor schoß die Messerhand ab und leerte dann ein weiteres Magazin Kugeln in die Brust des Chingers. Das Geschöpf brach wie ein Sack mit blutigen Kartoffeln zusammen, schlug aber noch immer krampfhaft mit dem Messer nach seiner Beute. Seine Kiefer schnappten zu, während es sich auf den Direktor zuschob.

J. Edgar Insufledor warf seine Thompson weg. »Das ist eine Aufgabe für den Todbringer«, erklärte er, und ein Lächeln kräuselte seine Mund- und Augenwinkel. Er zog hinter dem Schreibtisch einen schottischen Bihänder hervor. »Okay, Chinger. Ich werde dir zeigen, wie ein echter Mann mit einem bowby Alien fertig wird.«

Er trat vor und begann mit lustvoller Wildheit, den Schädel des Chingers in Stücke zu hauen.

Überall schoß grünes Blut in die Höhe, spritzte auf die Wände und in Bills Augen, als er einen Blick wagte. Als er wieder klarer sah, lag der Chinger buchstäblich in Stückchen gehauen triefend auf dem Teppich und war mausetot. Nur seine Schwanzspitze zuckte wie eine Schlange, der man den Kopf abgeschlagen hat.

»Bill!« rief Edgar J. Insufledor. Während des Kampfes war sein oberster Hemdknopf irgendwie aufgegangen und enthüllte ein Büschel männlicher Brusthaare. Er stellte den Fuß besitzergreifend auf das größte Stück der Kreatur und posierte wie ein Großwildjäger. »Das war vielleicht eine Balgerei, was? Es war klug von Ihnen, in Deckung zu gehen. Dieses Ungeziefer kann ganz schön gemein sein.«

Bill erhob sich zögernd aus seinem Schlupfwinkel. »Sie haben nicht zufällig irgendwo einen Tropfen Whisky versteckt?«

»Nein. Ich rühre das Zeug nicht an. Schadet meinen kostbaren puritanischen Körperfluids. Aber Ihre Vorliebe dafür und die ungewöhnlichen Aufzeichnungen über Ihre Dienstzeit sind der Grund, warum das GBI Sie haben will.«

Magermilktoast steckte den Kopf zur Tür herein. »Du meine Güte. Mithra sei Dank, Sir! Sie haben ihn gekriegt. Der Mordchinger brach einfach durch, schleuderte mich zur Seite und ging direkt in IHR Büro!« Der Mann drehte sich zu Bill um und blinzelte ihm vielsagend zu. Der völlig verwirrte Bill konnte nur noch mit offenem Mund zuhören. »Dennoch haben Sie sich und den Tag wieder einmal gerettet, ganz zu schweigen vom Wohl der Galaxis!«

Der Direktor brummte. »Das gehört zum Tagespensum. Bringen Sie nur schnell einen Trupp hierher, der saubermachen soll. Ach ja – und lassen Sie den Kopf zu der üblichen Trophäe verarbeiten, ja, Magermilktoast? Ergibt beim Dinner ein wunderbares Gesprächsthema.«

»Ja, Sir.«

»Also, Bill. Sie werden nach Barworld geschickt; die vollständigen Instruktionen werden chirurgisch subkutan in ihr linkes Ohrläppchen implantiert. Doch obwohl Sie sicherlich gern einen heben, wurde festgestellt, daß

Sie für die volle Deckung, die wir brauchen, nicht genügend – hm, Alkoholiker sind, um es klar zu sagen.« Insufledor saugte an seiner Zigarre, griff nach einer mit Eidechsenblut durchtränkten Akte und gab sie Bill. »Sie enthält die Informationen über den alkoholischsten Trooper, der noch bei den Galaktischen Troopern dient. Er wird Sie begleiten. Der erste Teil Ihres Auftrags besteht darin, diesen Mann zu finden, ihn nüchtern zu bekommen, ihm während dieses Zeitraums Anweisungen zu erteilen, und ihn hierher zu bringen. Dann werden wir Sie nach Barworld schicken, damit Sie diese sehr wichtige Angelegenheit in die Hand nehmen.«

»Ja, Sir!« erwiderte Bill begeistert, während im Geist zahllose Flaschen vor seinen Augen tanzten.

Er wollte seine Chance, nach Barworld zu gelangen, nicht versauen. Sie war der Traum jeden Troopers und eines der wenigen Ziele, das Bill wirklich am Herzen lag.

»Magermilktoast, begleiten Sie diesen großartigen Trooper hinaus. Ach ja, und machen Sie dem Hausmeister Beine, damit er hier saubermacht. Sagen Sie auch dem Sicherheitsdienst, er soll sich ein bißchen mehr anstrengen. Ich kann ja nicht die ganze Zeit auch noch ihre Arbeit machen, oder?«

»Ja, Sir. Trooper, würden Sie bitte so freundlich sein und mir helfen, dieses widerliche Ding aus dem Büro des Direktors zu ziehen, damit es ihn nicht weiter stört?« Der Adjutant griff nach einem der Beine und zeigte auf den zweiten. Bill zuckte die Achseln, machte es ihm nach und setzte seine überlegene Kraft ein. Als sie draußen waren, fiel die Tür krachend zu. Das Bein des Chingers blieb an einer modernen, mit Angelhaken bedeckten Skulptur hängen. Bill zog stärker, und das bereits von den Kugeln halb abgerissene Chingerbein kam frei und zog Stücke von Eidechsenfleisch, Adern und Drähten hinter sich her.

Drähte?

Bill hatte es beinahe erwartet. An dieser Eidechse war etwas faul gewesen.

»Die beste Idee, die der Direktor je hatte – und der Büropsychiater ist auch dieser Meinung. Der Direktor befaßt sich jeden Tag an seinem Schreibtisch mit den Gefahren, die das Wohl des Imperiums bedrohen, aber er hat nie Gelegenheit, etwas wirklich zu töten. Deshalb schicken wir von Zeit zu Zeit einen Cyborg-Kommupop oder einen Chinger hinein, um ihn in Trab zu halten. Der Alte *liebt* es. Er wird mindestens eine Woche lang lächeln – und vielleicht das rituelle Verprügeln seines Stabs eine Zeitlang ausfallen lassen!«

Bill ließ das Bein los und wischte sich die Hände an der Hose ab. »Sie müssen mir noch detaillierte Informationen über den Trooper geben, den ich finden soll, und dann sagen Sie mir, wie ich zum nächsten MacFusel komme. Ich brauche dringend einen flüssigen Lunch, sonst kriege ich Delirium tremens.«

»Klar, Sarge.« Er gab Bill eine Mappe und eine Uhr mit einer komplizierten Vorrichtung darauf. »Quanten-Subraum-Sender für streng geheime Mitteilungen, falls Sie Probleme oder Fragen haben. Übrigens – es ist am besten, wenn Sie mit Ihrem Fuß in kein Fettnäpfchen mehr treten, ja?«

Bill war in Versuchung, woanders hinzutreten, aber da er sich noch lange Zeit in bezug auf Informationen auf dieses Bowbhirn verlassen mußte, beschloß er, sich zu beherrschen.

Er begab sich zu dem Drink, den er sich selbst versprochen hatte und hoffte, daß er unterwegs mit keinen Cyborg-Chingern oder -Kommupops zusammentreffen würde.

2

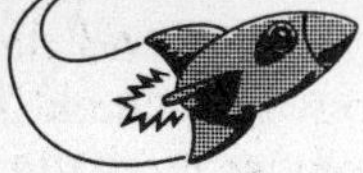

Bill war vollkommen, total, grenzenlos glücklich.

Na ja, nicht absolut vollkommen. Oder grenzenlos. Die wenigen noch nicht ausgerotteten tief menschlichen Gefühle in Bill zuckten schwach, hoben die Köpfe mühsam aus der bodenlosen Tiefe der Depression wie durch die Versprechungen des Frühlings verlockte zarte Schößlinge im April, und trieben winzige Knospen der Hoffnung.

Barworld!

Er hatte sehr viele Jahre – sie kamen ihm wie Jahrhunderte vor – bei den Troopern gedient, hatte die mörderischen Handgemenge der Schlachten und die noch schlechteren Bedingungen im Ausbildungslager sowohl als Ausgebildeter als auch als Ausbilder überlebt, war auf mit Pusteln bedeckten Planeten und in stinkenden Raumschiffen stationiert gewesen, bei denen ihm übel wurde, wenn er nur an sie dachte, kurz, er war zu einer dunklen, freudlosen Existenz mit harten Betten, harten Köpfen und keinen harten Kredits verurteilt gewesen. In all diesen Jahren waren die Begriffe Entspannung und Ruhe beim Militär streng verboten gewesen; Urlaub war schon lang ein Fremdwort. Der Trooper hatte die Pflicht, seinem Kaiser jeden Tag vierundzwanzigeinhalb Stunden an dreihundertsechsundsechzig Tagen im Jahr zu dienen – und das laut dem geschrumpften Abscheulichen Galaktischen Kalender, der nur halb so lang war wie der Augustinische. Die einzigen Freuden im Leben eines Troopers waren die Zwei Kredits/Zwei Minuten-Schönen des Morgens (die Schönen des Abends waren viel zu teuer), das Rauchen von entteerten und entnikotinisierten Zigaretten (in der Hoffnung, daß sie ihr elendes, vergeudetes Leben auf diese zweifelhaft angenehme Weise verkürzen würden), Comics (auch wenn sie mit unterschwelligen Loyalitätsverstärkungen vollgestopft waren – die Chinger und Kommupops zum Beispiel waren allgemein die Bösen), und natürlich der Alkohol. Doch sogar diese einfachen Freuden des Trooperlebens waren verwässert und lauwarm. Die Huren waren steinalt und ausgeleiert und brauchten die Kredits meist für die Reparatur ihrer motorisierten Rollstühle. Die Zigaretten bestanden aus getrockneten Tabakstengeln, da das richtige Zeug den Offizieren vorbehalten war. Die Comics wurden auch als Toilettenpapier verwendet – die endgültige literarische Kritik.

Und der Alkohol ...

Wenn man behauptete, daß der Alkohol der letzte Dreck war, tat man den Kohlengruben des gesamten Universums Unrecht. Er war meist abstoßend gewürzter, billig erzeugter Äthylalkohol, der angeblich von der Leichenbestatterwelt kam, so daß oft statt des Alkohols Einbalsamierungsflüssigkeit verwendet wurde.

Bill hatte lange Zeit keinen Unterschied gemerkt, aber wann immer er während seiner verschiedenen Abenteuer echtes Bier, echten Wein und vor allem echten, nicht synthetischen Whisky, Gin und Rum gekostet hatte, wußte er, daß er sein Leben der Suche nach einer Welt widmen würde, auf der er wieder die Früchte dieser köstlichen alkoholischen Produktion genießen konnte.

Es hieß, daß Barworld eine solche Welt war.

Und die Galaktischen Agenten schickten ihn tatsächlich dorthin!

Das heißt, falls es ihm gelang, den Kerl zu finden, dessen Akte man ihm in der Vanilleumschlag gegeben hatte. (Er wußte, daß es *Vanille* und nicht *Manila* war, weil er sich bei seinem flüssigen Lunch betrunken und das Ding gegessen hatte.)

Zufällig befand sich der Trooper, den Bill finden sollte – Lieutenant Hardtack Brandox Jr. – in diesem Augenblick eben hier auf dem gleichen Planeten wie Bill, dem Hauptquartier der galaktischen Bürokratie und dem Zentrum für Schubladen und Aktenschränke – Drawerworld.

Nach jeder Menge Papierkrieg, Ausfüllen von Formularen und ausführlichem Schriftwechsel (ganz zu schweigen von Blitzbesuchen in Bars und Latrinen, um Brandox' berühmte Trinkgewohnheiten zu recherchieren und vielleicht selbst einen Schluck oder zwei zu sich zu nehmen) stellte Bill fest, daß sich Lieutenant Brandox' Bataillon auf der Jinx Ether Militärbasis befand.

»Beeilen Sie sich«, knurrte Captain Quarterpounder, der mißtrauisch von einem Berg Schreibarbeiten zu Bill aufblickte. »Lieutenant Brandy? Was für ein Säufer!« sagte er anerkennend. »Er schwitzt reines Äthyl. Aber Sie sind zu spät dran, Bowb-Hirn. Sie hätten einen Tag früher kommen müssen. Er wurde gerade auf den Gottverlassenen Planeten geschickt.«

»Welchen Planeten?«

»Den Gottverlassenen Planeten, Bowb – hören Sie nicht gut? So heißt der Planet. So wird er genannt. Um genauer zu sein – Deathworld 69. Eines von Hunderten Schlachthäusern im Kampf zwischen Menschen und Chingern sowie dem Rest der dreckigen ETs im Universum, Ahura Mazda möge die grünen Knochen der Aliens verfaulen lassen.«

»Vielleicht können Sie ihn zurückrufen, ich bin in offiziellem Auftrag hier.« Bill zeigte ihm das ID-Armband, das ihm das GBI gegeben hatte und das er unter dem Kommunikator am Handgelenk trug.

»Sie haben Pech, Trooper. Dieses Stück bürokratischer Bowb bedeutet hier nichts. Brandox befindet sich auf dem alkoholdurchtränkten Weg zu den Abflugrampen.«

Der Captain betrachtete düster einen Chronometer und dann die Standard Trooper Uhr mit dem mürrischen Gesicht des Geliebten Kaisers. »Sollte in etwa zwei Stunden abheben. Wenn Sie Ihren Arsch in Bewegung setzen, erreichen Sie ihn vielleicht noch.« Er grinste voll fröhlichem Sadismus. »Oder Sie fliegen gleich mit. Ich habe gehört, daß dieses Jahr Deathworld 69 für selbstmörderische Dienstreisen *in* ist.«

»Nein danke. Ich habe etwas, wofür ich lebe«, erklärte Bill begeistert.

Der Captain musterte ihn mißtrauisch. »Stimmt etwas mit Ihnen nicht, Trooper? Man erwartet von Ihnen, daß es nicht Ihre Pflicht ist, für etwas zu leben, sondern für etwas zu sterben. Komm auf dem oder mit dem Schild heim. Sie kennen den Bowb.«

»Nein, Sir! Ich meine, ja, Sir!« Bill wurde zu seinem Entsetzen klar, daß er sich beinahe verplappert hätte, indem er verriet, daß er nach Barworld unterwegs war – was er nie tun durfte, denn abgesehen davon, daß sein Auftrag streng geheim war, hätte ihn der Captain wahrscheinlich aus purem Neid erschossen. »Es war nur ein Anfall reiner Freude, weil ich das auf dem Schott lächelnde Gesicht unseres Geliebten Kaisers sah.«

»Ja? Hören Sie damit auf, Buddy, wenn Sie sich in dieser Gegend aufhalten. Auf Drawerworld ist Bowb-deinen-Kumpel-Monat, und wir haben nur einen Monat pro Jahr. Kapiert?«

Bill grinste höhnisch und zeigte seine Hauer in bester Troopermanier. Er salutierte mit beiden rechten Händen. »Ja, Sir.«

Dann machte er sich auf den Weg zu den Abschußrampen, um Lt. Brandox zu finden, bevor das Raumschiff abhob.

Mit dem Grav-Wagen konnte man die Happy Trails Startrampen in ungefähr zwei Stunden erreichen, aber durch halsbrecherische Geschwindigkeit, reaktionsschnelles Steuern und dem Opfern von einigen Hunden, Katzen, einer kleinen alten Dame und einem Lieutenant schaffte Bill es in etwas mehr als anderthalb Stunden.

Wie immer, wenn er sich den mächtigen Abschußrampen des Imperiums näherte, musterte er die aufragenden, riesigen Raumschiffe anerkennend; sie griffen machtvoll nach dem Himmel, ihr glänzendes Imperium funkelte im Sonnenschein, die silbernen Nadeln ihrer Buge zeigten hinauf zu Kampf und Abenteuer.

Doch als ihn der Posten am Kontrollpunkt durchließ und er an der beeindruckenden Holo-Fassade dieser imaginären Schiffe vorbei in die schmutzige, rauchige Realität der echten Abschußrampen gelangte, wurde seine Stimmung wie immer depressiv. Aus Spalten im Boden drang öliger Rauch. Der Geruch von Dieseltreibstoff und Schwefel lag in der Luft. Techniker mit rußverschmierten Gesichtern fuhren in klapprigen Dienstwagen herum und sahen wie unter eine Atombombe geratene Arbeitsameisen aus. Etwa zwanzig Raumschiffe in verschiedenen Stadien des Verfalls ragten wie verkrümmte Pilze aus einem Schimmelfeld auf. Der interstellare Staub hatte Krater in ihre Oberfläche gegraben, und der Vogelkot zahlloser Welten klebte auf dem Metall.

Die Frage war, welches war Brandox' Schiff?

Bill hielt einen grauhäutigen Trooper mit Korporalstreifen auf dem Augenfleck an und erkundigte sich.

»Deathworld 69? Das ist wirklich eine schwierige Frage. Wir haben vielleicht drei Raumschiffe, die sich dafür bereit machen, mächtig durch die Atmosphäre emporzusteigen. Es ist schwer, sie zu unterscheiden.« Bill bemerkte auf der Stirn des Korporals die verräterischen Narben einer Jobotomie. Deshalb wurde er nicht mitgeschickt; er war wahrscheinlich ein Unruhestifter gewesen oder hatte versucht, sich unerlaubt von der Truppe zu entfernen. Eine Jobotomie war wie eine Lobotomie, nur steckten sie einen kleinen, programmierten Computer an die Stelle, an der sich vorher etwa die Hälfte der grauen Materie befunden hatte; er hielt das Opfer auf Vordermann und teilte ihm eine vorprogrammierte Pflicht zu. Der Korporal seufzte. »Wie gern möchte ich mit ihnen in die glorreiche Schlacht ziehen. Ach, ich bin nur einer vom Bodenpersonal. Ich muß meinem Imperium hier inmitten von Schmutz und Schwerkraft dienen. Aber wie der Kaiser sagt: ›Auch jene, die stehen und warten, dienen.‹«

»Warten? Worauf warten? Vergessen Sie den pseudoromantischen Bowb und sagen Sie mir, welches Schiff es ist.«

Der Korporal grinste nur mit glasigen Augen.

»Vergessen Sie's«, sagte Bill. »Ich werde es selbst finden.«

»Es sollte nicht zu schwierig sein«, murmelte Bill vor sich hin. Raumschiffe, die beinahe bereit sind abzuheben, sehen ganz anders aus als die im Sterben liegenden, inaktiven Schiffe. Zum Beispiel sind ihre Luken geschlossen: ein guter Hinweis. Sie beben wie ein aufgestauter Vulkan, aus ihren Nahtstellen dringt Dampf und sie sehen überhaupt aus wie Durchlauferhitzer vor der Explosion. Verdammt, einige von ihnen waren explodiert und hatten die gesamte Mannschaft und alle in unmittelbarer Nähe befindlichen Menschen mit in den Tod gerissen. In der Vergangenheit war es infolge des Atomantriebs zu nuklearen Explosionen gekommen, die ganze Städte zerstörten. Deshalb waren bei dem Start keine Atomantriebe mehr zugelassen. Dampfkatapulte schleuderten die Schiffe in die Luft, und anschließend wurden chemische Antriebsraketen verwendet. Wenn diese explodierten, besorgten sie es wenigstens diskret in der Atmosphäre, wo keine hochrangigen Offiziere sie beobachteten.

Es dauerte nicht lang, bis Bill ein Raumschiff gefunden hatte, das sehr wahrscheinlich das Gesuchte war. Der Mittelteil vibrierte wie ein kochender Teekessel, und irgendwo rasselte und klirrte es, als würde ein Eimer mit Schrauben herumstehen. Die Triebwerke steigerten sich zu weißglühender Aktivität, und überall blinkten wie wild Lämpchen. Doch da noch eine große

Gangway auf die Startrampe führte, an deren Ende ein Unteroffizier mit Notizblock und Atom-Kugelschreiber stand, nahm Bill an, daß er bis zum Start noch einige Minuten Zeit hatte.

»He Kumpel, den Wagen, den Sie da fahren, bringen wir auf keinen Fall in die *Beelzebub* hinein«, sagte der kräftige Sergeant, auf dessen Schulter ein Abzeichen glänzte. Es war ein offenbar vom Mittagessen übriggebliebener Maischip, aber Bill hatte weder Zeit noch Lust, dem Kerl zu sagen, wie idiotisch es aussah.

»Ich verschiffe den Wagen nicht, ich ...«

»Dann schaffen Sie ihn verdammt schnell von hier fort. Zu einem der Satellitenabstellplätze. Biegen Sie beim ausgebrannten zweiten Triebwerk nach rechts ab, dann beim Friedhof nach links, bis Sie den Stoß rostiger Raketen sehen. Beeilung, Mann.«

»Hören Sie, fliegt dieses Schiff zum Gottverlassenen Planeten?«

Sergeant Porky sah Bill an, als käme er von einer Heuhaufenwelt. »Natürlich fliegt es zu einem gottverlassenen Planeten. Das tun alle.«

»Nein, so heißt der Planet. Gottverlassener Planet.«

»Hören Sie, Kumpel, wenn Sie den Namen nicht wissen, kann ich Ihnen nicht helfen.« Ein lauter Dampfstoß übertönte seine Stimme.

»Was?« fragte Bill.

»Was liegt auf der Zweiten Basiswelt«, erklärte der Kerl.

»Wer?«

»Wer liegt auf der ersten Welt. Spielt den Shortstopper für die Yankee Imperialisten. Das weiß jeder sportliebende Trooper, Bowb-Kopf.« Er kniff die Augen mißtrauisch zusammen. »Sind Sie ein Chinger oder sowas?«

Bill tötete ihn nicht an Ort und Stelle. Er knirschte mit den Zähnen, während er dem Korporal die offiziellen Dokumente des Galaktischen Ermittlungsbüros unter die Nase schob.

»Du meine Güte. Ein GBI-Agent. Entschuldigen Sie, Exzellenz. Wie kann ich Ihnen dienen?« Der fette Mann zitterte plötzlich reumütig.

»Wohin fliegt dieses Raumschiff?«

»Deathworld 69, Sir. In den Missionarsstellung-Nebel.«

»Ist das der Gottverlassene Planet?«

»Ja, Sir, das ist er.« Der Sergeant nickte nachdrücklich. »Er ist die reine Hölle. Trooper, die dorthin fliegen, kommen nie lebend zurück. Warum schickt Sie das GBI dorthin? Ein Sonderauftrag?«

Bill seufzte frustriert. »Nein, ich fliege nicht dorthin. Ich muß einen Kerl, der dorthin geschickt wurde, herausholen. Wir brauchen ihn. Ist ein Offizier namens Brandox hier?«

Der Wächter sah auf seiner Liste nach. »Ja, da ist er, Sir. Brandox. Er ist an Bord. Aber wir verschließen die Luke in genau fünf Minuten. Es wäre nicht vernünftig, ein Raumschiff in die beinahe absolute Leere zu schikken, und zu übersehen, daß seine Scheunentür weit offen steht, oder?«

»Noch ein Witz und Sie sind tot. Stoppen Sie sofort alle Start-Vorbereitungen.«

»Das kann ich nicht«, jammerte der vor Angst zitternde Sergeant. »Wenn man bei einem dieser antiken Modelle den Countdown abbricht, explodiert es. Energie-Sparmaßnahmen, die neuen Befehle des Kaisers.«

»Ich muß hinein und den Kerl herausholen, bevor die Luke zugeht. Ein Trooper muß tun, was ein Trooper tun muß.« Das hieß, daß er den alkoholischen Offizier herausholen und mit ihm nach Barworld fliegen mußte. Bill parkte den Grav-Wagen (zuerst auf dem Fuß des Eincheckserganten, was einen Schmerzensschrei auslöste und vierzig Sekunden vergeudete), dann galoppierte er die Raumschiff-Gangway hinauf.

Daß *Beelzebub* ein ›Fleischbeförderer‹ war – der Trooperausdruck für ein Raumschiff, das den Abfall der militärischen Mannschaften zu ihrem Untergang transportiert – merkte man sofort an dem deftigen Geruch, der Bill in dem Augenblick in die Nase stieg, als er den Frachtraum betrat. Das Raumschiff war unübersehbar ein alter Frachter, den man nicht nur lang nach seiner besten Zeit, sondern lang nach seinem Auslaufdatum in den militärischen Dienst gezwungen hatte. Die Schweißnähte hatten sich verzogen, aus den elektrischen Leitungen brutzelten Funken, und das ganze Ding vibrierte wie ein brünstiger spicanischer Warzenhund. Bill kämpfte sich zwischen durchhängenden Kabeln und Wasserrohren durch, und seine Nase zuckte wegen des beinahe sichtbaren Miefs im Inneren. Die automatischen Lifts waren durch Rost festgeschweißt, deshalb mußte Bill über mehrere Leitern klettern.

Endlich erreichte er einen großen, dunklen Raum, der von dem Reaktorkern des Raumschiffs und einigen Kerzen schwach beleuchtet wurde.

»Gibt es hier drin einen Lieutenant Brandox Junior?«

Stöhnen. Das Klappern von Blechtassen, das Schwappen von Nachttöpfen, der Geruch nach altem Brot und Bohnen, das Klirren von Ketten. In den Schatten bewegten sich undeutliche Gestalten.

»Haben Sie Lieutenant Brandox Junior gesagt?« stöhnte jemand.

»Das ist richtig«, antwortete Bill hoffnungsvoll.

»Bin ich nicht.«

»Ich auch nicht!«

»Ich bin ganz bestimmt nicht Brandox«, waren die geknurrten Antworten.

Verdammt! Die Zeit wurde knapp. Die Türen würden jeden Augenblick zugehen, und Bill würde in der Falle sitzen, nach Deathworld 69 unterwegs sein und nie mehr zurückkommen!

»Wer, zum Bowb, ist es dann?«

»Er ist oben im *wirklich* scheußlichen Teil des Schiffs. Er sitzt mit ein paar weiteren Bowbs in Einzelhaft.«

»Wunderbar.« Bill dachte nicht über die Erfindung einer überbelegten Einzelhaftzelle nach, aber nicht deshalb, weil er keine Zeit dafür hatte, sondern weil es sich um ein typisches Trooper-Paradoxon handelte. Er kletterte einfach eine weitere Leiter in einen eindeutig dreckigen Abschnitt des Schiffes hinauf; der Raum war wenigstens besser beleuchtet, weil er den radioaktiven Kern des Reaktors noch näher war. Das ist in Ordnung, dachte Bill. Er war in letzter Zeit etwas blaß geworden und leichte Bräune würde sich gut machen.

»Lieutenant Brandox!« brüllte er. »Junior.«

»He, Kumpel«, sagte eine Stimme undeutlich. »Dasch binnich! Waschisch los?«

Bill drehte sich um. An der Wand lehnte ein echtes Wrack von Trooper, der eine Literflasche mit einer klaren Flüssigkeit in der Hand hielt. Seine Nase war rot und seine Augen waren so blutunterlaufen, daß sie aussahen, als bestünden sie nur aus Pupille und Adern. Bill stieg der Geruch von reinem Äthanol in die Nase. Zum erstenmal in seinem Leben störte ihn der Alkoholgeruch. Wahrscheinlich war der allgemeine Gestank im Schiff zuviel für ihn.

»Willst'n Schluck?«

»Jetzt nicht. Sehen Sie sich das an.« Bill schwenkte seinen Ausweis vor dem leeren Blick. »Kommen Sie, Lieutenant. Wir müssen weg – aber rasch.«

»Dasch kann man wohl sagen – aber isch muß meine Flasche mitnehmen.«

»Klar. Deshalb brauchen wir Sie.«

Bill zog den Betrunkenen hinter sich her: er roch nach Sonderpreis-Abverkauf in der Säufer-Schnapsbrennerei. Bill holte tief Luft und beschloß, eine Weile auf Alkohol zu verzichten, damit er auf Barworld richtig vorbereitet war. Doch als Brandox unsicher einen Schritt machte, klirrte etwas laut und er setzte sich unsanft auf den Hintern.

»Urp!« sagte er. »Dasch habich vergessen. Kleines Problem.« Er zeigte ruckartig auf die Tungstenstange um seine Brust, die mit Impervium, dem härtesten bekannten Metall der Galaxis, an dem Schott befestigt war. »Haben Sie ein thermisches Schneidegerät?«

»Zwei Minuten bis zur Schließung der Luke«, krächzte eine teuflische Stimme aus dem Lautsprecher.

Bill quiekte. Er zog schwach an der Kette, wußte jedoch, daß es nichts nützte, und er hatte garantiert keine Zeit, sich nach einer Hacksäge umzusehen – und selbst wenn er eine fand, wäre sie ungefähr so zweckdienlich gewesen wie ein Regenschirm in einem Meteorschauer.

»Tut mir leid, Brandox. Sieht aus, als würden Sie hier festsitzen. Na ja, es heißt, daß um diese Jahreszeit die Sonnenuntergänge auf dem Gottverlassenen Planeten hübsch sind.«

»Dann hoffe ich, daß ich nach Deathworld 69 dorthin komme!« sagte Brandox. »Und ich hoffe, daß sie gute Margaritas haben.« Damit wurde der betrunkene Lieutenant ohnmächtig.

»So ist's am besten«, murmelte Bill, während er den Ausgang suchte. »Ich hätte diesen Säufer nach Barworld *tragen* müssen.«

Bill würde einfach melden, daß Lt. Brandox Jr. für eine Sondermission nicht zur Verfügung stand.

Er fand die Leiter und kletterte hinunter.

Er durchquerte den düsteren Frachtraum, beeilte sich, um aus dem Trooper-Höllenloch zu entkommen und suchte den Ausgang. Er hatte es so eilig, daß er die rostige Kette nicht bemerkte, die in Knöchelhöhe über den Boden gespannt war. Er rannte direkt in sie hinein und flog gegen die Wand. Die Kette brach. Seine gehärteten Trooper-Reaktionen (und der gehärtete Trooper-Kopf) bewahrten ihn davor, bewußtlos zu werden, nachdem seine Birne gegen Metall geprallt war. Als er benommen aufblickte und den Ausgang suchte, war ihm noch deutlich bewußt, daß er innerhalb von weniger als zwei Minuten durch diese Tür durch sein mußte, sonst war sein Arsch nach Deathworld 69 unterwegs.

Der natürlich ein Gottverlassener Planet war, ganz gleich, wie man es drehte und wendete.

Dort war er! Der Ausgang!

Vor Bill erhob sich eine Gestalt und verstellte den Ausgang. »Aus dem Weg, verdammter Bowber!« brüllte Bill höflich. »Ich muß aus diesem Kahn raus!«

Die Gestalt wurde zu einem struppigen, bärtigen Mann, der mit einer Menge Lumpen bedeckt war. »Langsam drehe ich mich«, polterte er mit tiefer, drohender Stimme. »Schritt für Schritt ... Zoll um Zoll ...« Der Mann hob das Bein, von dem eine alte, zerrissene Kette hing. »Ich bin frei! Ich glaube es nicht! Du hast mich *befreit*. Ich sitze seit Jahren vergessen in diesem Raumschiff. Und du hast mich *befreit*! Wie kann ich dir jemals danken?«

»Indem du dich bewegst. Ich muß diese Leiter hinunter!«

Ein Lautsprecher dröhnte. »Eine Minute bis die Luke zugeht. Nächste Station: Ein Gottverlassener Planet.«

»O nein! Das ist Deathworld 69! Dort gibt es den Tod, nur den Tod!« Der Mann fiel auf die Knie und plärrte verzweifelt. »Ach bitte, guter Kumpel! Bitte nimm mich mit!«

»Geh mir aus dem Weg!«

»Bitte Sir! Ich verrate dir das Geheimnis des Universums! Ich kenne die Bedeutung des Lebens an sich.«

»Hör mal, Blödmann, mir ist es gleich, ob du den Schlüssel zum Alkoholschrank des Captains hast. Dieses Boot wird sehr bald in die Luft fliegen, und ich werde nicht darauf sein.«

»Ich lüge nicht.«

»Dreißig Sekunden bis zum Schließen der Luke ... Letzte Gelegenheit für eine Flugversicherung. Nur zehn Millionen Kredits pro Kopf. Neunundzwanzig Sekunden ...«

Bill versetzte dem Kerl einen harten, raschen Stoß. Der zerlumpte Mann fiel nach hinten, rollte weiter und fiel geradewegs zur Luke hinunter. Er griff nach der Leiter, die klapperte und rüttelte – und dann brach er zusammen und versperrte Bill den Ausgang.

Bill starrte entsetzt hinunter.

»Fünfundzwanzig Sekunden. Leckt euch zum Abschied gegenseitig den Arsch!« erklärte der Lautsprecher beruhigend.

Bill hatte sich oft in einer Klemme befunden, deshalb wußte er genau, was in solche Situationen am besten funktionierte.

Totale, vollkommene, blinde Panik!

Bill dachte nicht an die unmittelbare Gefahr, sondern nur daran, daß er wieder auf einem Planeten wie Veneria festsitzen würde, schrie schrill und stürzte sich kopfüber zur Luke hinunter.

Er landete überraschend weich.

»Uff!« rief jemand. »Autsch!« rief ein anderer. »He, Kumpel! Verdünnisier dich! Als wäre es nicht schlimm genug, daß wir verdammt sind, landet auch noch ein fetter Trottel auf uns!«

Zu Bills Glück war er auf einer gemeinschaftlichen Matratze gelandet, die mit gemeinschaftlichen Troopern bedeckt war.

Bill hätte sich über das Wort ›fetter‹ aufgeregt, wenn der Lautsprecher nicht jeden daran erinnert hätte, daß er noch genau zehn – nein, *neun* Sekunden bis zum Schließen der Luke hatte.

Bill krabbelte von der Matratze, wobei ihn die Gesichter und Glieder diverser Trooper behinderten. »He, Kumpel, warum bleibst du nicht hier!«

»Ja, wir können Gesellschaft brauchen.«

Bill verteilte einige Fausthiebe und riß sich von dem Gewirr los. Er bewegte sich auf den undeutlichen Lichtstreifen zu, der die Luke war.

»Vier Sekunden. Zwei Sekunden.«

»Warte mal«, kreischte Bill. »Du hast ›drei Sekunden‹ ausgelassen.«

»Drei Sekunden?« fragte die Stimme aus der Sprechanlage. »Habe ich drei Sekunden ausgelassen, Madge? Ich hätte schwören können, daß ich drei gesagt habe. Also gut. Drei Sekunden. Eine Sekunde.«

»Was ist mit zwei?« schrie Bill.

»Verdammt, ich habe zwei gesagt. Hör mal, Kumpel, willst du, daß ich für dich ein Playback mache? Ich kann das, weißt du. Wir haben die Geräte dafür.«

Die Luke befand sich genau vor ihm.

Die Tür begann, sich zu schließen. Bill erinnerte sich an den höllischen Dschungel, den Schweiß, das Entsetzen, den Schmerz, als er sich seinen Fuß abschießen mußte, um von der letzten Deathworld wegzukommen, auf der er gewesen war. Diese Vision spornte ihn an, und er sprang in der letztmöglichen Mikrosekunde vorwärts und durch die sich schließende Tür.

Er rollte schnaufend und keuchend die Rampe hinunter und gelangte vor zwei Beinpaaren zum Stillstand. Ein Paar war beschuht, das andere nackt, mit Schwielen bedeckt und unglaublich schmutzig.

»He, Mann«, fragte der Wächter. »Ist dieser Kerl Brandox?«

Bill war im Begriff, »Verdammt, nein«, zu sagen. Doch ein Paar leuchtender Augen, die unter dem Haarwald flehend zu ihm herunterstarrten, bremste ihn. Bill wollte trotzdem »Verdammt, nein«, sagen, weil ihn die knappe Rettung verärgert hatte, aber etwas, er wußte nicht was, eine leise, bohrende Stimme des Mitleids, vielleicht ein submikroskopisch kleines Stückchen Gewissen und Mitgefühl aus seiner Vor-Trooper Zeit, die sich noch in einem staubigen Winkel seines Gehirns herumtrieben, ließ ihn anhalten. Oder vielleicht war es nur Sodbrennen.

»Ja, das ist er. Er kommt mit mir mit.«

»Dann schlage ich vor, daß Sie sich in den Grav-

Wagen setzen und in einem Höllentempo von hier verschwinden, weil diese Dinger mit einer Explosion starten, die im Umkreis von etlichen Metern alles Lebendige in Asche verwandelt.« Damit setzte sich der Mann in Bewegung und rannte wie wild davon.

Der Mann, den Bill versehentlich gerettet hatte, blinzelte glücklich und krabbelte rasch in den Rücksitz des Grav-Wagens.

Bill sprang mürrisch in den Fahrersitz und schaltete die Anti-Grav Repulsionsmotoren ein. »Ich weiß nicht, warum ich das tue. Ich weiß es einfach nicht«, sagte er, während er davonraste.

»Du wirst es nicht bereuen, Bill, das verspreche ich dir«, sagte er Mann. Er sprach jetzt viel deutlicher. Und er klang ausgesprochen vertraut.

Sekunden später spürte Bill die Hitze der startenden Raketen. Rings um ihn flammte Licht, und der Grav-Wagen bäumte sich auf. Bill fuhr weiter und hörte, wie die *Beelzebub* davondröhnte und auf dem Weg zu ihrem schrecklichen Ziel die Atmosphäre durchschnitt.

Als Bill annahm, daß sie in Sicherheit waren, hielt er an und wandte sich seinem Passagier zu. »Okay, Bowb-Atem. Weiter nehme ich dich nicht mit. Ich habe Besseres ...«

Der Rücksitz war leer.

Der Kerl war bereits fort.

Bill zuckte die Achseln, aber er erschauerte, und seine Nackenhaare stellten sich auf. Wohin war der Kerl verschwunden?

Ein kalter Hauch abergläubischer Angst streifte ihn. Ein Gespenst aus der Trooper-Vergangenheit. Er trat auf das Gaspedal.

3

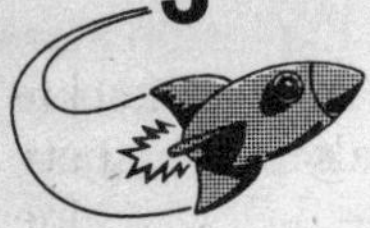

»Trooper Bill?«

Der leicht angeschlagene Bill blickte hoch und sah alles durch eine bierfarbene Brille.

»Trooper Bill? Können Sie mich hören? Over.«

Bill begriff, daß seine Brille bierfarben war, weil er in einer Raumhafenbar das Bewußtsein verloren hatte. Alles war angenehm dunkel und gemütlich und weich, wie es bei guten Bars für gewöhnlich der Fall ist. Nur seine Augen schmerzten, weil er mit dem Gesicht auf zwei Biergläsern lag. Er hielt die Gläser fest, zog den Kopf unter saugenden, knallenden Geräuschen hoch, und sah sich lustlos um. Es waren nur wenige Gäste vorhanden, von denen zwei gemäß alter Trooper-Tradition den Geist in alkoholischen Pfützen auf dem Boden aufgegeben hatten.

»Grundgle?« fragte Bill.

»Sehen Sie Ihr Doppelverkehr-Sub-Raum-Super-Quantum Funkgerät an, Sie Idiot!« verlangte die beharrliche Stimme aus der allgemeinen Richtung seines Handgelenks. Bill untersuchte verschlafen das Gerät und stellte fest, daß ihn J. Edgar Insufledors häßliches Bild anklagend ansah. »Hören Sie zu, Bill. Es war gut für alle, daß Sie Lt.Brandox nicht vorführen konnten. Wir sind zu dem unvermeidlichen Schluß gelangt, daß Sie die alkoholische Deckung übernehmen müssen. Sie haben offenbar ein natürliches Talent dafür.«

Bill versuchte zu antworten, doch ein geisttötendes Rülpsen plus einem kräftigen Schluckauf hinderte ihn daran.

»Ausgezeichnet. Wir sehen, daß Sie bereits vorbereitende Arbeit geleistet haben. Doch in dieser Situation brauchen Sie einen Mitarbeiter. Einer unserer Top-Agenten, G-Mann Elliot Methadrine, sitzt in diesem Augenblick neben Ihnen. Sagen Sie Ihrem neuen Partner ›Hi‹, Elliot, und zeigen Sie ihm, wie liebenswürdig und offen ein guter, ehrlicher G-Mann des Kaisers sein kann.«

Der Mann neben Bill wandte sich ihm zu und streckte ihm freundlich die Hand entgegen. »Ja also. Es ist nett, Sie kennenzulernen, Trooper Bill. Ja also – das wird eine großartige Aufgabe, was? Barworld! Ich wette, daß ich dort ein paar Zauberhafte kippen werde. Ho, ho.«

Bill runzelte verblüfft die Stirn, während er blinzelte, um seine durch das Bier beeinträchtigte Sehkraft wiederzuerlangen. *Ja also.* Wo hatte er diesen Ausdruck schon gehört? Oder hatte er ihn überhaupt schon gehört? Vielleicht war er für G-Männer typisch. Bill zitterte noch immer vor Erwartung, wenn er daran dachte, daß er nach Barworld kommen würde, und bebte vor Entsetzen, wenn er sich daran erinnerte, wie knapp er von der *Beelzebub* entkommen war. Er zitterte und bebte, während er unsicher die Hand ausstreckte und die des Neuankömmlings schüttelte.

Elliot Methadrine hatte ein frisch geschrubbtes Gesicht, blondes, zurückgekämmtes Haar, babyblaue Augen, und war überhaupt so sauber und gesund, daß er bestimmt nicht einmal in seinem Nabel Fusseln hatte. Er trug einen frisch gebügelten Nadelstreifen-Anzug und eine ordentliche, babyblaue Krawatte – sie paßte genau zu seinen Augen –, die von einer goldenen Krawattennadel festgehalten wurde. Neben ihm stand ein Geigenkasten.

»Bludga«, keuchte Bill, dessen Sprechorgane noch immer nicht funktionierten.

»Ja also. Wir werden diesen elenden Chingern einen Strich durch die Rechnung machen, was, Trooper Bill?« Elliot Methadrine nickte voll nichtssagender Begeisterung. »Sie werden schon sehen. Gemeinsam werden wir ein prima Team abgeben. Ich hoffe aufrichtig, daß die Operation an Ihrem Ohrläppchen nicht zu anstrengend oder zu schmerzhaft war.«

Weil Elliot ihn darauf aufmerksam gemacht hatte,

merkte Bill, daß sein Ohr schmerzte. Oder vielleicht hatte sich der Alkoholnebel gelichtet, und sein Nervensystem funktionierte daraufhin wieder. Bills gerötetes, geschwollenes Ohr begann, dumpf zu pochen, und er stellte fest, daß er auch Kopfschmerzen in der Größenordnung eines Sternennebels hatte. Er bestellte ein Aspirin, ein Gläschen Novocain, eine Ernüchterungspille und ein Bier. Er warf die Pillen in das Bier, schüttete das Novocain hinterher und stürzte die Mischung hinunter.

Als das Gebräu in Bills Magen explodierte und Schockwellen durch seinen Körper schickte, brüllte er »Yarrrghh«, war im nächsten Augenblick nüchtern und konnte klar denken. Diesen Zustand haßte er. Das Bild seines Chefs auf seinem Handgelenk sprach wieder.

»Sie arbeiten ausgezeichnet zusammen. Ich muß mich jetzt wie immer um dringende Angelegenheiten kümmern, also schließt ihr beiden erstmal Bekanntschaft. Alle Anweisungen befinden sich in Ihrem Ohr, Bill. Und wenn es sich gelegentlich ergibt, daß Sie einige Kommupop-Aufwiegler töten können, um so besser. Over und out.«

»Ja also – Mr. J. Edgar Insufledor ist doch der beste Boss, den es je gab, was?«

»Bestellen Sie mir noch einen Drink, Elliot, und auch einen für Sie. Wir sollten einander wirklich kennenlernen, finden Sie nicht?«

»Ja, natürlich, klar. Barkeeper – das gleiche noch einmal für meinen Freund ...«

»Sie sind auf Novocain fixiert?« fragte der Barkeeper.

»Nein, Bowbkopf. Ich bin jetzt nüchtern, also greife ich auf den Alkohol zurück. Ein großes Bier und einen Whisky zum Nachspülen.«

»Und ich möchte eine Limonade mit Kräuterextrakten – viel Kräuterextrakten.«

»Moment mal! Man schickt mich mit einem Abstinenzler nach Barworld? Was für eine Deckung soll das um Krishnas willen sein?«

»Oh... ja also... ich trinke, Bill. Angeblich kann ich soviel trinken, wie ich will, ohne betrunken zu werden.«

»Warum trinken Sie dann nicht mit mir? Wenn zwei Kerle einander richtig kennenlernen sollen, dann müssen sie ein paarmal anstoßen. Und damit meine ich keine Limonade-Gläser.«

»Ja also.« Elliot Methadrine nickte, als hätte Bill etwas Tiefschürfendes und Kluges gesagt. »Okay. Geben Sie mir ein Bier.«

»Na also. So ist's schon besser. Damit wir einander kennenlernen, erzähle ich Ihnen meine Lebensgeschichte. Ich wurde geboren. Als ich erwachsen wurde, brachte mich ein Kerl namens Deathwish Drang mit einem Trick dazu, mich freiwillig zu den Troopern zu melden. Diese Hauer gehörten ihm.« Er klopfte auf eines der beiden Prunkstücke. Es schwang nach wie eine Stimmgabel. »Ich bin durch die Hölle und zurück geschleppt worden, habe eine Menge Bier verschüttet, ein paar Herzen gebrochen und ein paar Köpfe eingeschlagen, und tue mir ungeheuer leid. Ich werde sterben. Wahrscheinlich bald, aber hoffentlich erst, wenn diese Mission vorbei ist. Und wie steht es mit Ihnen?«

»Ja also – was für ein Patriotismus! Was für eine tapfere Philosophie! Was für ein unsentimentaler Mensch! Sie sind uns allen ein Vorbild.«

Bill wurde wieder mißtrauisch. Was dieser komische Kauz sagte, klang wie der alte Bowb. Aber in diesem Augenblick füllte der Barkeeper Bills Glas nach und lenkte ihn ab. Bill entspannte sich und machte einen tiefen Zug.

»Und jetzt erzählen Sie mir *Ihre* Geschichte, Partner.«

»Klar!« Elliot wischte sich den Schaum mit dem Rockärmel ab. »Eigentlich habe ich nicht viel zu erzählen. Aber ich versuche es.«

Er erklärte, daß er zum G-Mann geboren war, und zwar auf einer Ein-G-Welt. Die Sonne, die dieser Planet umkreiste, hieß G-Whizz. G-Welt war von Juristen und Regierungsbeauftragten sowie von Geheimagenten aus der Vor-Imperium-Zeit kolonisiert worden, und zwar in einer für die menschliche Geschichte uncharakteristischen Ära des Friedens. Da die Gesetzeshüter nur selten Frieden stiften mußten, emigrierten sie auf eine bereits kolonisierte Welt, die damals von Rassisten, Anhängern der Willensfreiheit und Proto-Faschisten besiedelt war, die vor der Gerichtsbarkeit geflohen waren. Sie hatten ein eigenes juridisches System eingeführt, die meisten Aktivitäten auf dem Planeten mit Ausnahme des Waffenhandels für illegal erklärt und sofort begonnen, das neue Gesetz mit soviel Blutvergießen und grundloser Gewalt wie möglich durchzusetzen. Als die G-Männer eintrafen, war es Krieg auf den ersten Blick. Dann begannen die Einwohner allmählich zu verlieren und fingen an, aus der ganzen Galaxis Verbrecher, Mafiosi und Drogendealer zu importieren, die sie bei ihrem Kampf gegen die G-Männer unterstützen sollten. Das gefiel den Vertretern von Recht und Ordnung sehr gut. Ein Unternehmer schaltete schnell und richtete einen Dokumentationskanal ein, der dem Galaktischen Kabelfernsehen über G-Welt berichtete, und dessen Einschaltquoten alle anderen übertrafen. Das Ergebnis war, daß innerhalb einer Generation die Planeten begannen, den vor Aktion strotzenden Kanal nachzuahmen – und Puff! Der galaktische Friede war dahin. Das Imperium erhielt den Auftrag, den Frieden wiederherzustellen, notfalls mit Gewalt. Man mußte die Menschen retten, auch wenn man sie dabei vernichtete. Was bekannt klang. Bald begannen die Menschen, einander auf allen Systemen zu erschießen und auszurotten, was schließlich dazu führte, daß das Imperium ein für allemal etabliert wurde. Doch nachdem der Friede ausgebrochen war, wurden die Generäle und Admiräle allmählich unruhig. Deshalb begrüßten sie die drohende Chingergefahr mit offenen Armen. Natürlich war es keine wirkliche Bedrohung, da die Chinger das Wort Krieg nie gehört hatten. Doch so etwas hatte die Militärs noch nie gestört. Ein wenig geschickte Propaganda, und die Schlacht war im Gang. Jetzt konnten sie ihre Energien zur Vernichtung der Aliens einsetzen und einander Medaillen anstecken.

Elliot Methadrine kam aus einer langen Reihe von G-Männern, die darauf spezialisiert waren, auf der G-Welt die Prohibition durchzusetzen, während sie nebenbei Brauereien, Weinkellereien und Brennereien betrieben. (Das erklärte Elliots erworbene Widerstandsfähigkeit gegen Alkohol.) Er war in der G-Welt-Akademie ausgebildet worden, war ein erstklassiger Scharfschütze mit Lasern, Blastern und mit Kugeln geladenen Waffen, beherrschte zehn verschiedene Kampfsportarten und konnte einen wüsten gebratenen Tofu-Burger machen. Zu seinen Hobbies gehörten Vogelbeobachtung, Strikken, *Unberührbare Comics* sammeln (eine hinduistische Publikation, eine der wenigen Religionen, die Comics gestatteten), und er war jeden Monat an einem Wochenende Teilzeit-Scharfrichter in den Scharfrichter-Reservaten; damit half er seinen Vettern, das Jurastudium durchzustehen.

Während Bill sich all diesen Bowb ungeheuer desinteressiert anhörte, nickte er über seinem Bier ein. Sie hatten beide bereits etliche Drinks gekippt, und Bill war in seinem Stuhl sichtlich zusammengesunken, aber Elliot sah noch immer frisch und wach aus, obwohl er unentwegt starke Getränke zu sich nahm.

Die männliche Verbindung war beinahe geschafft.

»Okay. Klingt gut«, meinte Bill. »Jetzt erzähl mir einen Witz.«

»Ja also – einen Witz? Wieso, Trooper Bill?«

»Weil ich lachen will, deshalb.«

»Oh. Okay. Warte mal. O ja, ich kenne einen guten

Witz.« Elliot nahm einen kräftigen Schluck von seinem Drink. »Ein Mann geht zum Arzt, weil er sich nicht wohl fühlt. Der Arzt macht einige Tests. Der Mann fragt: ›Was stimmt mit mir nicht, Doc?‹ ›Schlechte Nachrichten‹, antwortet der Arzt. ›Sie haben galaktisches AIDS, venusianischen Herpes und solarische Lepra.‹ ›Was werden Sie unternehmen, Doc?‹ fragt der Mann. ›Als erstes werde ich Sie auf eine Diät von Pfannkuchen, Pizzas und Tortillas setzen.‹ ›Warum Pfannkuchen, Pizzas und Tortillas, Doc?‹ ›Weil sie das einzige sind, das wir unter der Tür durchschieben können.‹«

Bill geriet aus dem Häuschen. Er knallte den Bierkrug auf die Theke und klopfte Elliot auf den Rücken. »Das ist großartig! Das ist widerlich! Sowas liebe ich! Das sind genau die Trooperwitze, die ich mag!«

»Ja also – ich freue mich, daß du sowas magst, Bill.«

»Was wäre, wenn wir uns noch schnell in der Gegend umsehen, bevor wir uns auf den Weg machen müssen?«

»Hast du nicht vor, eines der Implantate in deinem Ohr abzuhören, Bill?«

»Wozu? Ich soll freiwillig Befehle abrufen, ohne daß man es mir befohlen hat? Du hast noch eine Menge zu lernen. Wenn es sein muß, tun wir es morgen früh. Aber wir könnten die Nacht mit ein paar Drinks abschließen und vielleicht nachsehen, ob das Puff für Mannschaftsgrade offen hat.«

»Ja also Bill, das klingt großartig. Was ist ein Puff?«

Ja, dachte Bill, der wieder im Alkoholdunst versank. Der Kerl war okay. Auch wenn er unglaublich dumm war. Aber er hatte etwas an sich, das Bill störte ... er wirkte wie eine kleine, herumhüpfende Eidechse, die in bezug auf ihre Aufgabe zu *eifrig* ist.

Aber, *ja also,* dachte Bill, ansonst war dieser Elliot Methadrine ein guter Kumpel, ein netter Kerl, mit dem man einen heben konnte.

4

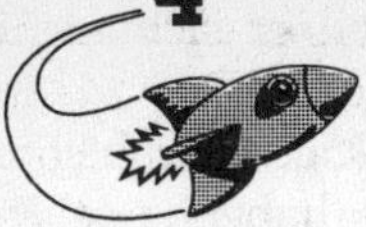

Als Bill und Elliot bei dem Schiff IK – Interstellarer Kreuzer – *Starbloater* eintrafen, warteten ihre Tickets bereits auf sie. Da Trooper nur im Zwischendeck reisen durften, trug Bill jetzt einen silbernen Satz gefälschter Lieutenant-Abzeichen, die Elliot ihm gegeben hatte. Diese zeitweilige Verkleidung war nur für den Flug gedacht, aber sie stieg ihm natürlich sofort zu Kopf. Er blähte die Nasenflügel, beschimpfte die Hilfskräfte, legte sich einen tuntigen Akzent zu und tat alles, was die Offiziere taten. Sie waren schon weit im Raum draußen, und Bill genoß jeden unversklavten Augenblick seiner Existenz, als der Killer mit dem entsetzlichsten Handblaster, den Bill je gesehen hatte, auf ihn losging.

Einige Augenblicke zuvor hatte Bill an dem Ende des Sprungbretts balanciert; er trug eine rosa und grüne Badehose, hielt eine Bierdose in der Hand und berechnete die Entfernung zwischen ihm und dem mit opalisierendem Wasser gefüllten Swimmingpool unter ihm. Seine muskulöse Leibesmitte war infolge der zahlreichen Bauchlandungen, die er gebaut hatte, bereits heftig gerötet. Diesmal wollte er einen einwandfreien Sprung hinlegen, auch wenn es ihn umbrachte.

»Was meinst du, Elliot? Soll ich ein bißchen zurücktreten, oder soll ich am Rand balancieren, bevor ich springe?«

Elliot beobachtete ihn von seinem Liegestuhl aus aufmerksam, stellte gelassen die entsprechenden Gleichungen an und trank dabei einen Aldebaran Arachne. »Ich glaube, dort, wo du stehst, ist der richtige Platz. Ja also – vielleicht solltest du die Bierdose loswerden. Sie kann dich aus dem Gleichgewicht bringen.«

»Ja«, gab Bill zu. Er leerte die Dose, drückte sie zusammen und warf sie Elliot zu. »Gute Idee. Übrigens, Elliot, ich wollte dich immer schon fragen... warum sagst du die ganze Zeit ›ja also‹?«

Diese Frage bereitete Bill allmählich Kopfzerbrechen. Nicht, weil er etwas gegen die Worte ›Ja also‹ hatte. Es war sogar irgendwie spritzig. Nein, es störte Bill, daß Eager Beager im Camp Trotzki die ganze Zeit ›Ja also‹ gesagt hatte, bis sich herausstellte, daß er ein Chinger namens Bgr war, der bei jedem Mißgeschick, das Bill widerfuhr, häufig ›Ja also‹ sagte. In seiner Verkleidung als Eager Beager hatte das fünfundzwanzig Zentimeter große Geschöpf einen menschlich aussehenden Roboter verwendet, den er von einem Kontrollsitz in der Gehirnpfanne aus steuerte.

Bill wurde mißtrauisch. Er hatte Elliot aufgefordert, ebenfalls im Swimmingpool des Schiffes zu schwimmen, denn wenn Elliot unterging, war er sicherlich ein Roboter. Doch Elliot war zwar in einen sehr kleidsamen Badeanzug geschlüpft, hatte es aber irgendwie vermieden, ins Wasser zu gehen.

Bill und Elliot hatten die Befehle des Implantats in Bills linkem Ohrläppchen befolgt und Kajüten auf dem Vergnügungskreuzer IK *Starbloater* gebucht, einem umgebauten Müll-Leichter, dem die Tasteless Plezur Co. die Form eines Eisbergs gegeben hatte. (›Eine coole, COOLE Kreuzfahrt‹ behauptete die Broschüre). Das Schiff war mit Offizieren und ihren Frauen oder Freundinnen oder Geliebten – in vielen Fällen ihren Freunden – vollgestopft, weil man hier seinen Spaß haben konnte. Das Essen war genauso geschmacklos wie das Unterhaltungsprogramm, was keine Rolle spielte, weil die meisten Gäste den größten Teil der Zeit veilchenblau waren. Sie trainierten ihre Nieren und Lebern für Barworld. Alles in allem war es widerlich. Bill hielt es für das Paradies. Was etliches über seine Wertvorstellungen aussagt. Jetzt wartete er auf die Antwort auf eine unter Umständen sehr relevante Frage.

»Ja also, Bill, das weiß ich nicht. Mein Vater und meine Mutter sagen es immerzu.«

Bill ließ sich durch die Logik nicht abschrecken. »Dir fällt kein weiterer Grund ein?«

»Ja also – nein. Warum stört dich das so sehr?«

»Ich habe einmal einen Chinger gekannt, der sehr oft ›Ja also‹ sagte.«

»Ach, du meinst Bgr. Ja, das war uns bewußt. Ich war schon neugierig, wann du mir diese Frage stellen würdest, Bill. Aber ich antworte dir gerne. Nein, ich bin nicht Bgr. Sehe ich wie eine zwei Meter fünfzig große Eidechse mit vier Armen aus?«

»Ja also – nein, aber ...«

»Na also. Das Problem ist gelöst. Aber zu unserem dringendsten Problem – warum versuchst du es nicht mit dem Implantat? Es könnte eine Meinung dazu haben.«

Wie sich herausgestellt hatte, was das Implantat ein Wunder von direkt an Bills Gehirn angeschlossener Bioelektronik. Es verfügte über eine erstaunliche Datenbank an Wissen sowie über einige Intelligenz, und konnte auch als handlicher Taschenrechner verwendet werden. Es war insofern ein Problem für Bill gewesen, als er lernen mußte, wie man das Gerät so verwendete, daß man das entzündete Ohrläppchen schonte.

In diesem Fall mußte er sich zwischen schmerzendem Ohr und noch mehr schmerzendem Bauch entscheiden.

Bill zupfte an seinem Ohr. »FRAGE: Wie tauche ich in dieser Situation, ohne auf den Bauch zu klatschen?«

Das Gerät war offensichtlich mit allen Arten von Sensoren ausgestattet, die an Bills Nervensystem angeschlossen waren – Nanochip-Gedächtnis, eine elementare künstliche Intelligenz und ein nasaler Stimmensimulator (komisch, dachte Bill, eine nasale Stimme in meinem Ohrläppchen). Schlimmer war, daß der wahnsinnige Programmierer, der das System entworfen hatte, nebenbei die ethnische Musik der längst verschwundenen Erde liebte. Wahrscheinlich hatte er die digitalisierte Datenbank eines alten Raumschiffes kopiert und sie dem RAM in Bills Ohr untergejubelt. Er hatte sie sich zweifellos während der langweiligen Stunden des Programmierens angehört. Schön. Aber er schrieb eine solche Scheiß-Software, daß Teile der Musik in die übrigen Programme durchsickerten. Etwas Lateinamerikanisches, das am Rand von Bills Gehör kratzte, klang wie *Mula Chula*.

»Komm schon«, sagte Bill lauter, um die Gitarren zu übertönen. »Springen – wie springe ich?«

Er hatte Flugbahn-Extrapolierungen und Gewicht/Luftwiderstand/Schwerkraft-Gleichungen erwartet und wurde natürlich enttäuscht.

»*Tu's nicht*«, sagte er laut. »Was, zum Bowb, meinst du mit ›*Tu's nicht*‹? Ich werde es richtig machen, und wenn es mein Tod ist.«

»Hör mal, du Idiot. Du verfügst über die Grazie und die Reaktionen eines großen Flamencotänzers – eines toten großen Flamencotänzers.«

»Diesmal wünsche ich mir ausnahmsweise, daß du wie vorgesehen eine Maschine wärst und tätest, was ich dir befehle«, rief Bill und zupfte verzweifelt an seinem Ohr. »Und würdest du aufhören, die idiotische Musik zu spielen und statt dessen die Frage beantworten?«

Elliot Methadrine blickte aus seinem Liegestuhl auf. »Ja also – du sprichst schon wieder mit deinem Ohr, was? Ich möchte wissen, warum sie das Gerät nicht mir gegeben haben.«

»Das wäre mir ganz bestimmt lieber.« Bill verbog das Ohr heftig, um das dumme Ding abzuschalten. »Ich werde jetzt springen, und zwar diesmal richtig, oder…«

Bill hatte nie mehr Gelegenheit zu erklären, was er tun würde, wenn er nicht richtig sprang – oder einen Bauchplatscher machte, wenn er im Wasser landete.

Denn das war der Augenblick, in dem der Mörder aus der Luke im Deck heraussprang.

Der Kerl war etwa zwei Meter groß. Er hatte langes, zottiges Haar und ein regenbogenfarbenes Stirnband, damit ihm die Haare nicht in die Augen fielen. Er hatte einen Spitzbart und eine Nickelbrille. Er trug ein schmutziges, gefärbtes T-Shirt, eine Hose mit Schlag und Ledermokassins. An seinem Hals baumelte ein großes Medaillon: das Friedenssymbol. In den Armen hielt er eine Mauser Laserkanone: ein eindeutiges Kriegssymbol.

Es war die tödlichste Handfeuerwaffe, die Bill je gesehen hatte.

»Stirb, imperialistisches Schwein«, kreischte der Kerl und richtete die Kanone über Kamm und Kimme direkt auf Bill.

Da Kampf die Arbeit war, die Bill gewählt hatte (na ja, genau genommen nicht *gewählt*), waren bereits viele Waffen auf ihn gerichtet gewesen. Doch da er jetzt waffen- und deckungslos war und ein gutes Ziel abgab, boten sich ihm nur wenige Möglichkeiten.

Er stürzte sich ins Wasser.

Ein Energiestrahl knisterte an der Stelle durch die Luft, an der er gerade gestanden hatte.

Bill tauchte mit den Füßen voran ins Becken und sank so tief er konnte. Er spürte, wie das Wasser über ihm kochte, als der Mörder versuchte, ihn durch das Wasser zu killen. Aber Bill wußte, daß ein sinkendes Ziel schwer zu treffen ist, und er beherrschte von allen Wassersportarten das Sinken am besten. Zum Glück befand er sich am elf Meter tiefen Ende des Schwimmbeckens, konnte also noch weit sinken. Leider war die Kapazität seiner Lunge nicht überwältigend; er hatte vor dem Sprung nicht tief Luft geholt, deshalb mußte er sofort, nachdem er den Boden erreichte, darüber nachdenken, wie er auftauchen und Atem holen sollte.

Bill war intelligent genug, um zu wissen, daß er nicht an der gleichen Stelle auftauchen durfte, an der er untergetaucht war. Er schwamm also so weit er konnte, bis er mit dem Kopf gegen den Beckenrand stieß; dann begann er, sich an der Seitenwand des Beckens hinaufzukämpfen und hoffte gegen alle Hoffnung, daß Elliot den Kerl inzwischen getötet hatte – und daß er nicht die Caisson'sche Krankheit kriegen würde.

Als er die Oberfläche erreichte, sich ein wenig umschaute und sofort tief Luft holte, sah er, daß am Swimmingpool ein heilloses Durcheinander herrschte. Der Liegestuhl war in Stücke gesprengt, überall lagen verbrannte Handtücher, und Elliots Plastikfloß trieb mitsamt der Gummiente luftleer auf dem Wasser. Die Luft roch nach verbranntem Fleisch.

Bill sprang aus dem Becken und rannte in Deckung.

Er blickte hinter einer Tür mit der Aufschrift DAMEN hervor.

Jemand war geröstet worden, das stand fest... aber zur Zeit waren keine Leichen zu sehen, weder verbrannte noch andere. Bill wollte zu dem Raum für MÄNNER und zu seiner Kleidung laufen, als Elliot Methadrine durch die Tür stolperte, ein paar Schritte machte und dann stöhnend zusammenbrach. Im rechten Arm hielt er einen kleinen Derringer-Blaster; der linke Arm war schlimm verbrannt.

»Sanitäter!« rief Bill laut und automatisch. »Sanitäter!«

»Ja also – vielleicht wäre der Schiffsarzt eine bessere Idee, was, Bill?« fragte Elliot Methadrine mit schmerzverzerrtem Gesicht, versuchte aber trotzdem aufzustehen. »Ich bezweifle, daß es Sanitäter an Bord gibt. Der Kerl hat mich gründlich erwischt.«

Bill blickte hinunter. Die Wunde sah schlimm aus. Doch sie bewies etwas: Elliot konnte unmöglich der Chinger Bgr in einem Roboter sein. Dieser Kerl war fraglos *menschlich*.

Ein Mensch, der einen Schock erlitten hatte.

»Und ob er das getan hat.« Bill ging zum Telefon und rief das Notfallteam an. Doch die Notfallabteilung des Schiffs war offenbar bereits alarmiert worden. Überall blitzte Rotlicht, und Bill vernahm das Klappern und Poltern von laufenden Füßen. Die Hilfe mußte jeden Augenblick eintreffen.

Doch bevor sie Elliot fortschafften, mußte ihn Bill etwas fragen. Er mußte ihn ein bißchen ohrfeigen, damit er wieder zu sich kam, aber schließlich war er wach. »Elliot. Wer, zum Bowb, war der Kerl? Und was ist aus ihm geworden?«

»Das weiß ich nicht, Bill«, antwortete Elliot. »Ich verpaßte ihm eine Schußwunde, er versengte mich, dann heulte die Alarmsirene, und er rannte. Ich jagte ihm bis zum Bug nach ... Und dann ... verschwand er einfach.«

»Du meinst, er versteckte sich und du konntest ihn nicht finden. Er muß noch an Bord des Schiffs sein.«

»Ja also – Nein. Ich meine, daß er *verschwand*. Sich in Luft auflöste. Wie ein verblassender Geist. Er war gerade noch da – behaart, mit wilden Augen. Einen Moment später verschmolz er mit der Luft.«

»Verschmolz?«

»Nein, warte. Es war, als wäre dieses Loch dagewesen. Diese ungleichmäßige Energieschwankung ... er trat in sie und war – fort.«

Elliot holte tief Luft. »Ja also – Bill. Glaubst du, daß er ein Zeitreisender ist? Glaubst du, daß er einer der Kerle ist, hinter denen wir her sind ... und daß er versucht, dich vorher umzulegen?«

»Ich glaube ...«, sagte Bill. »Ich glaube, daß ich ein großes Glas Whisky brauche.«

»Noch etwas, Bill. Ich habe ihn erkannt ... ich meine, nicht persönlich, sondern allgemein. Er ist ein Hippie, Bill. Ein Hippie aus Hellworld. Weißt du, was das bedeutet, Bill?«

Bills Augen quollen heraus. »Ja. Das bedeutet, daß auch du einen Whisky brauchst.«

5

Ein HIPPIE!

Aus Hellworld!

Bill wußte eigentlich nicht, was das bedeutete, aber es klang nicht gut. Doch Elliot wurde ohnmächtig, bevor er es Bill erklären konnte, und man brachte ihn in das Krankenrevier des Schiffs, wo der Notarzt schon auf ihn wartete. Bill wankte in die Bar und bestellte einen doppelten Whisky – achtete aber darauf, daß er die entsicherte Pistole in Reichweite hatte.

Dann stellte er in der dunklen Schiffsbar diskrete Erkundigungen nach dem Möchtegern-Mörder an.

»He, ihr Bowbs«, wandte er sich an die Versammlung von alten Lieutenants und gehirntoten Captains; er schwankte vor und zurück, seine roten Augen funkelten und auf seinen Hauern glitzerte Speichel. »Hat jemand hier eine Ahnung, was Hippies aus Hellworld sind?«

Falls es jemand wußte, sagte er es nicht. Oder sie waren vielleicht so weggetreten, daß sie ihn nicht einmal hörten. Daraufhin ließ sich Bill nachschenken und vertrieb sich die Zeit so gut es ging, bis die *Starbloater* auf Barworld landete. Elliot Methadrine war einige Tage lang nicht bei Bewußtsein gewesen ... Und Bill kam nie auf die Idee, daß sein Ohrläppchen-Computergefährte vielleicht über die Information verfügt hätte ...

Oder vielleicht wollte er eine Zeitlang keine ethnische Musik mehr hören.

Was immer es war, Bill verbrachte den Rest der Reise nach Barworld damit, seinen Organismus auf das vorzubereiten, worauf er gefaßt sein mußte, sobald sie angelangt waren.

Auf Alkohol.

»Ja also, Bill, der Planet ist großartig.« Elliot Methadrine machte mit dem heilen Arm eine umfassende Bewegung. Der zweite Arm war in Plastiband gehüllt und hing schlaff in einer Stoffschlinge. Die Ärzte der *Starbloater* hatten ein Wunder vollbracht. In der Ära der computerisierten Mikrochirurgie, des Organersatzes und der implantierten Armknospen hatten sie es geschafft, die Operation vollkommen zu versauen. Für gewöhnlich konnte ein wiederherstellungsfähiger Arm innerhalb von einigen Tagen geheilt sein. Doch die Ärzte hatten dem Heil-Tank die falsche Mischung einprogrammiert, und Elliots Arm war für längere Zeit außer Gefecht gesetzt.

»Wau!« stimmte Bill begeistert zu. »Das ist wirklich großartig.« Er wich einem Fußball aus, der über seinen Kopf dahinsegelte. Eine Gruppe kurzhaariger, häßlicher junger Männer in lächerlich wirkenden gepanzerten Ausrüstungen rannten dem Ball nach, und traten dabei ihn und einander. Die Zuschauer beteiligten sich gelegentlich an der Aktion, indem sie einander Faustschläge versetzten. Alles in allem lag ein phantastischer Geist des Wettbewerbs und der Kooperation in der gärenden Luft.

Bill und Elliot waren gerade in Barworld angekommen. Sie befolgten die Befehle von Bills Implantat und nahmen ein Shuttle zu der ungewöhnlichen Insel Rosebowl. Dort gab es drollige Hologramme von alten, baufälligen, malerischen Gebäuden in verschiedenen Stadien des historischen Zerfalls, die nach dem Vorbild der weitläufigen Wolkenkratzer und Slums der längst verschwundenen Alten Erde entstanden waren. Hier machten antike Gin-Lokale und Cocktail-Salons ausgezeichnete Geschäfte.

Denn schließlich und endlich befanden sie sich auf Barworld.

»Ja also – woher kommen all die Bälle, Bill?« wollte Elliot wissen. »Die Bars kann ich verstehen – aber was ist mit dem Sport?«

In der Bar der Starbloater hatte Bill in einem schwachen, gelangweilten Augenblick an seinem Ohr gezupft und slawische Musik sowie die Information erhalten, auf die er aus war.

»Die Hauptattraktion von Barworld sind natürlich die Bars, aber der Planet ist gleichzeitig eine Urlaubswelt. Es gibt hier eine Menge Unterabteilungen.«

»Und die hier ist eine Insel, richtig?«

»Ja, das stimmt. Es ist ein Urlaubsort für trinkende Fußballer und ihre Anhänger.«

»Was ist Fußball?«

»Das weiß ich nicht. Das heißt, ich weiß es, ich habe die Erklärung gehört, aber kein Wort davon verstanden. Etwas wie zwei Meter bis zur Verwandlung eines überspielten Verteidigers, man gibt den Pass weiter und beißt in den Torpfosten. Oder so ähnlich.«

»Klingt scheußlich kompliziert. Vermutlich eine ausschließlich für Intellektuelle bestimmte Sportart.«

»Ja. Die Anspannung, wenn man an Fußball denkt, ist anscheinend so groß, daß die Anhänger zusehen, wie ihre Teams spielen, und einander dann verprügeln. Gelegentlich lassen sie sich sinnlos vollaufen, veranstalten eine massive Stampede und erdrücken Hunderte. Großartiger Sport, was?«

Elliot wich einem wild herumwirbelnden ovalen Ball aus und sagte: »Ja also – ich werde mich an Bier halten.«

»Trotzdem, was für ein Planet, was, Elliot?«

»Ja, Bill«, bestätigte Elliot, der die leicht säuerliche Luft ein wenig unbehaglich einsog. »Riecht, als könne er ein Stück Seife vertragen.«

»Ach, sobald wir uns dort hinsetzen, wo wir hingehen sollen, wirst du den Geruch nicht mehr bemerken. Onkel Nancys kreuzweises Bekleidungshaus! Wir werden uns einige Drinks genehmigen, und du wirst sehen, daß wir das ganze Problem für das GBI lösen – einfach im Handumdrehen. Und dann werden wir etwas haben, das noch kein Trooper gehabt hat.« In seinem

Augenwinkel sammelte sich in Erwartung der kommenden Glückseligkeit eine Träne und fiel salzig auf den Bierdeckel. »Ich werde Urlaub haben, *Ferien!* Ich kann es noch immer nicht glauben. Ich weiß nicht, wie man das Wort schreibt, aber ich werde Ferien haben.«

»Klingt gut, Bill«, meinte Elliot. »Ich werde auch Ferien machen. Aber vorher muß mein Arm heilen.«

»Ja. Das tut mir leid, Elliot. Du hast mir das Leben gerettet und ich bin dir eine Gegenleistung schuldig. Wäre ein Drink das Richtige?«

»Ja also, Bill – vielleicht wirst du in der Lage sein, mir das Leben zu retten, bevor das alles vorbei ist.«

Bill nickte geistesabwesend, weil er mit dem massiven Übermaß an Bars ringsum ihn nicht fertig wurde. Einige Kneipen hatten Neonschilder, andere wieder altmodische Wappen oder hängende Holzbretter mit ihrem Namen und einem Bild drauf. Es gab Bars in allen Formen und Größen, alle Arten von Bars. Einmalige Bars und Boutiquenbars. Kleine Bars, große Bars und Drogenbars. Allen waren ein Gefühl der Zusammengehörigkeit, der Geselligkeit, der Lärm fröhlicher Lieder oder Handgreiflichkeiten gemeinsam – sowie das freundliche Geräusch des Erbrechens. Dazu kam der multistrukturelle Geruch des absolut besten Drinks, den Bill jemals, *jemals* gegluckert hatte.

Schon aus dem Orbit war Barworld ein sehenswerter Anblick gewesen. Es war der achte Planet einer Sonne, die Billard III hieß, und sah daher schwarz aus. Zumindest hatte Bill das gefunden, als er aus Versehen auf das Peildeck gekrochen war, weil er es für die Herrentoilette hielt. Er sah den Planeten bei Nacht vor dem Hintergrund des Sternenhimmels wie auf Yahwehs Billardtisch. Das mußte man sich vorstellen! Hier gab es jede der Menschheit bekannte Sünde, und dazu Millionen fremder Sünden – und Länder und Inseln und Archipele und Isthmen und schwimmende Schiffe und Unterwasserstädte voller Bars, Bars, Bars. Die Welt der zehntausend Bars! Das war kein Zufall. Die übrigen Planeten des Systems Billard III waren für normale menschliche Wesen unbewohnbar und bestanden aus großen Meeren aus den verschiedensten alkoholischen Getränken. Als dieses Sonnensystem vom geschmolzenen zum festen Zustand überging, bildeten sich offenbar die üblichen komplizierten Kohlenstoffmoleküle. Doch hier funktionierte die Evolution anscheinend anders. Es gab nur Pflanzen, überhaupt keine tierischen Lebensformen. Dieses pflanzliche Leben wuchs und ernährte sich, absorbierte das Licht der leuchtenden Sonne und erzeugte aus dem vulkanischen Kohlendioxid Zucker. Und dann – o glückliche Mutation, kühne Laune der Natur, listige Keimzelle – erschien die erste Hefe-Art. Bald brodelten die Ozeane infolge einer weltweiten Gärung. Eine reizende Sorte alkoholischer Suppe entstand. Was für ein Ozean!

Es wäre schwierig, dem Laien den Vorgang zu erläutern, durch den sich die Vulkane und Felsschichten zu einer natürlichen Form der Destillierung verbanden. Aber sie verbanden sich – und Barworld war geboren.

Nicht nur das, sondern die parallele Entwicklung auf den anderen Planeten führte zu genauso aufregenden Resultaten. Es gab zum Beispiel Scotchworld und Ginworld und Wodkaworld ... Die Kolonisten, die die einzige bewohnbare Welt in dem System entdeckten, betrachteten diese Laune der Natur als Gabe Gottes und bauten prompt Bars, um die durstigen Reisenden des Universums zu versorgen. Die Barwelt-Bosse ›bauten die anderen Planeten ab‹, indem sie genetisch veränderte Aliens verwendeten, die den verschiedenen Atmosphären angepaßt waren. Die abgesaugten Getränke wurden in den Tavernen von Barworld verkauft oder als Exportprodukte zu anderen Sonnensystemen verschifft. Das Etikett – ein Planet mit einem Zapfhahn – von Barworld-Produkten war in der ganzen Galaxis ein Synonym für Qualität. Sie waren auch unerschwinglich teuer, und Bill hatte bis jetzt nur einmal die Barworld-Version von Moosbeerenwein-Imitation gekostet ... aber sie hatte köstlich geschmeckt.

Und jetzt war er hier!

Mit Hilfe eines aus dem Memoryspeicher des Ohrläppchens ausgedruckten Plans wanderten Elliot und Bill auf der Suche nach ihrem Ziel durch die Straßen und wichen dabei den verrückten Sportlern und ihren wild torkelnden Bällen aus. Bill ließ sich durch ein großes Plakat ablenken, das spärlich bekleidete, verführerische Blondinen und noch verführerische Batterien von Sektflaschen der Marke Fürst Schmettermich zeigte. Bills Hauer glänzten und tropften, aber Elliot schlug vor, daß sie sich das für später aufheben sollten, weil sie dann mehr Zeit haben würden. Endlich fanden sie das Lokal genau dort, wo es sich laut Plan befinden sollte – sobald der Mostrichfleck entfernt war.

»Das ist es«, stellte Bill aufgeregt fest und zeigte auf das altmodische Schild, das an zwei Ketten von einem Pfahl herabhing. »Onkel Nancys«.

Elliot blickte unsicher hinauf und kratzte sich am Kopf. »Was ist das auf dem Schild?«

»Sieht wie eine kurzhaarige Frau in einem langen Kleid aus«, antwortete Bill desinteressiert. Viel interessanter war für ihn, endlich beide Hände um eines der berühmten, gallonengroßen Trinkgläser zu legen, die den Gerüchten zufolge in solchen Tavernen verwendet wurden. Zuerst konnten sie sich mit Bier vollaufen lassen und es genießen, und dann konnten sie beginnen, den Zeitnexus und die Chinger zu suchen und was sie sonst noch tun sollten. Das Wichtigste war jedoch das berühmte *dunkle* Zeug. Bill schmatzte. Schon beim Gedanken daran machten seine Speicheldrüsen Überstunden. Seine Hauer ragten wie Klippen aus der Brandung.

»Ja also – nein, Bill, ich glaube, das auf dem Schild ist etwas anderes. Es sieht aus wie ein *Mann*, der ein Kleid trägt.«

»Gibt es nicht«, widersprach Bill einfach und idiotisch. »Männer tragen keine Kleider.« Er nickte voll alkoholischer Zufriedenheit über seine geistreiche Bemerkung.

Vor der Hauptbar befand sich ein Vorraum, und aus einer Garderobe schaute der Kopf eines Mannes heraus. Durch die altmodische Eichentür vernahm man die fröhlichen Geräusche von männlichem Trinken, Singen und Fluchen.

Bill, der es vor Aufregung nicht mehr erwarten konnte, packte einen Türgriff.

»He, Freundchen«, knurrte eine Baßstimme aus der Garderobe. »Wo, zum Teufel, wollt ihr in diesen Klamotten hin?«

»Ja also«, meinte Elliot fröhlich, »wir gehen in die Bar und genehmigen uns ein schönes, kaltes Bierchen.«

»Wir haben Geld«, ergänzte Bill, der den Geschmack der Zukunft bereits auf der Zunge spürte. »Machen Sie sich keine Sorgen.«

»Das ist okay, Freundchen. Das weiß ich. Aber ihr könnt in dem Zeug nicht hineingehen. Das verstößt gegen die Bekleidungsvorschriften des Hauses. Kommt her, vielleicht kann ich euch helfen.«

Als sich Bills Augen an das schwache Licht gewöhnten, stellte er zu seiner Verblüffung fest, daß der Typ, der an der Halbtür lehnte – ein bulliger Kerl mit Bürstenhaarschnitt und einer Zigarre, die aus dem narbenbedeckten, häßlichen Gesicht ragte, das jeder Trooper-Ausbilder gern getragen hätte (und für gewöhnlich trug) – ein tief ausgeschnittenes, magentarotes Ballkleid aus Chiffon anhatte, durch dessen Oberteil die dunklen, dichten Brusthaare unappetitlich herausstanden.

»Hübsch, was?« fragte der Mann stolz, als er merkte, daß Bill seine Aufmachung musterte. »Ich habe es bei Bloomers im Ausverkauf bekommen.«

»Ja also – ja«, antwortete Elliot. »Wirklich hübsch.

Aber was ist mit dem Zeug, das wir jetzt anhaben, nicht in Ordnung?«

»Nichts. Nur werden Sie es nicht bei Onkel Nancy tragen. Wenn Sie in Onkel Nancys kreuzweisem Bekleidungshaus etwas trinken wollen, müssen Sie ein hübsches Kleid anziehen. Hausvorschrift. Tun Sie's oder verschwinden Sie. Ist das für Sie ein Problem?«

Bill war entsetzt. »Ich werde nie ein Frauenkleid anziehen. Weder für Geld noch für gute Worte.«

Doch noch während er sprach, trieb der verführerische Duft von gebrautem Hopfen durch die Türspalten.

»Es steht dir tatsächlich, Bill. Es ist geradezu bezaubernd.«

»Halt den Mund«, schlug Bill vor.

»Nein, wirklich. Grün steht dir. Das Material ist sichtlich erste Qualität und mir gefällt der Schnitt. Vielleicht sollten die Trooper darüber nachdenken, ob sie bei gesellschaftlichen Anlässen Ballkleider tragen möchten.«

»Bei gesellschaftlichem Latrinenputzen? Gesellschaftlichem Urinieren? Mir gefällt das immer weniger.«

Bill fühlte sich sehr unbehaglich. Er hatte praktisch in seinem Trooper-Overall gelebt, in ihm geschlafen, sogar in ihm gebadet. Jetzt steckte er statt dessen in einem langen, grünen Abendkleid und fühlte sich merkwürdig. Es war seltsam, wie die schwüle Barluft über seine behaarten Beine bis zu den Trooper-Unterhosen hinaufstrich. Er kam sich eindeutig nackt vor. Zum Glück hatte ihnen der Komiker in der Garderobe ihre Waffen gelassen. (»Kein Problem mit den Schießeisen, Chef. Ein Mann muß seine Pistole haben. Aber Ihre Hose bleibt bei mir.«)

Elliot trug ein elegantes Modell aus Silberlamé mit tiefem Dekolleté, vor allem hinten, dazu einen breiten schwarzen Gürtel und schwarze Pumps. Er lächelte strahlend und genoß die Aufmachung offenbar, obwohl er mit den Pumps nicht ganz zurecht kam. Bill war froh, daß der Kerl mit der Zigarre ihm erlaubt hatte, seine Trooper-Stiefel zu behalten. (»Solange das Kleid bodenlang ist, Meister, ist es uns egal, ob Sie Kanalstiefel an den Füßen haben.«)

Onkel Nancys kreuzweise Bekleidungsbar war genauso, wie Bill sie erträumt hatte. Überall gab es Holz und verzierte Spiegel und an den Wänden Bilder von nackten Frauen. Gedämpftes Licht. Ein Kamin. Gut gepolsterte Möbel. Hübscher roter Teppich. Und die Bar erstreckte sich endlos, ein prachtvolles Mahagoni-Wunder mit schlanken, weiblichen Linien und Hochglanzpolitur. Die Regale im Hintergrund waren gerammelt voll mit Alkoholika-Flaschen. Und es gab eine verwirrende Vielfalt von Zapfhähnen in den verschiedensten Formen und Farben: Bier und Ale, Pulque und Cider! Über dem Ganzen lag ein sanftes alkoholisches Leuchten, der Duft vieler genießerisch konsumierter Getränke und rasch heruntergestürzter Schnäpse.

Kurz, es war Bills Vorstellung vom Himmel.

Seltsam war natürlich, daß die Bar voller Männer in weiblicher Kleidung war. Hosenröcke, Miniröcke und lange, fließende Gewänder. Verschiedene Farben, Schnitte und Größen von Kleidern aus verschiedenen historischen Zeitaltern. Obwohl die Männer in den Kleidern sehr merkwürdig aussahen, benahmen sie sich ganz wie Männer in Holzfäller-, Militär- oder Zivilkleidung. Sie unterhielten sich, lachten, schlugen einander auf den Rücken, waren alle in guter Macho-Stimmung und geselligen Stadien der Trunkenheit, während sie ihre Drinks hinunterstürzten. Bill fiel es entsetzlich schwer, nicht zu beachten, daß alle Kleider trugen. Noch schwerer fiel es ihm, nicht zu beachten, daß er ein Kleid trug.

Zwei leere Barstühle lockten mit Sirenenklängen. Bill zeigte auf sie. »Glrrk. Jetzt brauche ich wirklich einen Drink.«

»Ja also, klar, Bill«, stimmte Elliot zu. »Auf meine Rechnung!«

Sie saßen neben einem Kerl in einem hübschen Baumwollkleid, der nichts sagte.

»Erklär es mir noch einmal, Bill«, sagte Elliot. »Das ist der Ort, an dem sich der Zeitverzerrungs-Nexus befindet?«

»Richtig. Ich werde den Computer nach den Einzelheiten fragen. Und dann beschließen wir, was wir zu tun haben. Aber macht es dir etwas aus, wenn wir jetzt ein paar Drinks inhalieren, mit den Eingeborenen Kontakt aufnehmen und die Lage sondieren?«

»Ja also – klar, Bill. Ich gestehe, daß ich auch nichts gegen eine Erfrischung habe. Das Shuttle hinunter war sogar für jemanden, der an Ges gewöhnt ist, hart.«

Sie setzten sich auf die bequemen Stühle und lehnten sich an die Bar. Bill genoß die glänzende Maserung des Holzes. Ja, hier konnte man zugrunde gehen. Vor allem mit Hilfe der Humpen, die als Trinkgefäße dienten. Denn alle Männer tranken aus riesigen Bierkrügen, so daß ihre Gesichter und Nasen fröhlich mit Bierschaum bedeckt waren.

Bill hob eifrig einen Finger, um zu bestellen.

Sofort erschien ein Barkeeper, um ihre Bestellung entgegenzunehmen. »Womit kann ich Ihnen dienen, Gentlemen?«

Bill öffnete den Mund, doch es kam nichts heraus. Er war so aufgeregt, weil er einen Drink aus echtem Barworld-Alkohol bekommen würde, daß er in seiner Verwirrung nicht wußte, welche Sorte er zuerst bestellen sollte. Es gab einfach zu viele.

»Ahhhh … Ahhhh … Ahhh …«

Der Barkeeper hatte ein rundes Gesicht, eine rote Nase, einen runden Bauch, einen Bart, gelocktes Haar, und trug ein schönes rotes Kleid mit Volants. Seine gesamte Erscheinung strahlte Geselligkeit aus. »Ach ja. Ein Erstmaliger. Das geschieht oft.« Er wandte sich Elliot zu. »Ich nehme an, daß Ihr Freund zum erstenmal auf Barworld ist.«

»Woher wissen Sie das?« fragte Elliot.

»Erstmaligen-Syndrom. Bekanntes Problem. Also, was würde Ihr Freund Ihrer Meinung nach mögen – und übrigens, die Kleider die Sie tragen, sehen absolut toll aus.« Er warf einen Blick auf die riesige Auswahl an zur Verfügung stehenden Getränken. »Hmmmm. Was haben wir hier? Wie wäre es mit einem guten Wein, direkt aus den Fässern von Vinworld, frisch gestampft durch Plattfußkreaturen und dann in Onkel Nancys eigenen Fässern gegoren?«

»Erggghh«, sagte Bill und schüttelte unerbittlich den Kopf. »Errggghhh!«

»Aha. Vielleicht etwas Stärkeres. Wir haben den Bourbon heute im Angebot; er ist so glatt süß, daß man Tränen reinen Vergnügens vergießt.«

»Ja also – nein«, antwortete Elliot. »Was mein Freund und ich wirklich gern hätten, wären zwei Mammut-Gläser mit Faßbier ... aber Sie haben so viele Sorten!«

Bill nickte keuchend. Er erstickte beinahe an seinem vorwegnehmenden Speichel.

»Du meine Güte, Ihr Freund leidet an dem Sabbersyndrom. Ein allgemeines Phänomen aller Durstigen auf Barwelt. Dann also Bier. Kein Ale, keinen Cider ...« Der Mann betrachtete nachdenklich die Reihen mit den Dutzenden Möglichkeiten. »Möchten Sie Bitter? Oder vielleicht kaltes Lager?«

»Bill möchte sicherlich etwas, das gut schmeckt. Da wir für den Kaiser arbeiten, bekommen wir so etwas nicht oft.«

»Ah! Ich hab's. Das heutige zweitbeste Bitter. Das Strange Old Blackheart!« Der Barkeeper griff nach zwei der riesigen Gläser.

»Hm – Zweitbeste? Warum nicht das Beste?«

»Weil leider Old *Very* Strange ausverkauft ist. Aber sie sind wirklich alle ausgezeichnet. Best Bitter ist hier nur eine Bezeichnung unter vielen.« Er hatte bereits zu zapfen begonnen, und dunkles, schäumendes Zeug strömte aus den Hähnen und füllte das Vier-Liter-Glas im Handumdrehen. Der Barkeeper begann, das zweite Glas aufzufüllen. »Das ist ganz bestimmt das Richtige für Ihren Freund.« Er stellte das große Glas vor Bill hin.

Bill griff danach und trank. Er trank und trank und trank, und als er absetzen mußte, um Luft zu holen, war nur ein kleiner Teil der Flüssigkeit verschwunden. Er trank weiter, mußte dann das Glas hinstellen und bei dem unglaublichen Genuß eine Pause einlegen.

Geschmacksorgasmus.

O Garben aus Hopfen und Weizen, reines, wohlschmeckendes Wasser, künstlerisch vermischt und formelgemäß gegoren, um die Geschmacksknospen zu kitzeln. Bill erlebte Wellen wehmütiger Visionen, Wärme durchströmte ihn wie der Kuß einer ewig treuen Geliebten. Ach, das höchste Glück. Das war der Atem geschmackvoller Poesie.

Bill wischte sich den Mund mit dem Ärmel ab und rülpste zart.

»Jau! Das ist *unglaublich*!« keuchte er.

»Und jetzt beobachten wir das Befriedigungssyndrom«, erklärte der Barkeeper und stellte Elliots Glas vor ihn hin. Elliot kostete und bestätigte, daß das Zeug wirklich wunderbar war.

Bills nächster Impuls war weiterzutrinken, aber etwas hielt ihn zurück. Nachdem er befriedigend fertiggerülpst hatte, war er so gesellig aufgelegt, daß er Lust hatte, mit seinem Mitmenschen zu kommunizieren. »Ich bin Bill. Mit zwei L. Und das ist mein Partner Elliot. Wir sind Touristen.«

»Ja also – das stimmt. Touristen!« bestätigte Elliot.

»Ich freue mich, euch kennenzulernen, Bill und Elliot«, sagte der Mann hinter der Bar. »Ich bin Onkel Nancy.«

»Onkel Nancy. Ja also – der Besitzer?«

»Richtig«, antwortete Onkel Nancy, der mit sich offenbar zufrieden war. »Kein anderer.«

…n erzählen Sie mir etwas, Onkel Nancy. Weihen …ch ein, ja?« Bill betrachtete grinsend die Menge. »W… kommt es, daß alle Männer Kleider tragen müssen?«

»Das werden Sie erst verstehen, wenn Sie vollkommen betrunken sind und in einem Kleid stecken, Bill.« Onkel Nancy lächelte. »Ich sollte mich eigentlich nach den übrigen Kunden umsehen.«

»Ja also – entschuldigen Sie, Mr. Onkel Nancy«, mischte sich Elliot ein. »Aber sind das da oben auf den Regalen nicht Bücher?« Er blickte hinauf und Bill folgte seinem Blick. Tatsächlich hing in den dunklen Nischen der überhängenden Decke eine lange Reihe Bücher. Daneben gab es ein Plakat mit einer lateinischen Inschrift: *Veni, vidi, transvestivi.*

»Das sind sie tatsächlich.« Onkel Nancys Lächeln wurde breiter.

»Was bedeutet die lateinische Inschrift?« erkundigte sich Elliot.

»Ich kam, ich trank, ich transvestierte.«

»Ja also, Mr. Onkel Nancy«, sagte Elliot. »All diese Bücher – sind Sie ein Kommupop?«

Die lärmenden Gespräche erstarben plötzlich zu vollkommener Stille. Alle Köpfe drehten sich Elliot zu. Kiefer verkrampften sich. Muskeln schwollen an. Fäuste ballten sich.

»Verdammt nein!« sagte Onkel Nancy. »Aber das bedeutet nicht, daß ein kräftiger Mann nicht lesen kann, oder?«

»Ja also – es hängt …«, begann Elliot. Bill drückte ihm rasch die Hand auf den Mund.

»Mein Freund wollte damit sagen, daß er froh darüber ist, daß Sie so viele großartig aussehende Bücher besitzen.«

Die Spannung löste sich, und die Leute kehrten zu ihren Gesprächen zurück.

Bill stieß innerlich einen erleichterten Seufzer aus. Er

persönlich hatte nichts gegen Bücher. Er zog eben Comics vor, das war alles. Er war immer ein Leben-und-leben-lassen-Befürworter gewesen; die gebieterische Logik, daß er ebenfalls gern lebte, hatte ihm diese Einstellung aufgezwungen. Daher hatte er gegen Werke der Literatur nichts einzuwenden. Außerdem hatte er nie richtig lesen gelernt. Auf der Farm gab es keine College-Zeugnisse. Vergiß die Bücher – er befand sich auf Barworld. Komm auf die Chinger zu sprechen!

»Ja, ich freue mich, daß Sie sie mögen«, sagte Oncle Nancy. Er zeigte auf ein weiteres großes Regal oberhalb der Schnapsflaschen, das sich über die ganze Länge der Bar erstreckte und in Leder gebundene Bücher enthielt. »Das ist meine persönliche Sammlung von Klassikern. Ich möchte Ihnen zeigen, wie schön angefertigt diese seltenen Bände sind. Einige von ihnen stammen sogar angeblich von der Erde. Was natürlich nicht möglich ist, aber es ist nett, es sich vorzustellen.«

Er wählte sehr ehrfürchtig und vorsichtig eines der Bücher aus und legte es vor Bill und Elliot auf die Theke. Weiches, satiniertes Papier. Goldschnitt. Schwarz und rot. Tatsächlich etwas Schönes. Bill war beeindruckt.

»*David Copperfield* von Charles Dickens«, las er. »Geht es um Bergbau?«

»Nein. Das ist einer der Klassiker, Bill!« erklärte Onkel Nancy. »Ein wunderbares Buch über das Erwachsenenwerden zu Beginn der viktorianischen Ära.«

»Es stinkt«, sagte eine säuerliche, jammernde Stimme hinter Bill. »Es ist ein Stück Dreck.« Bill sah sich um und erblickte erschrocken den Hippie aus Hellworld hinter sich, der versucht hatte, ihn zu braten!

6

Nein, er war es nicht.

Der Kerl sah nur so aus wie der Hippie aus Hellworld, der auf Bill geschossen und dabei Elliot den Arm verbrannt hatte. Obwohl er die gleichen langen Haare, ein Stirnband und weite Hosen trug, war er wesentlich größer und heiserer, hatte mehr Pickel und war älter.

Und natürlich trug der widerliche Komiker auch noch ein Kleid – ein sehr unattraktives, mit Blümchen bedrucktes Großmutterkleid.

»Es ist Scheiße«, erklärte der Mann unerbittlich. Seine Augen funkelten wild und anarchistisch.

»Ich habe euch Hippies doch gesagt, daß ich euch nicht in meiner Bar sehen will«, mischte sich Onkel Nancy ein.

»Ja also – ich weiß nicht, es sieht wie ein wirklich gutes Buch aus«, meinte Elliot beruhigend. »Was für Bücher ziehen Sie vor?«

Der Kerl knirschte schnaubend mit den Zähnen. Er roch nach irgendeiner Droge und psychedelischem Tee. Sein Atem enthielt nicht nur Mundgeruch im Endstadium, sondern duftete auch nach makroantibiotischer Nahrung. »Ich mag …«, sagte er erbittert herausfordernd – »geiles Porno.«

»Aber ja«, meinte Bill und trank friedlich einen Schluck Bier. »Auch ich mag Geil-Po.«

Der Kerl packte Bill unvermittelt an der Vorderseite seines Kleides. »Nennen Sie es nicht so, Mann. Hören Sie, es ist nicht Geil-Po oder Ge-Po oder sonst eines dieser Proleten-Akronyme. Es ist einfach gutes, altes, bodenständiges Geil-Porno.«

»Ja also, Mister«, mischte sich Elliot ein. »Deshalb müssen Sie nicht gleich beleidigt sein.«

Normalerweise hätte Bill den Kerl eine geknallt und eine nette, anständige Wirtshausrauferei begonnen. Aber er fühlte sich unbehaglich, wenn er daran dachte, daß er in einem Kleid kämpfen mußte – es gehörte sich für eine Dame nicht. Und das Kleid konnte dabei zerreißen. »Tut mir leid, alter Freund. Ich habe es nicht ernst gemeint. Ich lade Sie auf einen Drink ein, okay?«

Der Mann wirkte nervös. »Ja. Ich könnte vielleicht einen starken Drink brauchen.«

»Ein starker Drink – das ist sowas wie Formaldehyd, was?« bellte Onkel Nancy sarkastisch. »Die Idee ist gut. Leider habe ich nur gute Alkoholika hier.«

Bill, der irgendwann Formaldehyd getrunken hatte und ernsthaft der Meinung war, daß nicht einmal Tote gezwungen sein sollten, es zu nehmen, schüttelte den Kopf. »Ach, Onkel Nancy, wir wollen doch gemütlich bleiben.« Er entspannte sich zu warmer, alkoholischer Benommenheit und wollte, daß alle sie genossen. »Ich unterhalte mich gut, unterhalten wir uns alle gut. Geben Sie doch meinem behaarten Freund das alkoholischeste Gebräu, das Sie im Faß oder in einer Flasche haben.«

»Kommt sofort!« Der Barkeeper zog eine Schublade auf und entnahm ihr eine Flasche in einer roten Verpackung. Auf der Verpackung stand in altenglischer Kalligraphie *Olde Mortality,* und sehr kleingedruckt *Nehmen Sie zur Kenntnis, daß noch kein Mensch es erlebt hat, die ganze Flasche auszutrinken.*

»Ich will auch eine«, sagte Bill voll alkoholischer Gier.

»Ich will drei«, verlangte Elliot im gleichen Tonfall.

»Es ist die letzte«, erklärte Onkel Nancy. »Aber ich habe drei Flaschen gegorener Yakmilch, die ich gern mit Ihnen teilen werde. Um diese Tageszeit eines meiner Lieblingsgetränke.« Er öffnete rasch die Flaschen, ergriff eine am Hals und gab die anderen weiter. »Auf ein gutes Yak«, sagte er und leerte seine Flasche beinahe.

Der Drink schmeckte wie nichts, was Bill bis jetzt kennengelernt hatte, ließ sich in seiner Magengrube nieder und explodierte dort. Aber gut!

Bills Augen tränten vor Freude. Er versuchte, dieser

Freude Ausdruck zu verleihen, aber als er sprechen wollte, konnte er nur »Muh« sagen.

»Ja«, bestätigte Onkel Nancy und wischte sich ebenfalls Tränen ab. »Dieses Zeug ist das Wahre – Muh!«

Elliot Methadrine konnte sein Quantum nur in kleinen Schlucken nippen. Der Hippie grinste über diese Zurückhaltung höhnisch und schüttete seinen Drink mit einem einzigen Schluck hinunter. Aus seinen Ohren entwich Dampf. Doch statt daß er entspannter – oder tot – war, wurden seine Augen nur ein bißchen wilder. Offenbar hatte die Reklame – und nicht zum erstenmal – gelogen.

»Also«, sagte Onkel Nancy und verschränkte mißbilligend die Arme auf der Brust. »Was genau treibt einen Typ wie Sie in mein Lokal?«

»He, Mann, schnauzen Sie mich nicht an«, murmelte der Hippie. »Ich versuche mich zu erinnern. Ich bin so high. Es muß etwas gewesen sein, das ich geraucht habe. Oder getrunken. Oder als Schuß gesetzt. Oder sonstwas.«

Bill leerte seine Flasche und klopfte mit seinem leeren Glas auf die Bar. »Ich lasse mich lieber mit etwas Normalem vollaufen. Faßbier. Hält ein bißchen länger vor.« Bill fühlte sich absolut schwungvoll. Für gewöhnlich nagelte der Alkohol den Deckel über dem losen Zeug zu, das in seinem Kopf herumschwappte, doch dieses dunkle, köstliche Zeug stimmte ihn tatsächlich fröhlich.

»Ja also«, meinte Elliot. »Nichts davon klingt sehr gut.«

»Ist es auch nicht, Mann, ist es nicht. Ich glaube, ich habe *Löschpapier* mit *Acid* geschluckt, Mann.«

»Das muß gebrannt haben.«

»Es ist nicht so schlimm«, widersprach Bill. »Kann gut schmecken, wenn es richtig verdünnt wird. Trotzdem werde ich von nun an nie mehr imstande sein, es anzurühren. Das Zeug hier *verwöhnt* mich.«

Onkel Nancys Gesicht verzog sich äußerst mißbilligend. »Ich glaube, der Kerl spricht von der löslichen Dyäthylamin-Variante.«

»Wie bitte?«

»Eine psychotrope Substanz, die die Wahrnehmung der Realität verändert«, erklärte Elliot und wagte einen weiteres Schlückchen von seinem starken Drink.

»Hmmm. Klingt interessant«, sagte Bill. »Wie normalstark ist es?«

»O Mann. Dieser Typ macht mich fertig«, stöhnte der Hippie. Seine Augen schienen aus dem Kopf zu quellen, als drängte sie innere Angst hinaus. »Mann ... diese Bücher dort oben ... sie machen mich auch fertig. Nicht gut, nicht gut.«

Onkel Nancy knurrte verärgert, hatte sichtlich genug und griff unter die Bar nach seinem mit Leder überzogenen Knüppel, als der Hippie plötzlich kerzengrade aufstand und die Hände in einer Haltung hochhob, die nach ›Heureka‹ stank.

»Ich erinnere mich! Ich erinnere mich jetzt! Ich erinnere mich, was ich hier tun soll«, rief er freudig.

»Was?« fragte Onkel Nancy, ohne den Knüppel loszulassen. »Bitte sagen Sie es, was ist es?«

»Geben Sie mir ein Glas Old Overcoat.«

Die leidenschaftliche Forderung des Mannes brachte Onkel Nancy sichtlich aus der Fassung, denn er gehorchte und schenkte das bernsteinfarbige Zeug in ein Doppelglas ein. Der Mann mit den wilden Augen kippte es mit echt ungezügelter Begeisterung. Dann griff er über die Bar, packte den Barkeeper an Mieder und Büstenhalter und zog ihn an sich. Der Knüppel wurde Onkel Nancy entrissen, bevor er ihn verwenden konnte.

»Haben Sie ein Örtchen für kleine Jungen, Mann? Ich muß hin.«

Onkel Nancy zeigte verblüfft zum Ende des Raums. Bevor jemand etwas tun konnte, packte der Hippie die beinahe volle Flasche Old Overcoat und rannte wie ein Besessener zur Toilette.

»Geronimo!« rief er.

Und war fort.

»Ich weiß nicht warum«, sagte Onkel Nancy, »aber ich habe in bezug auf diesen Kerl ein wirklich schlechtes Gefühl.«

»Ja also«, flüsterte Elliot. »Ich auch.«

Bill verschüttete und vertropfte voll glücklicher Unmäßigkeit Bier. »Klingt, als hätte der Kerl eine gute Idee gehabt«, murmelte er. Er trank wieder einen kräftigen Schluck. Dann ließ er das alkoholische Zeug selig durch seinen Hals hinunterrinnen und gurgelte dabei wie ein befreiter Bacchusbach. Jetzt wußte er, daß er, wenn er starb, an diesem wunderbaren Gebräu ersticken wollte.

Als er seine schmatzenden Lippen vom Rand des Glases löste, bemerkte er, daß alles … na ja, mächtig *anders* aussah.

Zuerst schrieb Bill diesen Unterschied einem Zustand äußerster Trunkenheit seinerseits zu. Aber dann wurde ihm klar, daß er für gewöhnlich, wenn alles so seltsam wurde, auf dem Bauch lag und den Boden anstarrte. Jetzt saß er jedoch vollkommen aufrecht da, und wenn er auch nicht nüchtern war, so war er doch absolut Herr seiner Denkfähigkeit.

Die ganze Bar hatte sich verändert.

Das schwärzliche, angenehme Holz, die dunkle, rauchige Stimmung waren fort. An ihre Stelle waren helles Licht, das Glänzen von Metall, Plastik und Glas, das Blitzen von Spiegeln getreten. Die Luft roch nicht nach Bier, Chintz und Tabak, sondern nach Schweiß, Talkum und Spandex.

Bill blinzelte, weil es so hell war. Seine Verblüffung verwandelte sich in Bestürzung. In jeder panischen Situation, bei der sich Alkohol in der Nähe befindet, weiß jeder gute Trooper, was er zu tun hat. Sein Glas austrinken.

Bill packte das Glas vor sich, trank gierig den Inhalt …

Und spuckte ihn nach Luft schnappend aus.

Es war eine seltsame Kombination von Früchten und Yoghurt und weiß der Teufel was noch. Bill hatte bereits von solchen nichtalkoholischen, widerlichen Getränken gehört, doch sie waren ihm nie über die Lippen gekommen.

Er wischte sich den Mund mit dem Ärmel ab. Er hatte gerade (keuch) ein Gesundheitsshake getrunken!

Was war mit seinem Bier geschehen?

Er blickte Onkel Nancy fragend an, und sah erschrocken, daß der Barkeeper kein Kleid mehr trug. Er hatte einen dunkelblauen Trainingsanzug an, dessen Reißverschluß teilweise geöffnet war und den Blick auf die graugesprenkelten Brusthaare freigab. Bill blickte hinunter und stellte fest, daß er genau wie Elliot Methadrine kein Kleid mehr trug. Sie hatten beide hellgrüne und rote Shorts sowie T-Shirts an.

Knurrende Geräusche lenkten Bills Aufmerksamkeit auf das andere Ende des Raums, wo mit Mammutmuskeln ausgestattete Männer Gewichte stemmten.

»Das ist nicht mehr Barworld«, stellte Elliot ohne eine Spur seiner bisherigen Vorsicht fest. »Das ist Barbellworld*«

»Mein Kleid!« rief ein Mann. Ein zweiter schloß sich an: »Was ist mit meinem schönen Kleid geschehen!«

»Der Hippie«, sagte Elliot und schnippte mit den Fingern. Er zeigte auf die Herrentoilette. »Diese Toilette ist nicht zufällig der Sitz des Zeit/Raum Resonanz-Nexus?«

Onkel Nancy blinzelte. »Na ja, vielleicht – ich meine, alle Bars verwenden das sanitäre Zeit/Raum-System, aber ich weiß nichts von einem Nexus.«

»Das ist es, Bill. Das muß es sein!« rief Elliot. Er streifte das leuchtend rote Stirnband ab und warf es an-

---

* barbell = Hantel

gewidert auf den Fußboden. »Was wir suchten, befand sich dicht vor unseren Nasen, und wir haben es nicht einmal bemerkt. Du konntest es ja nicht erwarten, deinen idiotischen Alkohol zu kriegen!«

»Was hast du dagegen?« verteidigte sich Bill greinend. »Es ist Barworld. Oder es war es jedenfalls. Jemand hat es verwandelt.« Er blickte zweifelnd mit trüben Augen zu den Männern hinüber, die mit Gewichten arbeiteten. Auf der gegenüberliegenden Wand klebten Plakate mit Mr. Planetary, Mr. Nebula und Mr. Lightspeed, die Muskeln wie mutierte Melonen spielen ließen.

»Meine Bücher!« rief Onkel Nancy.

»Was – sind sie fort?«

»Nein – aber sehen Sie, sie haben sich ... sie haben sich verändert.«

Bill sah hin. Sie hatten sich tatsächlich verändert. Zuerst fiel es ihm nicht auf, aber als er genauer hinschaute, merkte er, daß es nicht mehr die gleichen waren.

Was einmal *David Copperfield* gewesen war, hieß jetzt *Brustmuskeltraining* von I. Liftem, während *Krieg und Frieden* von Leo Tolstoi zu *Bizeps und Trizeps* von Bod Builder geworden war.

»Meine Bücher. Meine *Literatur*!« rief Onkel Nancy entsetzt, den diese Tatsache tiefer traf als der Verlust seines Kleids. »Alles hat sich in Muskelidiotenscheiße verwandelt.«

»Ich rieche einen Zeitveränderer an der Arbeit!« erklärte Elliot. »Eindeutig das Werk des verrückten Hippies, der gerade rausgegangen ist – aber wie hat er es gemacht? Ich habe nicht die geringste Ahnung.«

Bill hatte ebenfalls nicht die geringste Ahnung. Er war zu sehr damit beschäftigt, zuerst unter Schock zu stehen und dann deutlich zu spüren, daß er einen Anfall von Existenzangst bekam. Man stelle sich vor – eine lebenslange Suche nach dem Jungbrunnen (na ja, dem Wermutbrunnen auf jeden Fall), nur damit einem der köstliche Genuß zu früh aus dem Mund gerissen wurde. Entsetzlich! Er hatte Barworld gefunden, und nun war alles, was es zu trinken gab – er erschauerte bei dem Gedanken – *Gesundheitsshakes?*

»Was ... was kann dieser Bowbkopf von einem Hippie überhaupt getan haben?« erkundigte er sich zusammenhanglos, während sein Kiefer wie eine Bartür im Wind flatterte.

»Ich werde dir erzählen, was er getan hat«, begann Elliot gereizt. »Ich meine, bist du wirklich so schwer von Begriffen? Er ist in die Vergangenheit zurückgekehrt und hat die Geschichte verändert.«

Onkel Nancy blickte verzweifelt auf seine Bücher und riß sich die Haare büschelweise aus dem rasch kahl werdenden Kopf.

»Soll das heißen, daß wir versagt haben?« murmelte Bill, der nicht mehr mitkam.

»Ich weiß es nicht. Finden wir es heraus.« Elliot marschierte zu einem sexy Bodybuilder, der männlich Evianwasser schluckte und während der Pausen seine schwitzende Stirn betupfte. »Eine Frage, Sir: Führen wir noch immer Krieg gegen die Chinger?«

»Chinger«, wiederholte der Mann mit eindeutig österreichischem Akzent. »O ja, ja, ich erinnere mich aus der Schule daran. Ja! Sie wurden *ausgelöscht* wie das Ungeziefer, das sie waren. Vor hundert Jahren!«

»Das ist wenigstens eine gute Nachricht«, sagte Bill.

»Ja, und das schaffte das Vierte Reich. Sieg Heil!« Der Österreicher grüßte das an der Wand hängende Bild eines Mannes mit einem sehr kleinen Schnurrbart. »Das Glorreiche Vierte Reich, das auch Alkohol und Tabak abschaffte. Und die Barbell auf die Karte der Geschichte brachte.«

»Kein Alkohol mehr?« flüsterte Bill, dem es die Sprache verschlagen hatte. Sein persönliches Universum hatte soeben aufgehört zu existieren.

»Das verlangt nach radikalen Aktionen«, erklärte Elliot und zog sein Identifizierungsabzeichen heraus.

»Ich heiße Elliot Methadrine und gehöre der Interdimensionalen Abteilung für Verbrechen gegen die Zeit an.«

»Die Zeitpolizisten«, sagte Onkel Nancy sichtlich beeindruckt. »Ihr seid doch die ganze Zeit hier vorbeigekommen, um gratis zu trinken und Bestechungsgelder zu kassieren.«

»Ich habe geglaubt, daß du beim GBI bist«, sagte Bill.

»Diese Tarnung brauchen wir jetzt nicht mehr, Bill.« Elliot wurde plötzlich absolut geschäftlich. »Ich habe eine Spur verfolgt, aber sie hat nach Süden abgeschwenkt. Es ist jetzt zu spät, um sie aufzuhalten.« Er wandte sich wieder dem Bodybuilder zu. »Ich muß Straßenkleidung und Waffen requirieren.«

»Ja, klar«, antwortete das Muskelpaket. »Wir lieben die Polizei wirklich. Auf Barbellworld werden die Behörden respektiert. Es war der Wunsch unseres Gründers, St. Arnold, daß wir gute, saubere, ehrfürchtige, sadistische Muskelprotze werden.«

»Gut, gut«, sagte Elliot. »Wie funktioniert das sanitäre Zeit/Raum System, Onkel Nancy? Der behaarte Kerl hat ganz sicher da drin etwas getan. Wo befinden sich die wesentlichen Kontrolleinrichtungen für das Ding?«

»Ich habe nicht die geringste Ahnung.« Onkel Nancys großes, fleischiges Gesicht wurde rot. »Ich bin kein Installateur für sanitäre Zeitanlagen. Den Service hat Chronos Abwasser übernommen, aber die brauchen ewig, um hierher zu kommen. Wir müssen es uns wahrscheinlich ansehen, oder?«

»Komm, Bill«, sagte Elliot. »Ziehen wir uns um und sehen wir nach.«

Bill verzog das Gesicht und schüttelte bekümmert den Kopf.

Die Welt ging vor die Hunde.

7

Onkel Nancy führte Bill und Elliot zum WC.

»Widerlich. Sie sehen selbst, wie sich alles verändert hat.« Der Barkeeper betrachtete entsetzt die farbigen Fliesen, die neuen Beleuchtungskörper, die Bidets, die Vitamine und die Kölnischwasser Automaten. »Ursprünglich gab es nur eine Rinne und ein Plumpsklo. O ja – und einen Kondomautomaten, der immer kaputt oder leer war. Es war wirklich gemütlich und freundlich, und wir hatten eine Menge Grafitti. Ich meine damit graphische Grafitti.«

Der leicht verwirrte Bill betrachtete die drei makellos weißen Pissoire. »Ich muß mal«, murmelte er.

»Nicht hier, du Idiot!« sagte Elliot. »Hast du den Mann nicht gehört? Das ist der Zeitwirbel.«

Bill blinzelte. Komisch – es sah seiner Meinung nach wie ein Pissoir aus. Allerdings ein ungewöhnlich elegantes, ungewöhnlich sauberes Pissoir. »Entschuldigung – ich kann wahrscheinlich warten …«

Der Barkeeper und Bill sahen wie versteinert zu, als Elliot die zitternde Hand ausstreckte, den Griff am Pissoir berührte, tief Luft holte – und spülte.

Das Ergebnis war wesentlich dramatischer als normalerweise. Es übertraf sogar die billigen Vakuum-Töpfchen auf rasch zusammengebauten Raumschiffen, auf denen es leicht möglich war, daß man am Ende der Reise mit hoher, quieksender Stimme sprach.

»Wau«, flüsterte Bill.

»Absolut!« stimmte Elliot zu. Wie aus dem Nichts erschien ein kleines Gerät mit Knöpfen, Schaltern und einem Oszilloskop in seinen Händen. »Laut meinem Zeitticker – alle Zeitpolizisten sind mit diesen Apparaten ausgerüstet – haben wir es hier mit einer viel größeren Zeitspalte zu tun, als wir erwarteten. Ja – ich verstehe jetzt, wieso dieser verrückte Hippie imstande war, durch die Zeit zurückzuspringen und ein Chaos zu verursachen. Diese Öffnung wäre für einen Elefanten groß genug.«

Bill trat zwei Schritte zurück und hielt sich sicherheitshalber am Schnappschloß der WC-Tür fest. Er hatte den Eindruck, daß er das Gleichgewicht verlor und das deutliche Gefühl, daß er in einen riesigen Zeitrachen gesaugt wurde.

An die Stelle der Porzellanmuschel war das Portal getreten. Glitzerndes Licht wirbelte, kreiste, wurde größer und sprühte Funken. In dem Display erkannte man undeutlich ein Schaltpult, das wie ein Fernsehapparat mit Vielfach-Wahlscheibe aussah. Wenn der Zeit-Wind pulsierte, flackerte der Bildschirm und zeigte einige überaus interessante Szenen.

Bill schnüffelte laut. »Es stinkt«, stellte er nasal fest, weil er sich beim Sprechen die Nase zuhielt.

»Natürlich. Das kommt daher, daß die Verbindung zwischen dem Zeit-Nexus und Barworld durch die Müllwelt verläuft. Es hängt davon ab, in welchen Teil der Vergangenheit man sich einschaltet«, dozierte Elliot. »Diese Ära hier ist zum Beispiel für Angehörige unserer Ära besonders schädlich.« Er tippte sich an die Nase. »Deshalb zerstören die Zeitbehörden den Geruchssinn ihrer Agenten, bevor wir die Zeit verschieben.«

»Und welche Ära ist das?« wollte Onkel Nancy wissen. »Ich meine, aus welcher Ära Sie kommen.«

»Geheime Information«, stellte Elliot unmißverständlich fest. Er blickte mit wehenden Haaren auf sein Gerät hinunter, dessen Nadeln wild ausschlugen. Ein leuchtendrotes Licht blitzte. Und das Oscilloskop schwankte extrem. »Du meine Güte!« rief Elliot beunruhigt und uncharakteristisch unbeherrscht. »Dieses Zeitportal ...«

»Sagen Sie es nicht«, rief Onkel Nancy. »Etwas Schreckliches wird geschehen, und wir werden alle sterben.«

»Nein. Ja also, vielleicht doch. Alles kann geschehen – weil dieses Ding, das Zeitportal, empfindungsfähig ist, und es mir schwerfällt, das zu begreifen.«

»Es ist ein sehr langes Wort«, erklärte Bill. »Wahrscheinlich hast du es mißverstanden, und es bedeutet, daß es etwas erfinden kann, oder?«

»Nein, du Schwachkopf. Es bedeutet, daß es lebendig ist! Lebendig und intelligent! Was ich nicht immer von dir behaupten kann!« Der verblüffte Elliot schüttelte beunruhigt den Kopf. »Seit ich als Zeitagent tätig bin, habe ich in keiner Ära so etwas gesehen.«

»Ich stoße leider viel zu oft auf Ihren erbärmlichen Typ«, sagte ein kräftiger Bassbariton. Englischer Akzent, mit Kultur durchtränkt, vor Ironie und anderen kalten, harten Formen des Humors triefend. »Guten Tag, Sie elende, bedauernswerte Ausrede für biologische Selbstvermehrung. Mit den Worten meines geschätzten Vorfahren, Alexander Graham Zeit-Phon-Maschine, Sie haben geläutet?«

Das Zeitportal strahlte ätherisch, ein faszinierender Anblick. In sein Inneres waren fremde kristalline Muster und juwelenartige Anhängsel eingebettet, von denen regenbogenfarbenes Leuchten ausging. Sie verfügten über eine leicht verrückte Aura und produzierten Lichtarien und vielleicht sogar komische Opern, etwa Haydn oder Delius – oder war die Musik im Hintergrund *Der Mikado* von Gilbert und Sullivan? Über die vorher erwähnten Bildschirme blitzten objektive Szenen aus der intergalaktischen Geschichte. Die Unterzeichnung der Unabhängigkeitserklärung. Der jährliche öffentliche Spaziergang des Kaisers.

»Sie … Sie sind ein Zeitportal?« flüsterte Bill, der es vor Ehrfurcht keuchend anglotzte.

»Ich bin ganz sicher kein Zeitpokal, also versuchen Sie nicht, aus mir zu trinken, Sie eindeutiger Säufer. Und ich bin auch kein Zeit-Portable. Ich bin das Modell in natürlicher Größe zum vollen Preis – ein in Eton und Oxford ausgebildetes Zeitportal. Und es ist ein Jammer, mein lieber Junge, daß eine so wertvolle Intelligenz wie die meine jedem antworten muß, der sozusagen an der Kette zieht. Vor allem lästige, ungebildete, anrüchige Primaten wie Sie.«

Elliot richtete sich zu seiner vollen, kümmerlichen Größe auf. »Wie dem auch sei, Sie haben uns gerade viel zu detailliert erklärt, daß man Sie einberufen hat und Sie uns helfen müssen.« Er holte seinen Ausweis als Zeitpolizist heraus und zeigte dann dem Portal seinen kosmischen geheimen Captain-Decoderring.

»Ja, richtig«, bestätigte Onkel Nancy. »Und als erstes wollen wir wissen, wohin, zum Teufel, der behaarte Kerl, der hier hineinschoß, verschwunden ist.«

»Was soll das heißen, mein Lieber? Struppiger Junge, sagten Sie? Ach, natürlich. Sie meinen bestimmt den schrecklichen Hippie aus Hellworld. Ja, klar. Ich glaube, daß er in die Vergangenheit zurückgekehrt ist, und zwar mit dem löblichen Ehrgeiz, die Geschichte zu verändern. Wenn das nicht stimmt, dann habe ich letzte Nacht etwas zu viele verdammte Nanoden an meinen Quazoid angeschlossen.«

»Sehen Sie sich doch um«, schlug Bill vor. »Er muß etwas verändert haben. Dieses Dreckloch war früher eine nette Bar. Jetzt ist es eine Schwitzsporthalle, die von im Stechschritt marschierenden Gewichthebern mit deutschem Akzent betrieben wird.«

»Hmmm. Na sowas, ja. So etwas geschieht gelegentlich. Man kann nicht im Universum Zeitportale einrichten, ohne daß es von Zeit zu Zeit zu kleineren Veränderungen kommt.«

»Kleinere Veränderungen«, rief Elliot Methadrine. »Wir sprechen von einer weitreichenden radikalen erdgeschichtlichen Katastrophe. Ich weiß nicht einmal mehr, ob es noch ein Galaktisches Ermittlungsbüro gibt.«

Bernsteinfarbenes Licht pulsierte spöttisch. »Oh?« sagte das Zeitportal. »Also dann. Sehen wir in meine

Glaskugel.« Aus dem untersten Teil des Portalfußbodens tauchte eine mit einer funkelnden Flüssigkeit gefüllte runde Schüssel auf. In der Flüssigkeit schwamm ein Goldfisch. Bilder begannen vorüberzuziehen. Bill sah Fotos von Panzern und Propellerflugzeugen. Stiefel, die galaktische Hintern traten. Bierhallen und Brezeln überall. *Hmm,* dachte er. *Vielleicht ist diese Veränderung nicht wirklich schlecht.* Er liebte Bierhallen und Brezeln.

Schließlich hielten die vorüberziehenden Bilder bei der schwankenden Nahaufnahme einer Tafel an. »Da sind wir, Jungs«, sagte das Portal. »Bilder davon, wie alles jetzt aussieht. ›GALAKTISCHES ERMITTLUNGSBÜRO‹« las er. »Wie Sie sehen, hat sich nicht allzu viel verändert. Alle totalitären Regierungen sind einander gleich. Wäre es möglich, daß Sie zwischen all den Aminosäuren und Joghurtgetränken im Erfrischungsraum einen Schluck Tee und vielleicht einen oder zwei Fladen für mich finden?«

Bill kniff die Augen zusammen. »Die Tafel gehört zu einem Schiff!« rief er voll Befriedigung über seine scharfe Beobachtungsgabe – obwohl er es in Wirklichkeit deshalb besser lesen konnte, weil er einen besseren Blickwinkel hatte.

»Ein Schiff?« fragte Onkel Nancy.

»Ja. Sehen Sie … seitlich davon … steht ›SS GALAKTISCHES ERMITTLUNGSBÜRO‹.«

»Du meine Güte, Bill«, sagte Elliot. »Das ist kein Schiff! Das ist die SS! Die berüchtigte Geheimpolizei der Nazipartei.«

Bill blinzelte. »Ja. Aber wo liegt der Unterschied? Ihr seid doch die berüchtigte Geheimpolizei, die jeden Politiker erpreßt, der wenigstens zu einem Prozent anständig ist, und die jedesmal bei der Party des Kaisers den gewürzten Punsch stiehlt?«

»Das sind also die dreckigen Schweine!« sagte Onkel Nancy. »Das wollte ich immer schon wissen.«

Elliot verzog das Gesicht und schlug sich mit der

Hand vollkommen frustriert auf die Stirn. »Hören Sie, Zeitportal! Im Namen von Wahrheit, Ordnung, Gerechtigkeit und Gleichgewicht des Universums müssen Sie uns helfen, dieses... dieses Chaos zu verhindern. Sie müssen uns an die Stelle in der Zeit zurückbringen, an der der Hippie den Lauf der Geschichte verändert hat. Was er getan hat, ist entsetzlich. Wo hat er es getan?«

»Hmm? Die Zeit, in die der strubbelige Typ gegangen ist? Also sowas. Es ist mir peinlich, aber verdammt, ich muß zugeben, daß ich es vollkommen vergessen habe. Ich könnte meine Akten rasch durchgehen und die Information finden. Obwohl ich zugeben muß – entschuldigen Sie mein Gähnen – daß ich nicht schrecklich motiviert bin.«

»Oh... und darf ich wagen Sie zu fragen, was Sie dazu motiviert hat, den Forderungen des Hippies nachzugeben?«

Die Lichtaura verdichtete sich zu einem ruhigen Technicolorgrinsen. »Da wir offen miteinander sprechen, lieber Junge – hartes, kaltes Bargeld.«

Elliot raufte sich verzweifelt die Haare. »Wer, zum Teufel, sind Sie überhaupt, Mann?« Er zog einen Kugelschreiber und ein kleines Notizbuch heraus. »Ich brauche Ihren Namen, Ihre Seriennummer, ihren Registrierungscode bei Intergalactic Time Machines.«

»Absoluter Quatsch!« dröhnte die Stimme unbekümmert. »Nicht anwendbar. Denn ich bin Mitglied einer unglaublich alten, nicht registrierten Rasse von Zeitportalen. Ich heiße Dudley D. Doo, Esquire, von den Edlen Wirklichen Königlichen Transkonkretisierten Temporalen Rittern der Jet-Ebene. Meine Art gab es bereits vor Anbeginn der Zeit – und sogar noch früher.«

»Vor Anbeginn der Zeit?« murmelte Bill und versuchte, sich diesen Begriff vorzustellen. Doch sein Verstand geriet bei dem Versuch noch mehr durcheinander als sonst. »Sie meinen, bevor es gewöhnliche Uhren und Digitaluhren und das Zeug gab?« Sein Gehirn erfaßte plötzlich einen wichtigen makrowissenschaftlichen Gedanken. »Sie meinen damals, als die Bars nie schlossen?«

»Richtig, Kumpel. Und was für fröhliche Tage das waren«, sagte Dudley. »Aber wenn ich es mir genau überlege, waren es keine Tage, nicht wahr? Damals waren die Tage noch nicht erfunden. Und auch die Nächte nicht. Es war eine unbegrenzte, tolle Party, bei der man Zeit für eine gelegentliche Prügelei oder nähere Bekanntschaft mit den Bienen hatte. Rauh und anstrengend – aber verdammt unterhaltend.«

»Atemberaubend!« hauchte Bill, dessen Augen in die Ferne blickten und dessen Verstand von nun an auf diese Vorstellung fixiert war.

»Die Temporalen Ritter.« Elliots Stimme war jetzt ehrfürchtig gedämpft. »Im Hauptquartier gab es Gerüchte über Sie – und auf den WCs auch Telefonnummern. Wir fanden Ruinen einer alten Zivilisation aus der Zeit vor der aufgezeichneten Nachwelt. Könnten sie ... zu Ihrer Art gehört haben?«

»Eigentlich nicht. Es ist wohl allgemein bekannt, daß die Temporalen Ritter aus der Zeit vor späteren Aufzeichnungen stammen«, erwiderte Dudley blasiert.

»Hmmm. Dadurch werdet ihr zur Zielscheibe von Witzen«, schnaubte Onkel Nancy der Barkeeper.

»Zugang zu den Temporalen Rittern ist einer der Schlüssel zum Universum und eine verdammt billige Art zu reisen«, erklärte Elliot. »Wie können die Hippies aus Hellworld diesen Zugang erhalten haben?«

Onkel Nancy kratzte sich den Kopf. »Banken ausgeraubt?«

»Nein. Nein!« Elliot ging auf und ab. »Es geht hier um etwas viel zu Entscheidendes, zu Grundlegendes. Verdammt, wir wissen nicht genug über diese Hippies. Aber meinem eindeutigen Gefühl zufolge ist es für den Erfolg dieser Mission entscheidend, daß wir erstens herausbekommen, wie sie Zugang zu den Temporalen

Rittern gefunden haben, und zweitens euch Ritter begreifen.«

Das glänzende Portal leuchtete vor Freude darüber auf, daß es die Geschichte der Temporalen Ritter erklären konnte.

»Hm«, begann es. »Am Anfang, noch vor Luftverschmutzung und Verkehrspolizisten, Depotscheinen und Tonfilmen, gab es sehr viel Nichts außer Raum und für nichts und niemanden irgendwelche Zeit. Die damalige örtliche kosmische galaktische Rasse erfand Hochofen-Oberzüge und irische Witze, um den Dingen überhaupt einen Sinn zu geben. Das war wohlgemerkt unsere Aufgabe – die der Temporalen Ritter. Doch selbstverständlich funktionierte nichts davon wirklich, weil man meist eine Arbeit beendete, bevor man sie begonnen hatte, was zu etlichem Durcheinander führte und es schwierig machte, die Anteile bei CDs zu berechnen. ›Was wir brauchen‹, postulierte ein einmalig intelligenter Gentleman, Ritter-Philosoph-Wissenschaftler, Simon Temporal, ›ist eine Ordnung für dieses elende Chaos. Ich will damit sagen, daß es keine Zivilisation ist, wenn man nicht weiß, ob es gerade die richtige Tageszeit ist, um den Tee zu sich zu nehmen.‹

Und so erfand Simon Temporal die Idee der Zeit. Dieser erschreckende, revolutionäre Begriff war eine so tiefgreifende Vorstellung, daß sie zunächst viel zu kosmisch war, um allgemein verbreitet zu werden. Es dauerte etliche Äonen, bis sie akzeptiert wurde. Doch dann begannen die Sonnen und Planeten, die Tage und Jahre wie ein erbärmliches kosmisches Uhrwerk abzuhaken, während das Leben stieg und fiel, Zivilisationen blühten und starben. Im Grunde war zwar das Wesentliche daran die langweilige Wahrheit, daß all dies ungefähr so relevant war wie Affeneier in einem Kloster, doch man konnte wenigstens messen, wie viele Jahre langweiligen Nichtseins ein durchschnittliches Leben umfaßte.

Das alles war schön und gut, und jetzt konnten wir weiche Eier genau richtig kochen, aber für die Temporalen Ritter war es nur ein Gedanke. Eigentlich ist die Zeit eine Art Gehirnwäsche auf grober atomarer Ebene. Sie existiert nur dann für uns, wenn wir uns mittels der Gehäuse aus rostfreiem Stahl und Kristalloiden vorstellen, daß es sie gibt. Wir regulieren einfach den Grad der vom Universum erzeugten kollektiven molekularen Phantasie. So können wir durch die sogenannte Zeit transportieren – und transportiert werden –, und sind immer die ersten, die bei guten Parties eintreffen, die wir nie verlassen müssen. Das alles ist jedenfalls sehr langweilig, und außerdem bin ich sicherlich für euch Winzlinge unergründlich.«

Onkel Nancy verzog das Gesicht. »Ich weiß noch immer nicht, was das mit Hippies zu tun hat. Und wie, zum Teufel, bekomme ich meine Bar zurück?«

Bill kratzte sich zutiefst deprimiert im Schritt. Er hatte keine Ahnung, was geschah oder worüber sie sprachen. Am schlimmsten war, daß er nicht wußte, wann er wieder einen Drink bekommen würde.

»Dennoch erkenne ich durch Ihren Nebel zeitlicher Verwirrung einen Sinn«, philosophierte Elliot. »Der Sinn setzt sich durch und ich verstehe jetzt. Die Hippies verstanden all dies irgendwie auf vorbewußter Ebene... und setzten voraus, daß Sie existieren. Sie riefen Sie nicht so herbei, wie wir es tun mußten. Sie berechneten, daß Sie aus irgendeinem Grund zu einer bestimmten Stunde, Minute, Sekunde hier sein würden und daß Sie genau für den Sprung offen sein würden, den sie brauchten... was immer ihr Ziel war. Dadurch war der Agent in der Lage, in der Zeit zurückzugehen und die Geschichte zu ändern.«

»Aber was soll dieses Nazi-Zeug?« fragte Onkel Nancy. »Das stimmt kaum mit meiner Vorstellung von wesentlicher Hippie-Philosophie überein.«

»Das können wir später herausbekommen«, sagte

Elliot. »Jetzt müssen wir zurückgehen und den Schaden rückgängig machen, den der bärtige Bowb angerichtet hat.« Er wirbelte herum und sah das Zeitportal an. »Dudley ... Sir, falls ich annehmen darf, daß dies Ihr ehrenvoller Titel ist.«

»Allerdings ist er das!« lächelte das Zeitportal albern; ihm gefiel diese listige Arschkriecherei.

»Sie müssen nur Ihr Portal genau so öffnen wie es war, als der Hippie sprang, und uns gestatten, hindurchzuspringen. Dann können wir zurückgehen und den Schaden rückgängig machen.«

»Schaden? Noch einmal, ich sehe keinen Schaden. In Wirklichkeit dreht es sich einzig und allein darum, Mr. Elliot Methadrine, Zeitpolizist – und ich muß auf diesem Punkt bestehen – was ist für mich drin?«

»Ich habe zwei Megadollars bei mir, die ich für die Unkosten mitgenommen habe.«

»Ah! Ausgezeichnet. Wesentlich mehr, als der Hippie mir bezahlt hat. Lassen Sie mich einen Blick auf das Geld werfen, dann kümmere ich mich um die Einstellung.«

Elliot zog die glänzenden Scheiben heraus, auf denen das Bild des schielenden Kaisers leuchtete. Die Schublade einer Registrierkasse schoß ›klingelnd‹ aus dem fremdartigen Innern des Zeitportals heraus und verschluckte das Opfer.

»Super! Jetzt kommt mein Teil des Handels. Geben Sie mir einige Augenblicke, damit ich mich ein wenig konzentriere.« Zitternde Antennen wurden ausgefahren. Statische Elektrizität knisterte zwischen generatorartigen Van-Der-Graf-Wicklungen. Aus dem Teil mit der Registrierkasse tauchten Dollar- und Cent-Zeichen auf.

»Mein Gott! Er schafft es!« rief Onkel Nancy und zeigte auf den Zeitnebel, der sich durch das leuchtende Loch ausbreitete.

Bill sah hin. In der schwer arbeitenden, teilweise farbigen, störrischen Fantasia, die sich innerhalb des Zeitportals entwickelte, erblickte er ein Bild – ein Zeitgespenst, wenn Sie so wollen – des Hippies aus Hellworld, der durch den Raum zwischen Jetzt und einem anderen Dann sprang und im Sternengeglitzer verschwand.

»Ja!« rief Elliot. »Das ist es! Das ist der Augenblick! Halten Sie den Gedanken fest!« Er wandte sich Bill und Onkel Nancy zu. »Also, Jungs. Der Augenblick der Wahrheit. Kommt ihr mit?«

Onkel Nancy grinste unbehaglich. »Ich bin nur ein einfacher Barkeeper. Ich glaube, daß es meine Pflicht ist... vielleicht sollte ich einige aerobische Übungen machen! Vielleicht Gewichte stemmen. Ein paar Runden um den Swimmingpool. Sie bleiben mit mir in Verbindung, ja? Lassen Sie mich wissen, was dabei herausgekommen ist.« Er schlurfte ölig lächelnd nach hinten.

»Was immer«, antwortete Elliot. »Komm, Bill. Zeigen wir dem Universum zwei *echte Männer in Aktion*!«

»Weißt du«, murmelte Bill, »ich habe mich in letzter Zeit irgendwie unwohl gefühlt. Vielleicht würde mich ein einmonatiges Training für diese besondere Mission in Form bringen.«

»... vielleicht werden sie mich anstellen, damit ich ihre Kumquat-Joghurtkühler verkaufe«, sagte Onkel Nancys Stimme von der Tür aus.

»Kumquat Joghurtkühler!« Die Vorstellung stoppte Bills Abgang. Sie stoppte ihn genau so lang, daß Elliot ihn zu fassen bekam.

»Komm, Trooper. Wir sollten allmählich die Dollars des Kaisers verdienen!«

Bevor Bill reagieren konnte, hatte ihn Elliot Methadrine geradewegs in das Maul des Zeitportals geschleudert.

8

Bill war der Begriff *›hinauffallen‹* vertraut. Seine Versetzung in seine jetzige Position bei den Troopern zeigte jedenfalls, daß dies eine der Grundlagen des bürokratischen Aufstiegs war. Doch er hatte noch nie das Gefühl gehabt, *tatsächlich hinaufzufallen* – während sich das, was jetzt geschah, genau so anfühlte.

Es war überhaupt nicht so, als würde er in Schwerelosigkeit treiben.

Nein, es war, als hätte sich das Universum plötzlich um hundertachtzig Grad gedreht und als hätte man ihn gleichzeitig von einem Felsen gestoßen, so daß er jetzt mit gleichmäßig schneller werdender Geschwindigkeit zu drohenden Felsen hinauf – nicht hinunter – unterwegs war. Felsen, die den Eindruck vermittelten, daß sie sich unterhalb von ihm befanden.

Schlotternder Magen, flatterndes Gehirn – vorüberströmende Luft, Geruch nach verfaulendem Turnzeug, Angstschrei.

Die Felsen wichen im letzten Augenblick aus, und die Zeit selbst wirbelte in den sinnlosen Mahlstrom hinein.

Und dann schlug Bill auf den Boden auf – weich wie eine Daunenfeder.

Einen ganz kurzen Augenblick lang schien er das Bewußtsein zu verlieren, und als er erwachte, war er benommen, als würde er aus einer Ohnmacht zu sich kommen. Was verdammt besser war als aus einem massiven Kater oder gar als Toter zu erwachen, aber es war trotzdem verwirrend.

Wo, zum Bowb, befand er sich überhaupt, rätselte er, während er sich umsah.

Er war offenbar in eine Art Tal geraten, um das sich fichtenbestandene Berge unter blauem Himmel erhoben.

Die Sonne schien heiß und erbarmungslos von einem unendlich blauen Himmel.

Der Boden unter ihm war trocken, wies Flecken von braunem Gras auf und war von schön blühenden Saguarokakteen übersät.

Eine Wüste! Er befand sich in einer Wüste. Er tastete rings um sich nach einer Feldflasche und hoffte, daß etwas Kaltes, Flüssiges, Alkoholisches drin sein würde. Keine Flasche, kein Bier. Na schön. Er hatte schließlich in seinem Lieblingsbuch, seiner Bibel, *Führer für den Alkoholiker zu alkoholischen Getränken*, gelesen, daß Tequila aus einer Kakteenart gewonnen wird. Von denen gab es hier jede Menge. Das mußte zumindest ein paar Flaschen ergeben.

Doch bevor Bill mit der traditionellen Suche nach einem Getränk beginnen konnte, lenkten ihn ein plötzlicher Plumps und ein erschrockenes »Autsch!« ab.

Er drehte sich um und sah Elliot, der mit dem Gesicht in einem Sandhaufen steckte, während sein Hinterteil infolge eines unglücklichen Zusammenstoßes mit einem Kaktus mit Stacheln gespickt war.

»Autsch!« sagte Elliot erneut, kam langsam auf die Füße und verdrehte den Hals, um sein Gesäß zu begutachten. Dann begann er vorsichtig, die Stacheln aus ihrem Ersatz-Nadelkissen zu ziehen.

»Mensch! Du mußt eine hohe Schmerzgrenze haben«, stellte Bill fest, der sich bei dem Anblick hintergründig mitfühlend krümmte. »Ich würde es erst nach einem starken Drink versuchen.« Er drehte sich um und betrachtete die Stelle, auf der sie gelandet waren. »Ich fürchte, Elliot, daß wir hier nicht sehr viel Geschichte sehen, die geändert werden kann!«

Elliot zupfte den letzten Stachel aus seiner Sitzfläche und blickte sich dann unschlüssig um. »Du hast also den Hippie nicht gesehen.«

»Nein. Alles, was ich sehe, sind die hübschen Guano-Vögel über uns. Vielleicht sind sie die intelligenten Aliens dieses Planeten und wollen uns begrüßen.«

»Nein, Bill«, erklärte Elliot. »Das sind Bussarde. Sie

warten wahrscheinlich darauf, daß wir sterben, damit sie uns fressen können. Den Schnabel direkt in den Arsch und die weichen Eingeweide zuerst. Als Nachspeise die Augäpfel.«

»Sprich nicht so«, flehte Bill und blickte dann wieder beunruhigt zu den schwebenden Geschöpfen hinauf. »So will ich nicht sterben. Eigentlich will ich überhaupt nicht sterben! Wo, zum Teufel, sind wir eigentlich, Elliot? Hast du eine Ahnung? Und sobald du eine Ahnung hast – was tun wir dann?«

»Ich bin nicht ganz sicher, aber es sieht verdammt wie Duneworld oder wie Desertplanet oder, wenn du den Hologeschichten trauen kannst, wie eine Wüste auf der längst verschwundenen aber nie vergessenen Erde aus. Weißt du, was jetzt besonders angenehm wäre?«

»Ein Bier ... nein, zwei Bier. Lieber drei Bier!«

»Halt den Mund, Bill. Ich möchte mit dem Zeitportal Dudley Do-Do sprechen.«

»Vielleicht bringt er uns einen Sechserpack«, meinte Bill zweifelnd. Die sengende Sonne brannte heiß auf seinen Nacken, und seine empfindliche Kopfhaut wurde von den Hitzewellen aus dem Super-Brenner gegrillt.

»Habe ich tatsächlich gehört, daß mein ehrenwerter Name eitel genannt wurde, Gentlemen?« fragte der echt britische Akzent.

Bill und Elliot fuhren herum.

An einer umsichtig von stachligen Kakteen entfernten Stelle materialisierte niemand anderer als der obenerwähnte Sir Dudley. Das Zeitportal tauchte in einem Halo aus schimmernden Lichtern in diese spezielle Realität.

»Sprechen Sie!« verlangte Bill. »Wo, zum Teufel, sind wir?«

»Ist der Hippie hierher gesprungen?« fragte Elliot.

Das kristallinische Aufgebot von Kontrollelementen

innerhalb des Portals blinzelte, klickte und tanzte zu einer Melodie, die verdammt einem Marsch ähnelte. Der TV-Bildschirm brachte Bilder von historischen Zeitaltern und schien dann endlos bei einem monumental langweiligen Cricketmatch steckenzubleiben.

Das Portal blieb verdächtig lang stumm.

»Dudley?« fragte Elliot. »Sir Dudley. Wir nehmen an, daß Sie ihre Kontrollgeräte überprüfen, um unsere Frage zu beantworten?«

»Hmmm? Nein, ich habe mir das Match England gegen Indien angesehen. Die verdammten Ausländer schlagen uns. Was haben Sie gesagt?«

»Sie sollten den Hippie ausfindig machen, der das Universum verändert hat.«

»Sie müssen entschuldigen, aber Cricket hat sich überhaupt nicht verändert. Es ist ein langes, überaus langweiliges Spiel, aber es geht trotzdem ins Blut. Das heißt, es würde mir ins Blut gehen, wenn ich welches hätte. Vielleicht ein intellektueller Sport ...«

»Halten Sie den Mund!« deutete Bill höflich an, während er sich den bratenden Kopf kratzte und sich dabei die Finger verbrannte. »Mich interessieren Spiele nicht – ich will hören, wie wir von hier wegkommen.«

Das von seinem eigenen Monolog hingerissene, faszinierte Zeitportal hörte ihn nicht. »Ich habe sehr viel über Cricket nachgedacht. Es ist ewig, deshalb zählt es eigentlich nicht als Spiel. Aber zurück zu dem Hippiespringer, ja?« Die Lichter begannen noch einmal ihren grotesken Vorbeimarsch, bis sich schließlich alle gleichzeitig in einen Anfall hineinsteigerten. Aus den Lautsprechern kam ein Marsch von John Philip Soused (Bills Lieblingskomponist).

»Sie haben ihn gefunden! Sie haben ihn gefunden!« rief Bill.

»Ehrlich gesagt, nein, ich habe ihn nicht gefunden. Seltsam. Im Hauptquartier herrscht Unruhe.«

»Hauptquartier?«

»Ja. Der Paradoxone Prozessor ist anscheinend überlastet. O mein Gott, ich werde zurückbefohlen.«

Sir Dudley, das Zeitportal, begann zu zittern und zu beben. Dann löste es sich langsam in Luft auf.

»Warten Sie! Kommen Sie zurück!« rief Elliot.

»Lassen Sie uns wenigstens etwas zum Trinken hier«, ergänzte Bill.

»Es tut mir leid, Gentlemen. Ich werde alles in meiner Macht Stehende tun, um zurückzukommen. Hoffentlich überleben Sie auf dieser gottverlassenen …«

Dann verabschiedete sich das Zeitportal mit einem implodierenden *Plop* aus seiner Existenz. Ein trockener Wind jammerte trauernd, erzeugte eine kleine Windhose – und dann herrschte Stille.

Elliot schüttelte den Kopf. »Verdammt! Das schlägt alles. Der Schuft hat sich nicht einmal die Mühe gemacht, uns zu erklären, wo, zum Teufel, wir uns befinden. Weder der Ort, noch das Jahr, das Datum, die Zeit … nichts. Wir können nur annehmen, daß dies irgendwie der Ort ist, zu dem der Hippie geflüchtet ist. Hier hat er die Zeit, die Zukunft und die Vergangenheit verändert und die gemeine Tat gesetzt, die wir umkehren müssen.«

»Was ist mit Ihrem Zeitticker, Mr. Zeitpolizist?« fragte Bill.

»Ach ja, mit dem habe ich ein kleines Problem.« Elliot zeigte hinunter. Das Gerät stand auf dem Boden, das Glas über den Anzeigen war gesprungen und es war offensichtlich nicht einsatzfähig.

»Sie können wenigstens versuchen, es zu reparieren«, schrie Bill ungläubig. »Wir müssen etwas tun, um herauszubekommen, wo wir sind.«

Elliot starrte in die Ferne. »Hmmm. Wir werden in dieser Hinsicht sehr bald einen wertvollen Hinweis bekommen, Freund Bill.«

»Hinweis?« Bill drehte sich in die Richtung, in die

Elliot blickte. Tatsächlich näherte sich ihnen eine Staubwolke, die die Form eines Hahnenschwanzes hatte.

Doch die Verursacher dieser Staubwolke waren eindeutig keine Hähne, obwohl sich Bill und Elliot später wünschten, daß es so gewesen wäre.

9

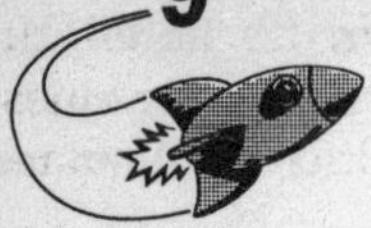

Sie kamen mit dröhnenden Hufen und wildem Kriegsgeschrei; die Geruchsmischung von schlecht gegerbten Tierhäuten, Pferdeausdünstungen und Büffeldung wehte ihnen voran.

Sie ritten fremde, wilde, vierbeinige Tiere, von denen Bill aus *Western Historical Horror* Comics wußte, daß es Pferde oder so etwas waren. Die Augen der Krieger, die auf den Rücken der Pferde saßen, leuchteten wild, und ihre Gesichter und Körper waren mit Kriegsbemalung bedeckt. Gefiederter Kopfschmuck, der wie stolze Tiermähnen in der Sonne glänzte, flatterte im Wind.

Ka-rack!

Etwas pfiff dicht neben Bills Ohr vorbei.

»Wutz-Hunnsch!«

Spitze Federschäfte zischten vorüber und vergruben die hakenbewehrten Köpfe im Sand oder bohrten sich in einen Kaktus.

»Pfeile!« schrie Elliot. »Sie schießen mit Pfeilen auf uns, Bill.«

»Kugeln mit Federn«, heulte Bill, der bereits in panischer Angst kehrt machte und im Begriff war, davonzulaufen. »Sie schießen mit gefiederten Kugeln auf uns, Elliot.«

Die sie verfolgende Kriegergruppe spornte die Pferde zum Endspurt an und teilte sich dabei, so daß sie die fliehenden Zeitreisenden einkreiste. Bill stand plötzlich zwei Wilden gegenüber, die besonders scharf aussehende Speere auf ihn richteten.

Er hielt es für das Beste, wenn er sofort stehenblieb und die Arme hob, um sich zu ergeben. Elliot folgte seinem Beispiel, ergänzte es jedoch weise, indem er sich besiegt gab und jämmerlich zitternd auf die Knie fiel.

Bill begriff, daß dies in ihrer hoffnungslosen Lage die beste Taktik war und machte es Elliot nach.

Die Wilden zogen die Zügel ihrer Hengste an und

hielten dicht vor den Besuchern. Doch die Speere wurden nicht zurückgezogen; Bill stellte im Gegenteil zu seinem extremen Unbehagen fest, daß der Besitzer eines rasiermesserscharfen Stücks Stahl sich offenbar als Barbier versuchen wollte.

»Ugh«, sagte eine befehlende Stimme hinter ihnen.

»Das habe ich mir gedacht«, erklärte Elliot, obwohl ihm das Sprechen schwerfiel – auch vor seinem Hals befand sich ein geschärftes Stück Metall. »Indianer!«

»Du meinst, die Art, die gegen Sir Dudleys Team Cricket gespielt hat?«

»Nein, Bill, Indianer. Indianer der nordamerikanischen Ebenen aus dem neunzehnten Jahrhundert auf der verlorenen, aber nicht vergessenen Erde. Ich will nicht angeben, aber ich war an der Zeitschule in Geschichte recht gut.«

»Wieso kannst du so sicher sein?«

»Wir befinden uns anscheinend in einem unbewohnten Gebiet des amerikanischen Südwestens, denn die Kerle sehen so aus, als kämen sie aus meinem John-Whyne-Lieblingsfilm *Fort Scrofula* – und außerdem ist ›Ugh‹ ein eindeutig unfreundliches indianisches Grußwort.«

»Vollkommener Blödsinn«, stellte die gleiche Stimme fest. »Ich habe nur meinem äußersten Abscheu über eure widerliche Anwesenheit Ausdruck verliehen.«

Bill drehte sich um.

Eine hochgewachsene, besonders edel aussehende Rothaut saß hochaufgerichtet im Sattel und wölbte hochmütig die Brust vor. Er war kräftig gebaut, um seine großen Bizepsmuskeln waren zeremonielle, mit Beschlägen versehene Lederstreifen geschlungen, an denen die Klauen und Zähne von Fleischfressern hingen. Bill hatte diesen Typ in Bars kennengelernt und wurde für gewöhnlich bei Raufereien mit ihm fertig, weil edle Fremde meist fair kämpften, während Bill eindeutig schmutzig und hinterlistig vorging. Doch die

Gewehre und Pfeile, ganz zu schweigen von dem Rasiermesser unterhalb seines Kinns, vertrieben jeden Gedanken an einen Kampf.

»Ach«, sagte Bill mit seinem besten arschkriecherischen Lächeln. »Hi! Großartige Hautbemalung«, schmeichelte er. »Schicke Kleidung. Wer ist Ihr Schneider?«

»Das sollte ich dich fragen«, brummte der Indianer. »Ich habe noch nie eine solche Aufmachung gesehen, und ich habe in Harvard studiert.« Er kratzte sich am Kopf. »Oder war es Yale? Ich muß gestehen, daß die verdammte Sonne mir in letzter Zeit zusetzt. Buffalo Billabong! Meine Medizin!«

»Ja, o Häuptling Tobender Donner«, kläffte ein kleiner, kräftiger Mann mit einem riesigen Hut; er hatte eine Straußenfeder oben hineingesteckt, und vom Rand baumelten an Schnüren hängende Korken. Er stapfte zum Pferd seines Herrn; an seiner Schulter hing ein Beutel, dem er eine Flasche mit einer ungesund aussehenden grünen Flüssigkeit entnahm. »Das wird Ihnen guttun, großer Mann. Und guten Tag, Jungs. Übrigens, Chef, Sie haben den Häuptlingsrang im Kalamazoo Handelsinstitut bekommen.« Der rotnasige Mann zog eine riesige Dose mit Fosters Lager heraus, öffnete sie und besprühte dabei die Umstehenden kräftig. »Na schön. Heute noch eine solche Dose und ich liege auf der Nase. Aber verdammt nochmal!«

Er hob das Bier an den Mund und gluckerte, wobei sowohl sein Adamsapfel als auch seine Korken begeistert hüpften.

Bills Augen quollen hervor. Junge, war er auf dieses Bier scharf! Doch er legte in erster Linie Wert auf eine unversehrte Halsschlagader, damit sein Blut nicht ungebremst auf den Wüstenboden floß.

»Du verstehst jetzt, was ich meine, Bill«, erklärte Elliot. »Ein klassischer indianischer Medizinmann. Wir befinden uns offenbar tatsächlich im amerikanischen Südwesten – etwa um 1885, würde ich sagen.«

»Ich muß noch einmal fragen«, sagte Häuptling Tobender Donner. »Wer seid ihr? Rasch, bevor ich euch die Bäuche aufschlitze, damit die Geier zu ihrer Vorspeise kommen.«

»Wir sind Zeitreisende, großer Häuptling. Diener der Wahrheit und der Gerechtigkeit und Anhänger des Großen Tonto«, antwortete Elliot so unterwürfig, wie es ihm möglich war.

»Wir suchen einen schmutzigen, behaarten Hippie, der das Gewebe der Zeit verändern will«, warf Bill ein.

»Ja, und das gesamte Universum der Zukunft ist nazistisch geworden. Nur ich, Elliot Methadrine, und mein treuer Gefährte Bil…«

»Mit zwei L.«

»Nur Bill mit zwei L und ich können das Universum retten, indem wir den die Geschichte verändernden Hippie festnehmen. Also, Häuptling, was sagen Sie? Sie wollen doch nicht, daß das Universum von im Gleichschritt marschierenden Kraut- und Wurstfressern beherrscht wird? Ganz zu schweigen von den schlecht riechenden, ausgeflippten, Hasch rauchenden Rebellen?«

»Das ist super«, stellte der Medizinmann heiser fest und erledigte mit der leeren Bierdose einen Bussard. »Eigentlich«, fuhr er fort, während er eine riesige Friedenspfeife herauszog und sie mit verdächtig grünem Tabak stopfte, »würde ich sagen, daß es verdammt kosmisch ist, Kumpels.«

»Ja also«, flüsterte Elliot seinem Gefährten zu. »Hältst du es für möglich, Bill, daß der Hippie zurückgekommen ist, um Gras zu holen, und dabei zufällig die Geschichte verändert hat?«

»Ich möchte mir eine Bierdose holen«, erklärte Bill mit deutlich trockener Kehle.

»Hören Sie, großer Häuptling«, winselte Elliot einladend. »Wir könnten dieses Gespräch doch sicher in

Ihrem Wigwam fortsetzen, vielleicht Ihre Gebräue kosten und alles von Mann zu Mann klären.«

»Ruhe!« befahl der Häuptling. »Mit einem Wort – nein! Da wir nicht wissen, was wir mit euch seltsamen Mist-Wesen aus der Zukunft anfangen sollen, müssen wir euch vor die nächsthöhere Instanz bringen.«

»Ach. Das heißt, daß sich eine Abordnung der Kavallerie der Vereinigten Staaten hier befindet«, sagte Elliot. »Weißt du, Bill, mein Geschichtslehrer sagte immer, daß die Kavallerie seinerzeit im Westen stets in solch brenzlichen Situationen als Retter daherkam. Natürlich mit Ausnahme von Custers letzter Schlacht.«

»Was ich meine, widerliche Fremde, ist, daß wir euch vor den Altar der Götter bringen werden, wo darüber entschieden wird, was mit euch geschehen soll.«

»Altar der Götter«, wimmerte Elliot. »Klingt unheilvoll.«

Die Wilden fesselten Bill und Elliot geschickt und rasch an Händen und Füßen und schleppten sie dann durch den heißen Wüstensand zu ihrem Rendezvous mit den örtlichen Gottheiten.

Alles in allem, dachte Bill, ein deprimierender erster Tag in der Vergangenheit.

Doch das war eigentlich keine Überraschung, denn Bills gesamte Vergangenheit war deprimierend.

Auf Bills Gesicht klatschte Wasser.

Obwohl er dieses Zeug meist verachtete, schluckte er es jetzt automatisch, um seinen ungeheuren Durst zu löschen. Einen Augenblick lang glaubte er, daß er sich auf einem seligen Vergnügungsplaneten befand, eine Badehose und Schwimmflossen trug und sich mit Wassernymphen vergnügte; an diesem Wahn war die glühende Sonne schuld. Ach ja. Der Badeort Blub-blub auf der Welt Gluck; oder vielleicht sogar der Plitsch-Platsch-Strand auf Schnorchel.

Doch sobald ihn das Wasser aus der Tiefe der Bewußtlosigkeit heraufgeholt hatte, wurde ihm klar, daß die Sonne keineswegs in einem Urlaubsbadeort auf ihn herabbrannte, sondern daß er noch immer in der schrecklichen Wüste in der verdammten Zeit steckte, während sich zusätzlich ein gutes Dutzend Kaktusstacheln in seine untere Körperhälfte gebohrt hatten.

»Ja – autsch«, sagte er und kam blinzelnd und keuchend auf die Füße. Er war anscheinend seine Fesseln los, aber das hieß nicht unbedingt, daß alles wunderbar war. Er wischte sich das Wasser aus den Augen, schwankte herum und versuchte, sich zu orientieren und das Gleichgewicht zu finden. »Elliot! Wo bist du, Elliot?« rief er, während er trotz seiner getrübten Sehkraft die ausgetrocknete Umgebung musterte. Er stolperte einige Meter nach vorn, bis er gegen etwas prallte – etwas Hartes. Er vernahm deutlich ein zischendes Geräusch in Stereo, und dachte, daß er vielleicht gegen ein motorisiertes Fahrzeug mit zwei undichten Reifen gestoßen war. Daraufhin trat er zurück, um nicht überfahren zu werden und um das Hindernis besser zu sehen.

Er wischte sich stöhnend das Wasser aus den Augen, blickte auf und sah etwas vor sich, das ganz entschieden nicht das war, was er erwartet hatte.

»Oje«, sagte Bill und vergaß den Schmerz der Kaktusstacheln. Denn ein monolithisches Geschöpf mit einem scheußlichen Gesicht überragte ihn um gute drei Meter. Eigentlich waren es zwei Gesichter – und beide Köpfe sahen aus wie Schlangen oder Alligatoren oder sonst etwas eindeutig Chingerhaftes.

Zwillings-Schlangenzungen zuckten zu unglaublicher Länge heraus. Glitzernde Augen starrten auf Bill herab. Doch das waren noch nicht alle Schrecken, über die diese unglaublich abstoßende Kreatur verfügte. Die Arme, die sich nach Bill ausstreckten, endeten mit Händen, die wie Skorpionschwänze aussahen. Große Brüste hingen wie überdimensionale Luftballons am Brustkorb: was immer das Geschöpf war, es war weiblich. Es trug sogar eine Art Rock. Eine seltsame modische Bezeichnung, denn der Rock bestand ausschließlich aus lebenden, sich windenden Schlangen!

Nein, dieses Weibchen war nicht ganz die Antwort auf seine lustvollen Gebete!

Bill taumelte zurück, stolperte und fiel hin. Mit einem mächtigen Ruck kam das wuchtige Ungeheuer knurrend und drohend auf ihn zu.

»Friß mich nicht!« rief Bill. »Ich schmecke nicht gut! Elliot! Hilfe! Sir Dudley! Hilfe! Irgendwer! Hilfe!«

Aber Elliot und Sir Dudley antworteten nicht, und es kam überhaupt niemand, um Bill zu retten. Das ungeheuerliche Ding beugte sich über ihn.

»Wer … wer bist du?« fragte Bill mit zusammengekniffenen Augen, weil ihn die Sonne blendete.

»Mein Name ist Cue-tip, die mächtige aztekische Gottheit«, antwortete das Geschöpf, »die dieses Tal bewacht und jeden verzehrt, der sich in die Nähe der überaus bedeutsamen, geheimen Höhle dort unten wagt, die zu einem sehr geheimnisvollen, absolut verbotenen Ort führt. Und du?«

»Bill.«

»Bill. Ein guter, leicht eßbarer Name.« Die beiden Augenpaare glitzerten im Sonnenlicht wie Juwelen. »Bill-Ding … entweder bist du sehr verrückt, weil du hierher gekommen bist, oder die starken Krieger des Epoxy-Stammes haben dich als gut schmeckendes Opfer hinuntergeschickt, damit mein ekelhaftes, hungriges Selbst dich verschlingt.«

»Keines von beiden. Ich bin nur ein … hm … ein freundlicher Pilger, der die Offenbarung sucht. Ich habe gedacht, daß ich vielleicht eurer Kirche beitreten kann. Ich kann gar nicht genug Religion bekommen. Gibt es außer deinem edlen Selbst noch einen weiteren Gott in der Gegend?«

»Du suchst religiösen Beistand. Geht nicht – dazu

mußt du im Stamm geboren sein. Und von den anderen kommt keine Hilfe. Zu ihnen gehört zum Beispiel Phlegm – er kaut am liebsten noch pochende Herzen. Dann gibt es Texaco, das Kondor-Wesen; er ißt gern menschliche Babies. Und natürlich haben wir den edlen Gottkönig Coaxialcoitus, der nackte menschliche Mädchen verschlingt. Es gibt noch eine Menge geringerer Götter, aber das sind die für dich wichtigsten Gottheiten, Eindringling. Wenn du jetzt schön stillhältst, mache ich es statt mit langen, endlosen Qualen kurz und schmerzhaft, und du bist mein gutes, passendes Nachmittags-Opferabendessen.«

Gott oder nicht Gott, Bill hatte nicht die Absicht, jemandes Abendessen zu sein. »Hör mal, ich habe all diese stechenden Dinge in mir. Es wird nicht angenehm für dich sein, wenn ich durch deinen Hals rutsche.«

»Kein Problem. Ich ermorde dich zuerst und zupfe später.« Sobald die aztekische Gottheit diese Worte gebrüllt hatte, setzte sie sich in Bewegung. Die Schlangen zischten und die Skorpionkrallen streckten sich.

Bill zog sich zurück.

»Bleib stehen, denn du kannst den Göttern nicht entkommen«, brüllte das Wesen. »Wie soll ich dich töten, wenn du vor mir davonkrabbelst?«

Bring sie zum Reden! Der adrenalinbewirkte Rat zischte durch Bills Gehirnzellen. »Aber ich suche die Unterweisung der Götter, große Cue-tip. Könntest du einem Sünder enthüllen, was sich hinter jener Tür befindet?«

»Was sich hinter der geheimen Tür befindet? Du meinst die Tür zu dem geheimnisvollen Tunnel in eine ganz andere Welt? Die ich bewache? Das kann ich dir wirklich nicht sagen, nicht wahr? Das wäre Verrat, und ich bin hier, um das Geheimnis zu bewachen, und – warte … he, komm zurück! Du hast mich hereingelegt! Du wolltest es gar nicht wissen! Du wolltest mir nur entkommen! Ich wette, daß du verfault schmeckst! Du verdienst es wirklich nicht, von einer Gottheit gefressen zu werden!«

»Ich werde dir sagen, was du essen kannst, Cue-tip!«

Zu diesem Zeitpunkt rannte Bill bereits davon, hielt sich Meter vor dem Ding, war aber trotz des argen Unbehagens, das ihm die Kakteenstacheln bereiteten, glücklich, weil er am Leben war. Wie jedesmal überraschte es ihn, wieviel Energie er für den Fortbestand seines bedrohten Überlebens aufbrachte. Er rannte ein langes, breites Trockental hinauf, kämpfte sich den Hang hoch, vollführte einen herkulischen Sprung über die Spitze und hörte dabei befriedigt, daß das Zischen und Rattern der Wächter-Gottheit Cue-tip hinter ihm verklang. Keuchend und schwer atmend rollte er auf der anderen Seite den staubigen Hügel hinunter.

Und prallte geradewegs gegen zwei Beine. »Du meine Güte«, sagte eine nur zu vertraute Stimme. »Eigentlich sollte man dich inzwischen längst verschlungen haben.«

Bill blickte auf. Sein Herz und seine Eingeweide gaben nach. Vor ihm stand Häuptling Tobender Donner, und hinter ihm standen seine Männer mit ihren schrecklichen, tödlichen Waffen.

»Der Mann ist ein listiger Gauner, Sir«, mischte sich Buffalo Billabong, der Medizinmann des Stammes, ein. »Cue-tip hatte die ihr zustehende Chance. Darf ich vorschlagen, daß wir ein weiteres Scheit zu dem Opferfeuer hinzufügen?«

Bill seufzte, und sein Kopf sank in den Staub. Das gefiel ihm überhaupt nicht.

Raus aus der Bratpfanne …

10

... und rein ins Feuer.

»Wieder ein schönes Schlamassel«, stellte Elliot fest. »Das wird allmählich zur Geschichte meines Lebens.«

Elliot Methadrine war an einen runden Pfahl gefesselt, der in der Erde steckte. Bill war zu seiner Verzweiflung an die andere Seite des gleichen Pfahls gefesselt. Seine Füße wurden langsam von Mesquitescheiten bedeckt, die eine Schar Frauen zu dem bevorstehenden Freudenfeuer zusammentrug.

»Sir Dudley wird zurückkommen und uns holen.« Bill versuchte, sich Hoffnung zu machen. »Und wie steht es mit der Chance, daß deine Jungs von der Zeitzentrale uns aufspüren?«

»Wir sind eine Nadel in einem Zeithaufen, Bill. Sie werden uns nie finden. Und ich habe leider auch zu Sir Dudley nicht viel Vertrauen.«

»Was tun wir also?« fragte Bill.

»Versuchen, mit den Wilden vernünftig zu reden«, seufzte Elliot. »Obwohl ich sagen muß, daß sie offensichtlich sehr scharf auf dieses kleine heidnische Frikassee sind. Auch wenn es schön ist, Gesellschaft zu haben, tut es mir leid, dich hier zu sehen. Als sie dich vorhin wegbrachten, entnahm ich ihrem Geheul, daß sie dich einer kleineren Gottheit als symbolisches Opfer darbringen wollten, oder so ähnlich.«

Bill erzählte kurz, was geschehen war.

»Hmmm. Äußerst merkwürdig«, meinte Elliot. »Ein geheimer Tunnel, sagst du, der von einer auf Reptilien fixierten Kreatur aztekischen Glaubens bewacht wird. Etwas an dieser Umgebung stört mich, Bill. Das Ganze hat etwas an sich, das nicht zu ›Arizona Ende des neunzehnten Jahrhunderts‹ paßt.«

Bill, der kaum eine Ahnung von Geschichte hatte – und sich noch weniger dafür interessierte –, beobachtete nervös die Squaw, die einen weiteren Stoß Brennholz in seine Richtung trug. Natürlich ließ sie ein dickes Mesquitescheit direkt auf seine große Zehe fallen. Bill unterdrückte einen Schrei und fragte durch zusammengebissene Zähne: »Sieht das riesige Bauwerk dort drüben nicht auch etwas merkwürdig aus?«

Das Bauwerk, auf das er sich bezog, war eine etwa fünfzehn Meter hohe Steinpyramide, über die Rinnsale von (jetzt getrocknetem) Blut geflossen waren, und die mit menschlichen Herzen, grinsenden Schädeln und Grabkränzen mit verblaßten Schleifen verziert war.

»Nein, nein, Bill. Die gab es bei allen Indianern.«

»Du meinst den Medizinmann mit dem seltsamen Akzent, der Foster Lager trank?«

»Nein, nein, Bill. Medizinmänner waren wichtige Inventarstücke der westindianischen Kultur.«

Bill versuchte, sich am Kopf zu kratzen, konnte es aber nicht. »Hör mal, könntest du den geschichtlichen Vortrag für eine Weile unterbrechen und darüber nachdenken, wie wir hier rauskommen?«

»Ich finde es überaus faszinierend. In vieler Hinsicht ist es eine fehlerlose Darstellung des amerikanischen Westens. Aber es gibt Anomalien.«

»Animalische Fehler? Wie die Pferde?«

»Deine Erziehung war äußerst beschränkt und dein Wortschatz ist mikroskopisch. Keine Tiere, Dummkopf. Anomalien sind Dinge, die in kein zusammenhängendes Muster passen. Zum Beispiel stört mich der Himmel. Er stimmt nicht ganz.«

»Der Himmel? Du meinst, weil er grün ist.«

»Nein, Bill. Er ist nur deshalb grün, weil du offenbar auch noch farbenblind bist. Nein, es geht um die verdammte Sonne.«

»Ja, die ist heiß. Aber sogar ein Idiot wie ich«, spottete Bill – er versuchte, einige Punkte aufzuholen – »der einen mikrobiotischen Wortschatz besitzt, weiß, daß die meisten Sonnen heiß sind. Um das zu wissen, mußte ich im Gegensatz zu anderen Leuten nicht aufs College gehen.«

»Jetzt sieh dir doch das kleine Ego an, das man gegen den Strich gebürstet hat. Ja, natürlich sind die meisten Sonnen heiß. Aber hast du gesehen, wie die da wackelt?«

»Wackeln denn nicht alle Sonnen?«

»Nur, wenn man die ganze Zeit trinkt.«

Bill überhörte die Beleidigung, kniff die Augen zusammen und warf einen Blick auf die Sonne. »Vielleicht – ja. Und sie hört damit auf und fängt wieder an. Manchmal geht sie auch vor und zurück, als könne sie sich nicht entscheiden, ob sie weiter nach Westen wandern oder kehrt machen und im Osten untergehen soll.«

»Ich bin nicht ganz sicher, Bill, ob das, worüber wir sprechen, astronomisch möglich ist.«

Bevor Bill Zeit vergeuden konnte, indem er über diesen Satz nachdachte, traf der Häuptling mit seinem Medizinmann und etlichen unheimlich aussehenden Rothäuten, die Fackeln trugen, ein.

»Richtig«, sagte Buffalo Billabong und verspritzte eine weitere faßgroße Dose mit Foster Bier rings um sich, während er sie öffnete. Einige wenige, quälende Tropfen fielen auf Bills Hosenbeine, aber leider keiner in seinen Mund. »Guten Tag, Partner. Heute veranstalten wir eine Grillparty, richtig?«

»Ist das überhaupt notwendig?« jammerte Elliot. »Es wäre Ihnen doch sicherlich lieber, wenn wir Sie mit Zaster bestechen, nicht wahr?«

»Sie haben doch kein Feuerwasser bei sich, oder?« Bill erinnerte sich endlich – wenn auch schwach – an Exemplare von *Drei D Comics* über *Brüllende perverse Cowboys und transvestierte Indianer im Westen.*

»Wovon sprecht ihr Idioten überhaupt?« fragte Häuptling Tobender Donner. »Würdet ihr, um Himmels willen, Englisch und nicht diesen heidnischen Unsinn reden?«

»Aber das tut doch ihr gerade – eine heidnische Zeremonie abhalten, richtig?« erwiderte Elliot.

»Natürlich«, knurrte Tobender Donner. »Wie sollten wir denn die heidnischen Götter ohne heidnische Zeremonie besänftigen? Ihr nehmt doch nicht an, daß sie sehr beeindruckt wären, wenn wir versuchten, euch zu taufen, nicht wahr?«

»Versuchen Sie es doch«, schlug Bill vor.

»Wir werden hier eine sehr sanfte und angenehme Zeremonie veranstalten, die gar nicht zu unserer blutrünstigen Tradition paßt«, erklärte Buffalo Billabong. »Nein, ich glaube, daß ein großes Fressen viel passender ist. Wir werden die Götter nicht nur versöhnen, sondern sie bekommen zum Abendessen sogar Spareribs.« Er nuckelte an seiner riesige Dose Foster und zog dabei ein Buch aus der Hüfttasche. Seine Lippen bewegten sich, während er die fettigen Seiten las und die Korken auf seinem Hut in einer Wolke von Fliegen baumelten.

»Ich nehme an, daß dies eine Sammlung von Bitten an die Götter ist«, warf Elliot ein. »Sehen Sie denn nicht, daß das Ganze lächerlich ist? Es gibt keine Götter! Es sieht so aus, als wärt ihr abergläubischen Stämme die Opfer von ...«

»Halt das Maul, du Schwachkopf«, sagte Häuptling Tobender Donner, »oder ich stopfe dir einen lebenden Präriehund in den Hals.«

Diese Drohung brachte Elliot und auch Bill sehr wirksam zum Schweigen. Vor allem da der Häuptling seinen Präriehunde-Abrichter mit zwei fetten Exemplaren zu sich winkte und sie deutlich drohend in ihre Richtung schüttelte.

»Bravo«, bemerkte der Medizinmann, der alles beobachtet hatte. Er hob das Buch hoch. Auf dem Ledereinband stand *Wie man die blutdürstigen heidnischen Götter gut bedient.* »Es handelt sich dabei um ein Kochbuch. Sehen wir mal nach... Upchuckandpeck, der große Gott in dieser Gegend...«

»Ich habe geglaubt, das sei Coaxialcoitus«, unterbrach ihn Bill. »Das haben Sie uns vorhin erzählt.«

»O ja … das stimmt. Na also, Kumpel. Wie Sie sehen, bekommen Sie noch etwas Bildung verpaßt, bevor Sie abkratzen.« Er blätterte, bis er die richtige Stelle fand. »Sieht aus, als wäre der gefürchtete, heilige Coaxial ein Mann nach meinem Herzen – und auch nach all den Herzen, die wir den Opfern an diesem Ort aus der Brust reißen. Er zieht in Foster Lager marinierte Mahlzeiten vor.«

Bill stellte die Ohren auf. »Bier?«

»Richtig, Kumpel.« Buffalo Billabong steckte die Finger in den Mund und pfiff. Sofort wurde unter großem Radau eine ganze Wagenladung von Foster Bierdosen feierlich und rasch hereingekarrt.

Bills Mund begann zu wässern. Er sah regungslos und aufmerksam zu, wie zwei indianische Krieger ein Paar Bierdosen herausholten, sie öffneten und dann vortraten. Ihre Gesichter waren vor Ernst gespannt und sie murmelten seltsame zeremonielle Worte wie ›Schlitz‹, ›Budweiser‹ und ›Altes Schäumendes Spülwasser‹. Vielleicht sind diese Indianer doch nicht so wild, wie Elliot ursprünglich angenommen hat, dachte Bill.

Er schloß die Augen und öffnete erwartungsvoll den Mund.

Doch statt ihm das Bier in den Mund zu gießen, schütteten es ihm die Indianer über den Kopf. Es floß ihm über die Haare, in die Augen und durchnäßte das Hemd. Zuerst prustete er, dann begann er verzweifelt, nach den Bier-Rinnsalen zu züngeln, die ihm über das Gesicht rannen, erhaschte aber nur gelegentlich ein paar quälende Tropfen.

Als die Dose leer war, öffnete er die Augen. »Hören Sie, Chef, meiner Meinung nach wäre eine innere Marinade nicht schlecht.«

»Hört mit diesem Unsinn auf! Zündet endlich den

Scheiterhaufen an«, brüllte der Häuptling. »Verbrennt diese Idioten! Der große Gott wird ungeduldig.«

»Nein, nein, wartet...«, widersprach der Medizinmann. »Vielleicht hat er recht, Häuptling. Die Idee ist nicht schlecht.«

»Ja, wenn es sein muß... Schließlich bist du der Medizinmann, und es gibt ja so etwas wie ein Protokoll. Aber beeil dich! Du kannst nicht damit rechnen, daß die Götter den ganzen Tag hier herumlungern und auf ein Opfer warten.«

Bill seufzte glücklich. Er würde wenigstens einen oder zwei Drinks bekommen, bevor er sich den Flammen stellen mußte. Er sah zu, wie die indianischen Krieger Elliot den Mund öffneten und eine Dose Foster hineinschütteten.

Als die Bierdose Bills Mund erreichte, schluckte er den Inhalt mit einem gewaltigen Zug hinunter. Das beeindruckte die Indianer so sehr, daß sie es für notwendig hielten, eine zweite Dose in seine Kehle zu leeren. Bill hatte natürlich nichts dagegen, nahm sie gern entgegen und pichelte sie zügig. Doch nach der dritten und vierten Dose fiel es ihm schon schwer, das Bier unterzubringen, und als nach der sechsten Dose sein Bauch schmerzhaft gedehnt war, entdeckte er, daß er nicht nur betrunken wurde, was in Ordnung war, sondern daß er sich zunehmend unbehaglich fühlte.

Er schaffte es, die Worte herauszusprudeln, die er in seinem ganzen alkoholischen Leben nie hatte sagen wollen: »Ich finde – hick –, daß das Bier reicht...«

»Ich bin ganz deiner Meinung«, stimmte der Häuptling zu. »Machen wir weiter. Die Bleichgesichter sollen gut durchgebraten sein. Die Götter müssen günstig gestimmt werden! Fangen wir mit dem Grillen an!«

Bill rülpste zufrieden. Inzwischen war er so gründlich mariniert, daß ihm alles pupegal war. Doch Elliot, der nur eine Dose Foster bekommen hatte, begann, um sein Leben zu kämpfen, nannte stichhaltige Gründe für seine Freilassung, appellierte an das Ehrgefühl der Anwesenden und fragte sie, was ihre Mütter von einem solchen Opfer halten würden. Seine Argumente beeindruckten die Indianer nicht im geringsten.

»So, das ist erledigt«, sagte Buffalo Billabong, deutete mit dem Kopf auf die Vorbereitungen und begann, in seinen Taschen zu suchen. »Hmm. Wer hat die Streichhölzer und die Anzündflüssigkeit?«

»Hier. Verwende meine«, sagte Häuptling Tobender Donner entgegenkommend und zog eine Dose Zippo-Grill sowie ein Einweg-Feuerzeug heraus.

»Richtig!« Der Medizinmann ergriff den Behälter mit Grillflüssigkeit und spritzte sie auf das Mesquitenholz um Bills und Elliots Füße. »Wißt ihr, Jungs, es wird gar nicht so schlimm werden. Ihr werdet blitzschnell knusprig gebraten sein. Dann werden wir euch salzen und pfeffern, wie es sich gehört, viel Knoblauch hinzufügen, euch mit Petersilie garnieren und euch den Göttern servieren.«

Bill, der durch das Foster Lager gründlich angesäuselt war, dachte über den Tod nach. Wie kann ich sterben, fragte er sich, wenn ich noch nicht geboren wurde? Es schien unmöglich zu sein. Außerdem war Bill noch nie gestorben, also wußte er nicht, worauf er gefaßt sein mußte. Er war schon einige Male beinahe gestorben, doch dabei war er immer nur halb betrunken gewesen, während er jetzt volltrunken war.

Während Bill das brennende Feuerzeug betrachtete, sinnierte er über Leben und Tod. Eigentlich war es ihm nur recht, wenn er jetzt starb, denn wenn es auch nicht in Glanz und Gloria geschah, dann doch wenigstens in Glanz. Er war mit Bier vollgetankt, hing hochfliegenden Gedanken nach, sah im Geiste Walhall, den Olymp, die Heilige Bar mit Grill herumtanzen – heilige Johanna von Orleans, gib acht. Hier kommt Bill der Funke! dachte er.

Doch während sich die zitternde Flamme den Spänen

näherte, erblickte er aus dem Augenwinkel eine seltsame Wolke, die vom Horizont auf sie zu tuckerte, ein kleines, widerliches Luftschiff, das über den Himmel flitzte. Wolken waren natürlich nichts, worüber man sich normalerweise aufregte, aber bis jetzt hatte Bill hier in dem südwestlichen Teil Nordamerikas überhaupt keine gesehen. Außerdem (er blinzelte, um sich zu vergewissern) hatte sie einen ziemlichen Zahn drauf und jagte direkt auf sie zu, als hätte sie einen Auftrag auszuführen.

Bills Interesse an der Wolke schwand jedoch sofort, als es unter bösartigem Knistern und zischenden Flammen allmählich heiß wurde.

Er schaute entsetzt hinunter und sah, daß das Feuerzeug die Späne erfolgreich berührt hatte, und die Flammen nicht nur am Holz leckten, sondern seine Stiefel ausgesprochen unangenehm versengten.

»Oh ... Oh ... Nein, bitte, ich flehe euch edle Ureinwohner an«, rief Elliot. »Ich bin zu jung, um zu sterben! Es gibt Missionen, die ich erfüllen, Frauen, dich ich lieben ...«

»... Bier, das ich trinken will«, fügte Bill hinzu. »Verbrennt auch mich nicht.« Er suchte etwas Passendes, das er dazu zu sagen hatte, doch ihm fiel nichts ein, und er verlor die Beherrschung. »Ihr Bowbs werdet das noch bereuen!« Was nicht sehr beeindruckend war und den Rothäuten nur ein höhnisches Grinsen entlockte.

Die Flammen stiegen höher.

Das Lächeln auf den Gesichtern der Indianer wurde breiter, und sie begannen einen wilden Tanz, um den köstlichen Brand zu feiern.

Doch etwas Bemerkenswertes stand bevor. Etwas so Unpassendes und Unmögliches wie ein Anwalt, der in den Himmel kommt.

Die Indianer trommelten und steigerten sich in Hysterie, so daß sie die Wolke, die sich über sie schlich, erst bemerkten, als es zu spät war.

Mit ohrenbetäubendem Donner brach ein Mini-Gewitter aus. Der Regen fiel auf das Mesquite-Feuer und löschte es mit viel Rauch, Zischen und Gurgeln. Ein Blitz zuckte herab, schlug in eine Rothaut ein und schleuderte sie aus ihren Mokassins.

»Alles mal herhören!« rief Häuptling Tobender Donner. »Mir kommt vor, daß dies eine Botschaft sein könnte! Ich glaube tatsächlich, daß es ein Zeichen der Götter ist.«

Bill war froh, daß es ein Zeichen von irgendwem war. Das kleine Feuer hätte beinahe allen Plänen, die er vielleicht in bezug auf Nachwuchs gehegt hatte, ein Ende bereitet, denn sein Hosenboden hatte schon bedrohlich gequalmt und gekokelt.

»Scheiße!« rief der frustrierte Medizinmann. »Wieso regnet es bei der Feier? Was haben wir falsch gemacht, ihr Götter, daß Ihr es so heftig auf unsere heilige Grillpartie regnen laßt?«

»Bill!« rief Elliot. »Schau!«

Bill schaute.

Natürlich gab es etwas Bemerkenswertes zu sehen.

»Du hast recht. Auf diesem Wagen befinden sich noch volle Dosen mit Foster Lager.«

»Nein, du versoffener militärischer Idiot, nein!« kreischte Elliot. »Nicht das Bier. Die Wolke! Sieh dir die Wolke an.«

Bill versuchte blinzelnd, sich auf die Wolke zu konzentrieren. Er sah, daß der Wasserdampf, aus dem sie bestand, sich bewegte und bemüht war, ein Gesicht zu bilden.

Das Gesicht hatte eine große Clownnase, herausquellende Augen und krauses rotes Haar, und runzelte die Stirn. »Alles herhören!« sagte der Clown-Gott und blies inmitten der kleinen cumuloiden Zusammenballung von Wasserdampf in ein Horn. »Ich bin Quetzelbozo, der Clown der lächerlich blutdürstigen heidnischen aztekischen Zeremonie. Coaxialcoitus hat mich hierher geschickt, damit ich euch erkläre, daß ihr alles vollkommen falsch macht.«

»Falsch!« wiederholte Buffalo Billabong. »Wir haben sie doch so mariniert, daß man sie Kilometer gegen den Wind riecht.«

Der Clown-Gott schnüffelte. »Ja. Ich rieche sie sogar von hier aus. Aber ihr habt die Rituale nicht richtig vollzogen. Das Rezept scheint zu stimmen, aber wir Götter lieben es, wenn die Rituale eingehalten werden, so daß es ein richtiges Opfer wird.«

»O verdammt. Natürlich! Ich habe die Torturen vergessen!« sagte der Medizinmann und schmetterte klatschend die Hand an die Stirn.

»Richtig«, stimmte der Clown-Gott zu. »Vor dem gehörigen rituellen Verbrennen der Opfer werden ihnen Sahnetorten in das Gesicht geworfen!«

»Das ist ungefähr genauso schlimm wie ein angesengter Stock, der einem ins Auge gebohrt wird!« stöhnte der Medizinmann und schlug sich höhnisch und demütig auf die Stirn. »Ich habe die Sahnetorten vergessen.« Er fiel vor der Clown-Wolke auf die Knie. »Was hat Euer demütiger, bereuender Diener noch vergessen, Eure Groß-Nasenschaft?«

»Den Gummihahn mit dem abgebissenen Kopf.«

Buffalo Billabongs Augen wurden groß. »Natürlich, der Gummihahn! Wie konnte ich den verdammten Hahn nur vergessen? Ich habe heute keinen ausgesprochen guten Tag.«

»Diesmal gibt es eine Strafe, mein Freund. Sei bereit, deine Strafe für Unkonzentriertheit entgegenzunehmen, wertloser Diener.«

Der Medizinmann riß sich zusammen und schloß die Augen. Aus der Wolke kam ein Sprühregen Sodawasser, der ihn direkt auf den Mund traf, und dem eine tote Makrele folgte, die ihm feucht gegen die Stirn klaschte.

Durch die Cañons hallte heiliges, blutdürstiges Gelächter. Sogar Bill und Elliot lachten. Das war besser als sterben, dachte Bill. Wenn sie jetzt noch entkommen konnten – und noch etwas zu trinken bekamen –, würde alles in Ordnung sein.

Buffalo Billabong seufzte und bedeutete dem nächststehenden indianischen Krieger, die wichtigen Gegenstände zu holen, die er vergessen hatte.

Inzwischen spürte Bill, daß an seinen Handgelenken etwas geschah. Einen Augenblick lang zog sich etwas zusammen, dann fielen ihm die Fesseln vor die Füße.

»Wieso?« fragte er.

»Schschsch«, sagte Elliot. »Das Feuer und die Nässe haben die Fesseln gelockert. Beweg dich nicht – und lauf erst, wenn ich es tue.«

»Was immer du sagst.«

»Entschuldigen Sie, Mr. Quetzelbozo«, sagte Elliot, »aber ich muß Ihnen eine wichtige philosophische Frage stellen.«

»Laß mich raten«, sagte die Wolke. »Du willst wissen, ob das Universum tatsächlich auf dem Rücken einer Schildkröte sitzt, die von riesigen Elefanten getragen wird?«

»Nahe, aber nicht ganz richtig.«

»Hör auf, Freundchen, ich spiele mit einem angehenden Braten nicht ›zwanzig Fragen‹. Worum geht es?«

»Die Antwort auf eine sehr einfache Frage. Wenn Ihr Götter so mächtig seid, wieso laßt ihr dann zu, daß die gesamte US-Kavallerie hier auftaucht und das scheußliche Ritual verhindert?«

Alle Köpfe – auch die des Gottes – wandten sich gleichzeitig den staubigen Ebenen zu.

Elliot und Bill warfen ihre Fesseln ab und rannten, als hinge ihr Leben davon ab. Was natürlich der Fall war.

11

Bills Hinterteil war angesengt. Sein mit Bier gefüllter Magen schwappte und schwang vor und zurück, während er keuchend und schwer atmend lief, und Elliot keuchend und schwer atmend neben ihm herjappte. An ihren Ohren zischten Pfeile vorbei, Blitze des Clown-Gottes schlugen zu ihren Füßen ein, und seitlich von ihnen befand sich genau das, was sie nicht brauchen konnten: Die verdammte Cue-Tip kam knurrend, zischend und sichtlich schlecht aufgelegt auf sie zu.

Bill war der Erschöpfung nahe und überlegte, ob er inmitten des Opferfeuers nicht besser dran gewesen wäre, denn er war durch Foster Lager ohnehin halb hinüber und im Begriff, lang bevor er geboren wurde, aus dem Leben zu scheiden.

»Der Eingang zum Tunnel!« rief Elliot und wich einem Pfeil aus. »Wo ist der Eingang?«

Bill stolperte, fluchte und war im Begriff, ebenfalls einem Pfeil auszuweichen, so daß ihm die Antwort schwer fiel.

»Die andere verdammte aztekische Gottheit ist auch noch da, Bill!« stöhnte Elliot. »Du hast gesagt, daß sich der Eingang irgendwo in der Nähe des Eidechsen-Gotts befindet, also wo ist er? Beeil dich, Mann, denn wenn uns die Indianer nicht kriegen, holt uns das Monster.«

Bill sah ein, daß Elliot recht hatte. Die wütende Cue-tip zischte vor Freude darüber, daß sie den Mann sah, der ihren Kiefern knapp entgangen war, und wälzte sich brüllend und knurrend auf sie zu. Sie war offensichtlich entschlossen, Bill vollkommen zu vernichten, ihn zu kauen, zu verdauen und zweifellos auf mehr als eine Art auszuscheiden.

»Der Tunnel«, sagte Bill. »Richtig! Der ist dort drüben!« Der Finger, mit dem er zeigte, wackelte, während er versuchte, dorthin zu deuten, wo er die geheimnisvolle Öffnung in die andere Welt gesehen hatte, auf die Cue-tip anspielte.

»Ich sehe es nicht, Bill!« rief Elliot. Er schrie verzweifelt: »ICH SEHE ES NICHT. ABER ICH SEHE DIESEN GOTT, UND DAS MONSTER IST RIESIG!«

Tatsächlich näherten sich ihnen die speicheltropfenden Kiefer von Cue-tip, ganz zu schweigen von dem zischenden Klapperschlangen-Rock und den Skorpion-Schwanz-Klauen, äußerst schnell.

»Tötet sie!« befahl Tobender Donner. »Erschießt sie.«

Ein weiterer Pfeilhagel zischte durch die Luft. Bill duckte sich kaum, obwohl die Folgen des nächsten Ereignisses den gleichen Zweck erfüllten: er stolperte. Er stolperte über einen Stein und schaffte es, gleichzeitig Elliot Methadrine umzuwerfen. Ab und zu hat man Glück. Gelegentlich. Denn sie gingen gemeinsam zu Boden, und die Pfeile surrten durch den Luftraum, den sie gerade eingenommen hatten, und prallten klirrend gegen verschiedene Teile der Anatomie der aztekischen Gottheit namens Cue-tip.

Es steht geschrieben, daß sogar legendäre Ungeheuer aus Fleisch und Blut waren – oder aus etwas Widerlichem, das Fleisch und Blut ungefähr ähnlich sah – deshalb erwartete Bill, als er aufblickte, daß Cue-tip zumindest ein wenig bluten – und hoffentlich tödlich oder unsterblich verwundet sein würde.

Statt dessen sah er erschrocken, daß die aztekische Gottheit heftige Reaktionen entschieden elektronischer Natur zeigte.

Eine ihrer Eidechsen war glatt abgeschossen worden und man sah Drähte und Computerbestandteile. Die meisten Pfeile waren von der Brust abgeprallt, aber die wenigen, die saßen, riefen jetzt einen Sprühregen von Funken hervor. Die Schlangen schlängelten und wanden sich, und zwischen ihnen zuckten Blitze hin und her.

»Argh! Zapp! Schnapp! Krach! Popp!« knisterte Cue-Tip. »Tod den Ungläubigen! Bowb der Kaiser! Fie Fi Fo Fumm Flutsch!«

Dann fiel sie krampfhaft zuckend langsam um, spuckte Feuer und Funken und prallte mit einem entschieden metallischen Krachen auf dem Boden auf.

»Ihr eingeborenen indianischen Idioten!« brüllte Häuptling Tobender Donner. »Ihr habt die Gottheit erschossen!«

»Das glaube ich«, stöhnte Buffalo Billabong. »Das hätte man im alten Hinterland als eindeutig schlechte Nachricht bezeichnet.«

»Ungläubige!« mahnte der Clown-Wolken-Gott, der sich von seiner Wolke herunterbeugte. »Sie dürfen nicht entkommen. Ich kann euch sagen, daß mein Zorn mächtig ist, und hier werden etliche gebratene Rothäute herumliegen, wenn ...«

Es war ein gottloser Anblick, denn der Gott beendete seinen gottverdammten Satz nie. Aus den Trümmern der gefallenen Cue-Tip schoß plötzlich ein Energiebogen in die Höhe, ein Bogen glitzernder Scheiße, berührte die Wolke und explodierte in ihrem Inneren mit einem massiven Knall. Sofort regnete es Wicklungen und Transistoren und dazu einem Wasserschwall, der auf die Indianer herunterprasselte, sie gründlich durchnäßte und sie kopfüber in die Pfützen schleuderte.

»Roboter!« sagte Elliot. »Bill, beide Gottheiten waren Roboter! Weißt du, was das bedeutet?«

»Nichts Gutes. Wenn es bedeutet, daß ich wieder auf der Welt der Robotersklaven bin, dann sitzen wir in der Tinte.«

»Wir befinden uns noch immer am selben Ort, du Idiot. Es muß eine Erklärung geben, aber es ist nicht der richtige Augenblick, um sich darüber den Kopf zu zerbrechen. Wenn du dir Sorgen machen willst, dann sieh dort hinüber – beweg dich!«

Bill schaute. In der Wand des Cañons lag der Eingang

zum Tunnel. Ein Teil der Felswand rollte gerade mit einem knirschenden Stein-gegen-Metall-Geräusch zurück.

»Siehst du!« triumphierte Bill. »Was habe ich dir gesagt?«

»Dann lieg nicht wie ein toter Käfer herum! Wir müssen uns in Bewegung setzen, bevor sich die Indianer wieder fassen.«

Damit war Bill genügend motiviert. Er richtete sich auf und galoppierte so schnell er konnte zum lockenden Höhleneingang. Elliot donnerte neben ihm her. Doch das Portal war nur so weit offen, daß anderthalb Personen gleichzeitig hineinkonnten. Von Angst und dem Überlebensinstinkt getrieben erreichten die beiden die Öffnung genau gleichzeitig und drängten sich wie Komiker in einem echten Scheißfilm hinein. Aber hier gab es kein höfliches Zurücktreten oder Nach Dir.

»Trooper zuerst!« schrie Bill und versetzte Elliot einen kräftigen Stoß mit dem Ellbogen.

»Nein! Ich bin der Zeitpolizist! Ich erkläre dies zu einem Prioritätsbefehl und bestehe darauf, daß ich als erster hineingehe!«

Nach einigen Augenblicken intensiver Diskussion und verzweifelten Herumgeschubses führte der beiderseitige Wunsch, ihre Hintern zu retten, zu einer engen Umarmung, so daß sie hindurchplumpsten. Sie stolperten in den dunklen Tunnel hinein, wo Elliot der Länge nach auf einen Metallboden fiel und Bill gegen ein Schott prallte.

Die Tunneltür schlug hinter ihnen zu.

Bill roch den Unterschied sofort. Während es draußen frisch, trocken und wüstenartig gewesen war, als stünde man vor einer guten Klimaanlage, roch dieser schwach beleuchtete Korridor alt, metallisch und muffig, mit einer Spur Pizza in der Luft. Kurz, er roch wie das berüchtigte alte italienische Raumschiff *S.S. Kaka-*

bene vom Planeten Mondo Pizzaiola, auf dem Bill einmal gedient hatte.

»Warte einen Augenblick«, sagte Bill, der sich unsicher erhob. »Raumschiff! Dieser Ort riecht wie der Korridor eines Raumschiffs.«

»Genau, Bill«, bestätigte Elliot, der sich ebenfalls erhob und sich dabei die Nase rieb. »Deshalb habe ich dich auf die wackelnde Sonne aufmerksam gemacht.«

»Warum wird ein Raumschiffkorridor an der Wand eines Wüstencañons befestigt?« fragte Bill, den das Mysterium verwirrte und einschüchterte.

»Verstehst du denn nicht, du Dusel? Hat dir die Tatsache, daß diese Götter Roboter waren, gar nichts gesagt? Es kommt daher...«

Elliot brach entsetzt ab, weil eine Gestalt auf sie zukam, die etwas Langes, Bedrohliches vor sich herschob. Es sah auch seltsam unheilvoll aus, dachte Bill, der verängstigt mit zusammengekniffenen Augen in die Düsternis starrte. Irgendeine schreckliche, wilde Waffe? Ein grimmiger, unbedeutender Gott, der die von ihnen erledigten Kollegen rächen wollte?

Doch als das Geschöpf näher kam, sah er, was für ein scheußliches Gerät es vor sich herschob...

Einen Besen!

Und diesen Besen schob eine großer, muskulöser Mann in einem khakifarbenen Overall. Er hatte breite Schultern und nicht einen, sondern zwei Köpfe.

Es war zu spät, um sich zu verstecken, deshalb ging Bill auf ihn zu und hielt ihm auf traditionelle Phigerinadon-Art die Hand zur Begrüßung hin. »Tag, Nachbar.«

»Hallo, Jungs«, sagte der langhaarigere Kopf des Mannes. »Was tut ihr Fremden hier? Für gewöhnlich fegen wir nur Knochen und Schädel zusammen. Wir haben noch nie ein Paar lebender Leute gehabt, was, Bill?«

»Nie, Bob. Bestimmt nicht. Ajup, ajup«, murmelte

der zweite Kopf, der kurze, borstige Haare und ein schwachsinniges, ausdrucksloses Gesicht hatte.

»Wir sind Bill-Bob«, erklärte der freundliche Wächter. »Wir gehören zu den Neuen Leuten.«

»Ja, ja. Wir sind muu-tierte Muu-terer«, sabberte der andere Kopf.

»Du willst vielleicht sagen, daß ihr mutierte Meuterer seid?« schlug Elliot hoffnungsvoll vor.

»Nein, wir verehren die Heilige Kuh, von der alles tropft, einschließlich der Intelligenz«, sagte Bob. »Sie müssen meine minderwertige Hälfte entschuldigen. Als die Gehirne verteilt wurden, stand er hinter der Tür.«

»Verdammt, Bob. Wo war ich? Du hättest mich rufen sollen. Ich wollte immer schon ein Gehirn haben!«

Das fürchterliche Schauspiel entsetzte Bill.

Wie konnte jemand, der so dumm war, überhaupt ›Bill‹ heißen?

Dann fiel ihm etwas ein.

»Ach, Sie müssen einer der Bills mit nur einem L sein«, sagte er.

»Nein«, widersprach der Mutant stolz. »Ich bin ein Bill mit DREI Ls.«

»Das bist du nicht, du Trottel. Du hast zwei Ls.«

»Zwei? Ich will noch eines. Man hat mich betrogen!«

Der streitsüchtige Mutant widerte Bill an; er wollte ihm gerade einen Tritt an die Stelle versetzen, an der es am wirkungsvollsten sein würde, aber Elliot nahm die Angelegenheit sofort in die Hand. »Das ist wirklich absolut lächerlich. Bill-Bob, oder wer immer ihr seid, wir sind Beauftragte der Justiz. Ich nehme an, daß ihr uns zu den Schiffsoffizieren oder demjenigen, der hier die Leitung hat, bringen könnt.«

»Offiziere? Leitung?« stotterte Bill und sah genauso dumm drein wie der Kretin Bill ihm gegenüber.

»Du bist wirklich ein unglaublich ahnungsloses Opfer der militärischen Gehirnwäsche, Bill. Ist überhaupt nichts in den großen Knorpelklumpen auf deinen

Schultern eingesickert? Das Tal, die wackelnde Sonne, die Roboter, der zweiköpfige mutierte Meuterer mit dem Besen – und jetzt kommt der entscheidende Umstand, der metallische Korridor?«

Bill murmelte etwas und kratzte sich am Kopf. »Wir stehen vor einem harten Problem, Elliot. Vielleicht wird sich herausstellen, daß der alte amerikanische Westen wesentlich merkwürdiger ist als alles, was in den Comics vorkommt.«

»Nein, du doofes, von der Regierung herausgegebenes Schleim-klumpen-Gehirn. Wir befinden uns auf einem *Raumschiff*. Wir sind überhaupt nicht in der Zeit zurückgereist. Das unzuverlässige Zeitportal hat uns an den falschen Ort gebracht. Der Hippie ist nie hier gewesen; er befindet sich irgendwo in einer ganz anderen Zeit.«

»Donnerwetter«, murmelte der idiotisch mutierte Mund, »der Kerl verwendet vielleicht lange Worte. Was bedeutet das erste Wort? Das lange ›Nein‹?«

Bill dachte darüber nach und verstand es überhaupt nicht. »Komm schon, Elliot, warum sollte jemand eine Wüste und ein Tal in ein riesiges Raumschiff verlegen?«

»Warum würde *dich* jemand auf ein Raumschiff bringen? Diese Frage stelle ich mir schon die ganze Zeit. «

»Hört mal«, mischte sich Bob ein. »Ich unterbreche eure fröhliche Diskussion ungern, aber ich muß noch verdammt viel Fegearbeit leisten, bevor ich meine abendliche Schale Haferschleim und die Tasse Milch als Belohnung erhalte. Soll ich euch auf die Brücke bringen, ja oder nein?«

Elliot hopste und sprang vor Freude herum. »Siehst du? Siehst du, Bill, er sagte *Brücke*. Also muß es eine Brücke geben. Und die Brücke muß sich auf einem Raumschiff befinden. Also befinden wir uns ebenfalls auf einem Raumschiff.«

»Eine Brücke könnte auch über einen Fluß führen«, murmelte Bill düster; er verstand noch immer nicht genau, was hier, zum Teufel, los war.

»Ich muß euch aber warnen«, sagte Bob. »Der Captain ist wirklich ein bißchen verrückt. Hat einfach den Verstand verloren, wenn ihr mich fragt. Man muß sich schon gut auskennen, um so einen zu erkennen, und ich kenne einen in meiner nächsten Nähe. Aber wir muutierten Meu-terer haben unsere Lektion gelernt. Wir machen unsere niedrige Arbeit, versuchen, die Vergangenheit zu vergessen, gehen sonntags zur Kirche, wichsen nachts nicht mehr und lassen uns nichts zuschulden kommen. Was zu zweit besonders schwierig ist, richtig, Bill?«

»Das stimmt, Bob. Alles, was du sagst. Es sind nur die langen Wörter wie ›Ich‹ und ›Mir‹. «

»Dann fangen wir doch an«, murmelte Elliot ungeduldig. »Aber zuerst ... gibt es eine Möglichkeit, einen Blick auf die Sonne zu werfen? Ich halte es im Innern eines Raumschiffs für äußerst interessant, um nicht zu sagen unmöglich.«

»Die Sonne? Klar. Der Solar-Lokomotive-Ingenieur ist ein guter Freund von mir.«

»Was für ein Ingenieur, haben Sie gesagt?«

»Ach, kommen Sie mit ... Ich zeige euch, was ich meine.« Der zweiköpfige Mu-tant machte eine Handbewegung.

Bill und Elliot folgten der watschelnden Gestalt durch den endlosen, gekrümmten Korridor. Nach einem langen, ermüdenden Marsch erreichten sie eine Tür, die quietschend aufging, nachdem Bill-Bob die Klinke gepackt, sein Gewicht eingesetzt und gezogen hatte. Alle gingen hindurch.

Bill hatte in seinem Leben etliche beachtliche, um nicht zu sagen interessante Dinge gesehen, aber das hier übertraf sie bei weitem.

Bill-Bob, Elliot und Bill standen auf einer baufälligen Metallplattform einige Meter oberhalb einer geschmacklosen Stanniol- und Papiermaché-Oberfläche, die sich bis zum Horizont erstreckte. Sie war blau gestrichen und an einigen Stellen sahen Rost und Nieten durch. Es ergab keinen Sinn. Quer darüber verliefen Eisenbahngeleise. Bill sprang hinunter, ging ein Stück die Geleise entlang – und blickte dann auf.

Worauf er vor Schreck winselnd hinfiel und mit den Fingern die Geleise umklammerte. Denn oberhalb von ihm befanden sich die Wüste, die Felsen, die Indianer. Und er fiel auf sie zu!

»Ich stürze ab! Das ist das Ende!« kreischte er.

»Hör auf, Kretin!« rief Elliot grinsend, ging zu ihm und beugte sich hinunter, um die verkrampften Finger von den Schienen zu lösen. »Du stürzt nicht ab, auch wenn du auf dem Himmel stehst…«

»Glaubst du, daß es dadurch besser wird?«

»Sieh doch her, Dümmling – stürze ich ab? Oder unser zweiköpfiger Führer? Wir befinden uns innerhalb eines hohlen Raumschiffs, das ist alles. Das sich im Raum dreht, so daß alles durch die Zentrifugalkraft an den Wänden festgehalten wird. Du hast doch von den Zentrifugalkraft gehört?«

»Ja – aber ich habe es vergessen.«

»Der Unterrichtsmaßstab ist auch nicht mehr das, was er sein sollte. Was geschieht, wenn du einen Eimer mit Wasser füllst, ein Seil daran bindest und ihn um deinen Kopf wirbelst?«

»Ich werde naß?« fragte Bill hoffnungsvoll.

»Ja, das würdest *du* wahrscheinlich. Aber jeder andere würde ihn so schnell im Kreis drehen, daß das Wasser drinbliebe…«

»Dort pfeift sie!« rief der zweiköpfige Wächter.

Die Sonne kam über den Himmels-Boden auf sie zu; fernes Pfeifen begleitete sie. Als sie näher kam, wurde sie blasser, und sie erkannten auf den Schienen vor ihr eine klapprige Dampflok.

»Casey! Casey!« rief der Muu-tant.

»Yup, Bill-Bob. Wie geht's?« fragte der Mann im Führerhaus der Maschine. Er zog an einer Schnur, die an einer Dampfpfeife befestigt war, und das Gerät heulte wie eine verlorene, hoffnungslose Seele, die durch das Nichts in das Fegefeuer fällt. Oder so ähnlich. Dann fuhr die Maschine durch eine Wolke, und sie sahen die Generatoren für Spezialeffekte, die summend und klappernd Wolkenbilder auf den Himmel projizierten, und damit oberhalb der ahnungslosen, irregeleiteten Indianer in der darunterliegenden Wüste billige Kinomagie schufen.

Aber der unglaublichste Anblick war noch immer die altmodische Dampflok auf dem rostigen, stählernen Gleis, die sich bemühte, das Gewicht einer mittels Fusion erzeugten Sonne über den ›Himmel‹ zu schleppen.

»Wau!« sagte Elliot begeistert. »Im Vergleich dazu ist Apollo mit seinem Wagen ein Nichts. Dieses Baby läßt die alten Mythen meilenweit hinter sich.«

»Wassiss das?« fragte Bill.

»Vergiß es. Mythische Anspielungen überschreiten deine Ausbildung und/oder Intelligenz, Bill.«

Trotzdem war die Dampflokomotive, die eine Sonne über einen vorgetäuschten Himmel zog, ein unvergeßlicher Anblick. Jetzt begriff Bill auch, warum die Sonne so gewackelt hatte – das Gleis war alt und baufällig; nicht Sonne und Maschine neigten und verlagerten sich, sondern das Gleis. Bill, der von seinem günstigen Platz aus das Ganze überblickte, wurde durch die Entstellung der Realität seekrank.

»Erstaunlich, nicht wahr, Bill?« bemerkte Elliot. »Siehst du, was ich meine? Da unten befindet sich ein ganzes gefangengehaltenes Universum.«

»Sieht mehr wie eine riesige Sandkiste aus«, meinte Bill zweifelnd.

»Das ist Casey Muu-Jones, der Ingenieur der künstlichen Sonnen«, griff Bill-Bob ein. »Casey, diese Burschen sagen, daß sie durch einen Irrtum hierher geratene Zeitreisende sind.«

Der große, rotgesichtige Mann spuckte einen Schwall

Tabaksaft aus, biß dann ein Stück Kautabak ab und musterte die Neuankömmlinge kauend. »Wenn jemand hierher kommt, dann nur aus Versehen.«

»Können Sie uns etwas darüber erzählen, wie dieser Ort so geworden ist, wie er ist?« fragte Elliot.

»Ich will verdammt sein, wenn ich es weiß. Wie kommt es, daß ich drei Daumen habe?« Der Ingenieur hob seine dreifachen, geschwärzten Daumen hoch.

»Weil du eine Muu-tation bist, Casey«, lachte Bob.

»Heilige Kuh! Das stimmt. Ihr müßt mich jetzt entschuldigen, Jungs, aber die alte Betsy spielt wieder mal verrückt, und ich habe noch ein langes Stück Weg vor mir, bevor sie untergeht und ich sie abschalten kann.« Er zeigte zum Rand des billigen Theater-Panoramas. »Dann muß ich das klapprige alte Ding über die Bergstrecke zurückziehen und sie für die morgige Fahrt in Schuß bringen. Das ist vielleicht eine Schufterei!«

»Wir alle wissen, daß du es schaffst, Casey«, sagte Bob. »Kein einziger Tag ist bisher ausgefallen, außer ein- oder zweimal, als dir die Kohlen ausgingen, aber wir alle genossen den zusätzlichen Nachtschlaf. Natürlich mit Ausnahme der Indianer. Wiedersehen.«

»Das hoffe ich – solange die alte Sonne weiterrollt. Du solltest die Neuankömmlinge jetzt lieber hinaufführen und sie dem Captain vorstellen. Hütet euch vor den bösen Muu-tationen, Freunde. Ich muß mich auf den Weg machen. Ich kann euch sagen, das ist keine gemütliche Muu-Spazierfahrt.«

Die beiden – nein, die drei Muu-tanten lachten über die humorvolle Bemerkung; dann schob Casey Muu-Jones den knarrenden mechanischen Dampfhebel vor, die Maschine knirschte, der Dampf zischte, und die Lokomotive setzte sich ächzend und schnaufend in Bewegung; ihre helle, leuchtende Fracht zog sie hinter sich her.

»Wie lehrreich – kein Wunder, daß ihr alle mutiert«, sagte Elliot. »Die Sonne sieht gefährlich radioaktiv aus.«

»Die Sonne?« Bob winkte ab. »Nein. Ihr solltet den Brutreaktor sehen, der dieses Schiff antreibt. Auf ihm könnte man eine ganze Viehherde grillen.«

»Blasphemie!« stöhnte der Muu-Bill.

»Ach, das geht schon in Ordnung«, meinte der Muu-Bob. »Wir auf diesem Schiff essen weder Hamburger noch Steaks noch ein anderes Stück Rindfleisch, denn wir wollen die Heilige Kuh, Lob sei ihren Heiligen Eutern, nicht beleidigen.«

»Religiöse Diskussionen später«, unterbrach Elliot. »Die Brücke, die Sie erwähnt haben. Sie wollten uns jetzt dorthin bringen, richtig?«

»O ja, kein Problem.«

»Aber Bob«, mischte sich Muu-Bill ein. »Erinnerst du dich nicht, was beim letztenmal geschehen ist?«

»Mach dir deshalb keine Sorgen, Bruder. Du mußt nur den Mund halten. Glaubst du, daß du es fertig bringst, eine Stunde lang nichts Idiotisches zu sagen?«

»Darf ich etwas Intelligentes sagen?«

»Verlassen wir uns nicht auf dein Urteil. Halte einfach den Mund, okay? Wir wollen nichts über ein ›Generationenschiff‹ hören.«

»Okay.«

Der Muu-tant biß die Zähne zusammen.

»Was ist der Captain, von dem Sie gesprochen haben?« fragte Elliot.

»Sie werden es sehen.«

»Glauben Sie, daß ich sein Funkgerät verwenden kann? Vielleicht kann ich es soweit zusammenflicken, daß ich mit meinen Vorgesetzten sprechen kann«, meinte Elliot hoffnungsvoll.

»Darüber müssen sie zuerst mit dem Captain reden«, sagte Muu-Bob. »Gehen wir. He, Bruder. Das ist bestimmt deutlich besser als die Besenschicht, was?«

»Mmmmf«, sagte Muu-Bill, der mit geschlossenem Mund nicht mehr sagen konnte.

12

Auf dem Weg durch die muffigen, staubigen Korridore fiel Bill zweierlei ein.

Erstens sehnte er sich sehr nach einem Drink.

Zweitens hatte er keine Ahnung, wovon ihr zweiköpfiger Führer sprach. Was war ein Generationenschiff eigentlich?

»Was ist ein Generationenschiff eigentlich?« fragte er daher Elliot, während sie auf dem Weg zur berühmten Brücke hinter ihrem glücklichen Muu-tant-Führer herlatschten. »Ist es vielleicht so etwas wie ein Schiffsgenerator?«

»Junge, Junge«, bemerkte Muu-Bob. »Dieser Typ ist noch blöder als mein Bruder!«

»Hmmmmmf«, bestätigte Muu-Bill mit viel Gefühl.

»Nein, Bill. Ein Generator ist ein Generator, und hier ist eine ›Generation‹ gemeint. Denke einfach an Menschen, die voneinander abstammen. Jeder ist eine Generation.«

»Und was ist damit?« murmelte Bill noch immer ahnungslos. »Ich weiß, was eine Generation ist. Was hat das mit einem Schiff zu tun?«

»Hör zu und lerne, du Schulabbrecher. Die Generationenschiffe sind ein Teil der alten Erdgeschichte, als es noch die Erde gab, auf der Geschichte gemacht wurde. Was du wissen würdest, wenn du nicht so viele Klassen geschwänzt hättest.«

»Erde. Damit kenne ich mich aus. Die Erfinder von Bier, Wein und destillierten Getränken.«

»Und die Heimat der Ersten Heiligen Kuh!« ergänzte Muu-Bob.

»Darüber werden wir später mehr hören, nicht wahr?« fragte Elliot. »Im Augenblick halte ich es für besser, wenn ich Bills Frage beantworte. Es gab nicht immer Raumschiffe, die Über-Lichtgeschwindigkeit erreichten, Aufbläh-Antriebe und solche Dinge, Bill. Es gab nicht einmal die Raumschiffahrt. Und wie du aus unserer Erfahrung unten im gefangengehaltenen amerikanischen Südwesten schließen kannst, pflegten die Menschen auf Pferden herumzureiten. Man kann mit einem Pferd schwerlich von einem Stern zum nächsten gelangen, nicht wahr?«

Elliot erklärte dann mit allen langweiligen Einzelheiten, daß die menschliche Wissenschaft zwar Einsteins Relativitätstheorie glaubte, die besagte, daß Materie nicht schneller reisen könne als mit Lichtgeschwindigkeit, daß sich jedoch das Herz und der Geist der Menschen danach sehnten, sich auf die Reise zu begeben und die Sterne zu besiedeln. Schuld daran war der menschliche Drang nach Fortschritt, Eroberungen und größeren, besseren Kriegen. Damals kam ein faschistischer Idiot auf die lächerliche Idee, Menschen in ein großes Raumschiff zu sperren und dieses ins All zu schießen. Wobei die überlebenden Nachkommen der längst gestorbenen ursprünglichen Mannschaft möglicherweise ferne Planeten erreichen und besiedeln würden.

Die äußerst fragwürdige Vorstellung, daß damit die grundlegenden menschlichen Bedürfnisse befriedigt waren, ermutigte andere Wissenschaftler zu dem Vorschlag, daß eine ganze Kolonie während des dafür erforderlichen Zeitraums durch den Weltraum reisen und auf benachbarten Sonnensystemen landen könne. Zwar würden viele Generationen menschlicher Zivilisation erforderlich sein, um ihr Ziel zu erreichen, aber wie konnten sich Menschen, denen alle Annehmlichkeiten ihres Zuhauses geboten wurden, weigern, daran teilzunehmen? Sie versuchten, sich zu weigern, weil sie nicht davon angetan waren, auf eine Reise ohne Wiederkehr geschossen zu werden, aber wozu gibt es Militärpolizei und die Rekrutierungs- und Preßgangs? Die ›Freiwilligen‹ der ersten Generation wurden in Handschellen und unter Tränen von der Erde abgeschickt.

Leider traten zwei neue Faktoren auf.

Erstens wurden, kaum daß der erste Schub Generationenschiffe unterwegs war, alle möglichen Arten von Schneller-als-Licht-Antrieben entdeckt. Die Menschheit vergaß allmählich die weltraumreisenden geschlossenen Gesellschaften, die nach Alpha, Beta und Proxima Centauri unterwegs waren.

Zweitens wurden auf diesen Schiffen Geräte alt, hörten auf zu funktionieren und konnten weder repariert noch ersetzt werden. Dadurch degenerierte die Zivilisation auf den Schiffen zu Barbarei. Niemand verstand mehr die komplizierte Hochtechnologie und das Steuersystem versagte, so daß die Schiffe vom Kurs abwichen und in Vergessenheit gerieten.

Das war eindeutig bei diesem Generationenschiff der Fall gewesen.

»Aber was ist mit dem gefangenen Universum?« fragte Bill. »Warum sollte jemand eine Wüste an Bord eines Raumschiffs bringen?«

»Ganz einfach, Bill, weil jemand vorhergesehen hatte, daß die Zivilisation degenerieren könnte. Warum sollte man dann nicht eine künstliche, nach einem älteren autarken Volk gestaltete Zivilisation einführen, sie an einschränkende Glaubenssysteme ketten, und sie dann, sobald sie es auf eine andere Welt geschafft hatten, neuerlich erziehen? Dieses Projekt würde vielleicht dazu führen, daß wenigstens zwei Schiffe zu den fernen Welten gelangten.«

Ja. Bill mußte zugeben, daß viele Gründe für dieses Argument sprachen.

»Damit haben wir die Indianer erklärt«, meinte er. »Aber woher kommen die Mutanten?«

»Ich habe das Gefühl, daß wir es sehr bald herausfinden werden. Du hast das Wort ›Meuterei‹ gehört. Vielleicht übernahmen sie die Leitung des Schiffs von den ursprünglichen Führern – meuterten – und begannen, das Generationenschiff selbst zu steuern.«

»Und wohin?«

»Das müssen wir beide herausfinden.«

»Auf der Brücke?«

»Du beginnst zu denken – obwohl es noch immer einer Anstrengung bedarf. Deshalb werden wir den Captain besuchen – vielleicht sogar auch seine Heilige Kuh ... anscheinend die hier ansässige Gottheit.«

Während sie sprachen, waren sie durch muffige, staubige Korridore gewandert, die von schmutzigen 15-Watt-Birnen mangelhaft beleuchtet wurden; die Hälfte war ausgebrannt. Als sie dann um eine Ecke in einen anderen Korridor bogen, bemerkte Bill eine Luke, durch die winzige Lichter schienen und blinzelten.

»Sterne!« sagte Bill.

»Nein«, widersprach Muu-Bill. »Das ist nur die Heilige-Glühwürmchen-Sammlung. Wir Techniker dürfen die Sterne nicht betrachten. Nur die heiligen Euterlichen Kuhmönche dürfen die helleuchtende Wildheit der Sterne beobachten.«

»Es sind nur kleine Lichter im Raum, das ist alles.« Bill zuckte die Achseln. »Nichts Besonderes.«

»Spielen wir nicht mit frevlerischen Gedanken, Bill«, schlug Elliot vor. »Für manche Menschen sind die Sterne Götter.«

»Götter, Blödmänner!« sagte Muu-Bill. »Die Sterne sind nur große, leuchtende Exkremente der heiligen Kühe.«

Sein Bruder versetzte ihm sofort einen scharfen Schlag auf die Stirn. »Verdammt, ich habe dir gesagt, du sollst den Mund halten.«

Der Dümmere der muu-tierten Zwillinge sah unendlich bekümmert aus. »Ups.« Er biß sofort wieder die Zähne zusammen und drückte ihre gemeinsamen Hände auf seinen Mund.

Der zweiköpfige Muu-tant führte sie weiter durch den Korridor, der auf einen großen Balkon mündete, von dem aus man ein weites, verlassenes Areal überblickte, von dem Türen und Korridore wegführten.

»He – was ist dort drin?« fragte Bill und zeigte auf eine Reihe Kühlschränke.

»Raten Sie mal«, schlug Bill-Bob vor.

»Alkohol«, sagte Bill aufgeregt.

»Mmmphf«, machte Muu-Bill, der noch erregter wirkte als Bill, sich aber hütete zu sprechen.

Muu-Bob sah sehr selbstzufrieden aus. »Nein. Raten Sie noch einmal.«

»Tiefgekühlte Menschen?« schlug der sichtlich ahnungslose Elliot vor.

»Nein. Molkereiprodukte.«

»Molkereiprodukte?« keuchte Elliot entsetzt.

»Haben Sie gegorene Yakmilch?« fragte Bill, der die alkoholischen Möglichkeiten rasch durchgegangen war.

»Nein. Butter, normale Milch, entrahmte Milch, Halb und Halb. Sahne, Milch mit geringem Fettgehalt. Vielerlei schön präsentierte, köstliche Käsesorten. Buttermilch, undsoweiter undsoweiter, stimmt's, Bruder?«

»Mmmmmph«, sagte Muu-Bill.

Bill-Bob machte sich auf den Weg zur Molkereiabteilung, aber Elliot hielt ihn fest. »Sie sollen uns auf Ihre miserable Brücke bringen und uns Ihrem Captain vorstellen.«

»Die Brücke? Der Captain?« fragte Muu-Bob mit leicht glasigen Augen. »O ja! Natürlich! Entschuldigen Sie, aber wenn ich in die Nähe von beliebigen Molkereiprodukten gelange, gerate ich ein wenig in Verzückung.«

»Also keine Yak-Milch«, stellte Bill enttäuscht fest.

Bill-Bob brachte sie zu einem großen, runden Portal. Es öffnete sich wie eine Irisblende.

Sie traten hindurch und auf die Brücke des Generationenschiffs.

Bill hatte sich natürlich bereits auf vielen Brücken von Raumschiffen befunden, meist, um das Messing zu putzen, obwohl er den größten Teil der Zeit unten in den Eingeweiden der riesigen Schiffe des Kaisers in der Abteilung für Kanonenfutter verbracht hatte. Diese Schiffe durchstreiften den Raum und suchten böse Chinger, um ihre bösen Pläne zu vereiteln. Das stand jedenfalls im *Trooper's Daily*.

Die meisten Brücken auf den Schiffen des Kaisers waren zweckmäßig eingerichtet: ein Liegestuhl mit einem Sicherheitsgurt für den Captain, ein Liegestuhl ohne Sicherheitsgurt aber mit einem Steuerknüppel für den Piloten, und eine Menge Techniker. Letztere leisteten mit Hilfe zahlloser Knöpfe, Kippschalter und Gedanken-Schalter die eigentliche Arbeit, zu der auch die Kontrolle der hochtechnologischen, super-wissenschaftlichen Sternenantriebe gehörte. Der Captain und der Pilot waren Oberklassen-Idioten, und daher waren ihre Hebel nicht funktionsfähig.

Doch auf diesem Schiff war es anders.

Alle Bedienungselemente waren in schönen, leicht überschaubaren Reihen zusammengefaßt, glitzerten vor unglaublich blinkenden Lichtern, erfaßten atemberaubend prachtvolle holographische Bilder von den Sternen, Planeten, Kometen und Nebel in der Tiefe des Alls. Es war das innenarchitektonisch schönste Raumschiff, das Bill je gesehen hatte. Die Reihen der Computer sahen weitaus futuristischer aus als die neo-altmodischen, rein zweckmäßigen Anlagen in den Schiffen des Kaisers.

Doch die größte Überraschung für Bill waren der Captain und die Mannschaft.

»Captain Moonure, Sir«, meldete der Aufsichts-Mutant. Zwei Hände fuhren grüßend an zwei Augenbrauen. »Hausmeister dritter Klasse Bill-Bob meldet. Wir haben Gäste, Sir. Und raten Sie, was für Gäste. Sie sind Zeitreisende!«

»Galoppierende Galaxien!« Elliot schnappte nach Luft. »Das sind ja Kühe!«

Ja, bemerkte Bill. Es waren tatsächlich Kühe. Sie waren keine Menschen mit Kuhköpfen oder Kühe mit

Menschenköpfen. Sie waren keine mutierten Kühe oder mutierten Menschen. Sie waren einfach durchschnittliche, wiederkäuende Bessies, die dumpf vor sich hinstarrten, gelegentlich Hydrokultur-Gras fraßen und mit dem Schwanz nach Fliegen schlugen.

»Captain!« sagte Bill-Bob und trat zu einer Kuh. »Das ist Bill und das ist Elliot.«

»Muh«, erwiderte der Captain. »Muuuuuh!«

Sie hob den Schwanz und tat, was Kühe immer tun, wenn sie den Schwanz heben.

»Seht ihr?« jubelte Muu-Bob. »Eine Persönlichkeit, der Captain, was? Was für ein Spaßvogel!«

Um keinesfalls eine vielleicht vorhandene Intelligenz zu beleidigen, trat Elliot zur Kuh und streckte die rechte Hand zum offiziellen galaktischen Händedruck aus. »Ich begrüße Sie, Captain!«

»Muh«, sagte die Kuh und fraß weiter Gras.

Elliot schüttelte den Kopf. »Sie sind nur Kühe.«

»*Nur* Kühe!« wiederholte der Mutant-Hausmeister. »Wie können Sie so etwas sagen? Sie sind nicht einfach Kühe. Sie sind heilige Kühe. Eigens für Göttlichkeit und die Navigation von Generationen-Raumschiffen gezüchtet.«

Bill erinnerte sich an seinen Zivilberuf, bevor er ein Trooper wurde. »Nach ihrem Aussehen zu schließen auch verdammt gute Düngegerät-Techniker.«

Bill-Bob grinste. »Ja! Ja, Bill. Ich merke, daß wenigstens Sie verstehen.«

»Kein Wunder, daß dieses Schiff vom Kurs abkam und sich verirrte«, meinte Elliot. »Sogar die alten Hindus waren klüger. Sie ließen ihre heiligen Kühe wenigstens nicht Raumschiffe steuern.«

»Muuuh!« sagte eine Kuh listig. »Muuuuuuh!«

»Merken Sie denn nicht, daß Sie die heiligen Kühe aufregen?«

»Hören Sie«, sagte Elliot angewidert. »Wenn es Ihnen nichts ausmacht, möchte ich gern einen Blick auf Ihre

Fernmeldeeinrichtungen werfen. Wie ich schon sagte, wäre es mir dann vielleicht möglich, mein Hauptquartier anzurufen.«

»Da müssen Sie mit dem Fernmeldeoffizier sprechen.« Muu-Bob zeigte auf eine kleinere Kuh neben einem Schaltbrett. »Lieutenant Elsie.«

»Muuh«, sagte Lieutenant Elsie.

»He, sie hat anscheinend nichts dagegen«, meinte Bill. »Mach dich an die Arbeit, Elliot.«

Elliot gehorchte kopfschüttelnd. Während er sich eingehend mit den Drähten und dem Computer auseinandersetzte, brachte Bill-Bob Bill ein Glas Milch und Plätzchen. Bill fand, daß es ein widerlicher Ersatz für Bier war, aber er trank die Milch dennoch, weil er durstig war. Die Kuh-Mannschaft der Raumpiloten begleitete ihn mit sanften, beruhigenden Muhs.

Bill mußte zugeben, daß das alles zwar ziemlich langweilig, aber wesentlich besser war, als von wilden Indianern gegrillt zu werden.

»Okay, Bill«, sagte Elliot. »Ich hoffe nur, daß es funktioniert.«

Elliot begann, R.U.A. – Rettet unsere Ärsche –, den Sonder-Notruf der Zeitpolizei, auszusenden.

Innerhalb von wenigen Sekunden erschien Hilfe, wenn auch nicht ganz in der erwarteten Form.

»Hi, Jungs!« sagte Sir Dudley das Zeitportal, der auf der Brücke des Generationenschiffs materialisierte. »Oh, ich muß schon sagen – das tut man wirklich nicht!«

Denn Sir Dudley hatte auf etwas materialisiert, das man anstandshalber als der begehrte Schatz des Pillendrehers bezeichnen konnte.

»Da sind Sie ja«, rief Bill. »Was ist Ihnen eingefallen, uns hierher zu schicken?«

»Sie sollten besser nicht frech werden, lieber Junge. Sogar alten Zeit-Wesen gestattet man, von Zeit zu Zeit kleine Fehltritte zu begehen. Darf ich fragen, was all diese Kühe hier auf der Brücke zu suchen haben?«

»Sie nützen uns weit mehr als Sie es getan haben«, erwiderte Elliot verärgert. »Ich nehme an, daß sich der Hippie aus Hellworld nicht hier befindet.«

»Hm, ja also, eigentlich nicht. Um 1939 sauste er nach New York in den Vereinigten Staaten von Amerika – auf der längst zerstörten Erde bevor sie zerstört wurde. Ich weiß nicht, wieso ich euch Jungs hierher versetzt habe, aber ich habe vor, es wieder gutzumachen. Sogar sofort. Und, um meinen winzigen Fehler wettzumachen, lieber Genosse Elliot, habe ich die modernste Version einer Kontrolluhr für Zeitreisende mitgebracht. Sie stammt aus der fernen Zukunft und ist älteren Modellen wesentlich überlegen. Sie haben zwölf Monate Garantie darauf und ein eingebautes Video-Spiel.«

»Ich weiß es zu schätzen«, erklärte Elliot, während er sich das glänzende Gerät umschnallte.

»Verletzen Sie nur keine unserer Kühe.« Muu-Bill sah seit dem Auftauchen des sprechenden Zeit-Portals ziemlich beunruhigt aus.

»Sie brauchen sich keine Sorgen zu machen«, beruhigte ihn Elliot.

»Wenn Sie jetzt so freundlich wären hindurchzugehen«, sagte Sir Dudley. »Ich bringe Sie mittels Shuttle zur genauen Zeit an den genauen Platz, den der Hippie aufgesucht hat, um die Zeit zu verändern. Dabei werden Sie sich hoffentlich ein wenig beruhigen und frühere Fehler leichter verzeihen.«

»Damit muß ich mich wahrscheinlich begnügen«, murmelte Elliot.

Bill trank einen letzten Schluck Milch und folgte Elliot Methadrine durch das Zeitportal nach Irgendwoanders-in-der-Zeit.

»Muh«, muhten die Raumschiff-Kühe und kehrten zum Grasfressen, zum Wiederkäuen und zum Erzeugen von Kuhfladen zurück.

»Na schön«, sagte Muu-Bob. »Zurück an die Arbeit, was, Bill?«

»Na ja, Bob. Außerdem können wir uns ein geiles Comic kaufen und es lesen. Das stimmt doch, Otto?«

Ein Mann in SS-Uniform trat mit einer Reitpeitsche in der Hand aus dem Schrank, in dem er sich versteckt hatte. »Hmmm. Ja. Inzwischen muß ich allerdings eine kleine Zeitreise in die Vergangenheit unternehmen!«

»Sieg Heil!« riefen die Krypto-Nazi-Kühe. »Sieg Heil!«

13

»New York zum Quadrat – da befinden wir uns.« Elliot warf einen Blick auf die Richtungsanzeige-Karte und das Querverweis-Ziffernblatt seiner neuen Zeitpatrouillen-Kontrolluhr.

»Was ist das für ein blöder Name?« höhnte Bill.

»Ich habe keine Ahnung – aber hier steht es. New York, New York. Vielleicht gefällt ihnen die Stadt so gut, daß sie sie gleich zweimal benannt haben.«

Obwohl Bill sicherlich kein Kosmopolit war, hatte er im Imperium genügend Städte kennengelernt. Er hatte Aliens-Städte, Menschen-Städte und Städte gesehen, die weder das eine noch das andere waren. Er hatte kleine Städte besucht – und natürlich auch Helior, das Galaktische Kapitol, den Planet, der einfach eine große Stadt war.

Aber diese Stadt, dieses New York, glich keiner der Städte, die Bill jemals gesehen hatte.

Irgendwie mochte er es. Auch wenn es stank.

Er mochte jedoch den Hundekot an seinem Schuh nicht, schabte ihn am Randstein ab und vermied von nun an die verstreuten Häufchen aus der gleichen Substanz. Was ihm gefiel, waren die kleinen Hüte und die graue und beige Kleidung der Leute. Hübsch und altmodisch. Noch besser gefielen ihm die Bars an beinahe jeder Ecke – ein glänzender Gegensatz zum allgemeinen Zustand der Gebäude und vor allem zum deutlich mürrischen Wesen der Einwohner.

Kurz, es erinnerte ihn an sein Zuhause auf Phigerinadon II, und er bekam Heimweh.

Sir Dudley das Zeitportal flackerte in der Luft. »Ah, da sind Sie ja. Ich wollte mich nur davon überzeugen, daß Sie heil und gesund angelangt sind.«

Elliot betrachtete das Granitgebäude vor ihnen skeptisch. »Sind Sie sicher, daß hier die Stelle ist, an der Sie den Hippie sich selbst überlassen haben?« Er zog seinen neuen Zeitticker heraus und studierte die digitalen Daten. »Hmmm. Sieht okay aus.«

»Das muß es auch. Ich erinnere mich daran, daß er dieses bestimmte Gebäude haben wollte, die Büros von SUPREME COMICS. ACNE VERLAG. Ich muß übrigens sofort weiter.«

»He! Wie kommen wir wieder nach Hause?«

»Einfach«, antwortete Sir D. »Wenn Sie hier fertig sind, finden Sie mich auf der Weltausstellung 1939 in Flushing. Ich werde im Britischen Pavillon sein und bei einem Cricketmatch zuschauen. Die anderen Pavillons könnten Ihnen auch gefallen. Leben Sie wohl.«

Er flackerte ein bißchen – und verschwand.

»Hoffentlich verirrt er sich nicht«, murmelte Bill.

»Vertrau ihm, Baby. Komm jetzt, Bill. Nächste Station sind die Büros von *Super Duper Comics.* Laut meiner Maschine ist zur Zeit Kraft-Nibbling, der Vater der Geilen Porno Comics, Verlagsleiter.«

Bill blickte die Straße entlang. »Ist das da drüben nicht eine Bar? Du mußt durstig sein. Wir könnten uns doch zuerst einen Drink genehmigen.«

»Ich kann dein unangebrachtes Interesse an mir verstehen. Vor allem da mein Arm jetzt gut verheilt ist und ich ihn wieder abbiegen und einen Drink zum Mund heben kann. Aber bitte Bill, später. Wenn du mir hilfst, in dieses Durcheinander Ordnung zu bringen, werde ich dafür sorgen, daß dir die Zeitpolizei persönlich unter Verwendung des Polizei-Pensionsfonds eine Bar kauft.«

Bill runzelte die Stirn. »Du würdest doch einen alten Kumpel nicht bowben, oder?«

»Niemals. Du hast eine wichtige Aufgabe zu erfüllen, Bill. Das Schicksal des Universums ruht auf deinen Schultern. Eine Bar ist nur eine kleine Belohnung dafür.«

»Wie wäre es mit einigen Barfrauen für meine Bar, damit ich nicht zu schwer arbeiten muß?«

»Wir wollen doch nicht gar zu gierig sein, Bill.«

»Abgemacht! Eine erfolgreiche Mission – eine Bar.« Bill richtete sich auf und marschierte zur Drehtür des Bürogebäudes. Er trat hinein und begann, im Kreis herumzuwirbeln. Ihm schwindelte und ihm war übel. Als er aus der Tür herauskam, befand er sich noch immer nicht im Gebäude und fiel auf Elliot.

»Es ist eine Falle«, erklärte er. »Eine Falle!«

»Nein, Bill. Es ist eine alte Art von Tür, die Drehtür genannt wird. Wenn du auf der anderen Seite anlangst, trittst du hinaus. Du darfst nicht im Kreis gehen, wie du es gerade getan hast.«

»Oh.«

Bill, der sich ein wenig übel fühlte – und sich sehr dumm vorkam –, stand auf und versuchte es wieder. Er trat in die Drehtür, schob jedoch etwas zu kräftig an, kreiste wieder und fiel dann hinaus – zum Glück auf der anderen Seite. Elliot kam durch die Drehtür und preßte die Lippen zusammen, weil Bill versuchte, sich den Staub abzuklopfen. Er schüttelte den Kopf.

»Tu das nicht in den Verlagbüros, Bill, ja? Wir Zeitcops müssen eine gewisse Würde bewahren.«

»Das ist schon okay, Elliot. Ich fühle mich jetzt viel besser.«

»Dann machen wir uns auf die Suche nach dem Hippie.«

Der Fahrstuhl entließ sie auf einen graubraunen Teppich vor einer Reihe graubrauner Büros. Auf einer Tür besagte ein Schild ACNE VERLAG.

Die im Foyer zur Schau gestellten Comics beeindruckten Bill sehr. Es waren dicke, künstlerisch gestaltete Bücher mit kühn aussehenden Detektiven, schlitzäugigen orientalischen Bösewichten, Ungeheuern mit Insektenaugen und Frauen mit Bubikopf, unglaublichem Busen und hautengen Kleidern, deren Röcke oft so weit über die Schenkel hinaufgerutscht waren, daß man Spitzenhöschen sah.

»Wie bringt man sie dazu, sich zu bewegen, und wie hört man die Geräuschkulisse?« erkundigte sich Bill.

»Gar nicht. Man bekommt das, was man sieht. Vergiß nicht, das ist die ferne Vergangenheit. Und das hier sind Schundblätter.« Elliot sah in seinem Zeitticker nach. »Eine beliebte Art von Magazinen, die in den zwanziger, dreißiger und vierziger Jahren des zwanzigsten Jahrhunderts Erzählungen für den Massenmarkt veröffentlichten. Die Einbände versprachen eine Menge, der Inhalt lieferte wenig. Wenn man beim Lesen die Lippen bewegte, dann hatte man das Richtige gewählt. ACNE veröffentlichte offenbar etliche von ihnen, und auch alle Arten von primitiven Sachmagazinen von allgemeinem Interesse. Dann begann Kraft-Nibbling mit seiner Comics-Produktion.«

»Wie bitte?« Bill betrachtete noch immer die sinnfrohen Damen auf den Titelseiten.

»Vergiß es, Bill. Gehen wir einfach hinein und besuchen wir Kraft-Nibbling.«

»Klar.« Bill griff nach einem Schundmagazin namens *Schlüpfrige Detektive,* auf dessen Titelseite eine besonders verführerische Blondine prangte.

An einem Schreibtisch saß eine Sekretärin mit auffallend üppigen Formen.

»Zeitpolizei«, sagte Elliot und zeigte sein Abzeichen her. »Wir wollen mit Kraft-Nibbling sprechen. Offizielle Transchronische Angelegenheit.«

Die Brünette blinzelte und hörte auf, Kaugummi zu kauen. »Bedaure. Vertreter haben keinen Zutritt.«

»Und ich möchte das Modell für dieses Bild kennenlernen.« Bill zeigte ihr das Exemplar von *Schlüpfrige Detektive.*

»Die Tür befindet sich direkt hinter Ihnen – und sehen Sie beim Hinausgehen zu, daß die Klinke nicht mit Ihrem Hintern in Berührung kommt.«

»Wir befinden uns doch im Büro von SUPER DUPER COMICS, nicht wahr?« fragte Elliot streng und autoritär.

»Verschwinden Sie, Chef...«

»Außerdem arbeiten die Herausgeber hier.«

»Sind Sie schwerhörig, Mac?«

»Danke vielmals.« Ohne sich zu verabschieden und ohne sich um das zornige Geschrei hinter ihm zu kümmern, stürzte Elliot in das Büro und zerrte Bill mit.

Sie betraten ein bescheidenes, einfaches Büro mit Karteikästen, Schreibtischen und Bücherregalen. An den Wänden hingen gerahmte Titelseiten von SUPER DUPER COMICS mit farbigen Raumschiffen, Aliens und großartig gestalteten Planeten und Sternbildern. In einer Ecke stand ein hochgewachsener Mann mit langen, ungekämmten Haaren neben einem Kühlschrank und kritzelte fleißig auf einem Papierstoß. Anscheinend war er mit einem Blatt fertig; er zog es von dem Block herunter und legte es in eine leere Milchkiste, in der sich bereits eine große Zahl bekritzelter Blätter befand. Der große Mann beachtete die Neuankömmlinge überhaupt nicht.

Anders der zweite Mann im Raum, der an einem ordentlichen Schreibtisch saß und jetzt den Kopf hob. Er war älter, hatte ergrauendes, glatt zurückgekämmtes Haar und trug eine Krawatte und eine Brille. Er sah die Eindringlinge stirnrunzelnd an.

»Wie seid ihr Komiker hereingekommen?«

»Durch die Tür«, erklärte Elliot von oben herab. »Sie sind Kraft-Nibbling, der Herausgeber von *Astounding*. Leugnen Sie nicht.«

»William Kraft-Nibbling? Vater der Atombombe? Kaum.« Der sichtlich erstaunte Mann blinzelte wie eine Eule. »Aber ich bin der Verleger von *Sado-Maso Supermen*.«

Elliot schüttelte den Kopf, als wolle er sich über etwas klar werden. »Der Vater der Atombombe – hier stimmt etwas nicht. Wer sind Sie?«

»Maxwell Perkins, wer sonst? Prägen sich den Namen ein, während Sie hinausgehen.«

Bill hatte natürlich nie von Perkins gehört; doch Elliot, der begeisterte Geschichtsstudent, kannte ihn offensichtlich. Er sah trotzdem in seinem Zeitticker nach, um sicherzugehen.

»Maxwell Perkins – berühmter Herausgeber bei Scribners. Herausgeber von F. Scott Fitzgerald, Ernest Hemingway und Thomas Wolfe, unter anderen?« Er schaute auf die digitalen Angaben hinunter.

»Ja, endlich haben Sie etwas richtig erfaßt. Der Mann neben dem Kühlschrank ist übrigens Thomas Wolfe … Wie geht's, Tom?«

»… ewig wandern und wieder ihre Brüste … Samenzeit, Blüten und die weich tropfenden, sexbesessenen Jugendlichen. Und die Blumen, die köstlichen Blumengenitalien auf dem Land …« Der gigantische, zerknitterte Autor murmelte wie besessen. Er schrieb die Seite zu Ende und ließ sie dann in die Milchkiste fallen.

»Ja. Klingt ausgezeichnet, Thomas!« Perkins blickte zu den Neuankömmlingen hinüber. »Es muß natürlich für die Kontinuität der Comics-Serie ein wenig zurechtgestutzt werden. Wolfe macht weiter. Aber dafür werde ich schließlich bezahlt. Tom schreibt die neue Serie für *Kitzeln* – ein pikantes Werk mit dem Titel *Lingam und Yoni auf dem Fluß der Liebe*. In gewisser Hinsicht ist es eine Art Fortsetzung von Fitzgeralds *Das große Organ des großen Gatsby*.«

»Moment mal«, unterbrach ihn Elliot. »Thomas Wolfe und F. Scott Fitzgerald haben nie geile Porno Comics geschrieben.«

»Natürlich schreiben sie geile Porno Comics!« widersprach Perkins empört. »Sie sind die größten Schriftsteller unserer Zeit – und geiles Porno ist die größte literarische Neuerung des zwanzigsten Jahrhunderts.«

Bill betrachtete die ausgestellten Titelseiten und las die Titeln der Geschichte laut. »*Wem die Erektion* winkt von Ernest Hemingway. *Die Sexgeschöpfe des Südens* von William Faulkner. Wau! Klingt großartig.«

»Etwas stimmt dabei nicht.« Elliot schüttelte mürrisch den Kopf. »Etwas stimmt ganz offensichtlich nicht. Entweder hat uns Sir Dudley in ein anderes Universum geschickt. Oder der Hippie ist in der Zeit noch viel weiter zurückgegangen.«

Bill klopfte auf den gerahmten Einband. »Sie haben vermutlich keine Comics-Version von *Die Pervertierten des Zauberbergs schlagen zurück* von Thomas Mann. Das sieht wie eine wirklich heiße Geschichte aus.«

»Unglaublicher stilistischer Fortschritt«, erklärte Perkins. »Kunst und Sex miteinander verbunden. Und es verkauft sich glänzend!«

»Moment mal«, griff Elliot ein. »Sie sagen, daß Kraft-Nibbling die Atombombe erfunden hat?«

»Richtig.«

»Aber das war nicht vorgesehen ... jemandem ist ein schrecklicher Fehler unterlaufen.« Er bemerkte einen Zeitungsausschnitt auf dem Schreibtisch, ergriff ihn und las die Überschrift. KOMMUNISTISCHE VERRÄTER HINGERICHTET – SIE STAHLEN ATOMARE GEHEIMNISSE FÜR RUSSLAND. »Was ist das – freie Erfindung?«

»Nein – harte Fakten«, erklärte Perkins. »Der Führer der SS ertappte sie in flagranti.«

»SS«, wiederholte Elliot. »Sie wollen mir einreden, daß an der Spitze der Vereinigten Staaten eine Nazi-Regierung steht?«

»Bitte, wir verwenden diese Bezeichnung nicht mehr, seit Onkel Adolph sie 1936 änderte. Jetzt heißt es ›Die Nationalkapitalisten‹«.

»Die Nakies?« fragte Bill.

»Wie scharfsinnig. Manche sagen, es wäre eine Schande den Farbigen gegenüber, aber mein Zug aus Connecticut trifft seither immer pünktlich ein.«

Elliot, der darum kämpfte, das alles zu verstehen, wandte sich an Perkins. »Aber Sie sagen, daß Kraft-

Nibbling die Atombombe erfand – und Moment mal – Thomas Wolfe sollte schon tot sein ...«

Der große, schlaksige Schriftsteller bemerkte sie plötzlich. »Geile Pornos haben mir das Leben gerettet«, sagte er im Brustton der Überzeugung. »Als ich *Die Sex-Abenteuer von Huckleberry Finn* von Mark Twain zum erstenmal las, wußte ich, daß ich meine Ausdrucksweise gefunden hatte.«

»Das verstehe ich nicht«, stellte Elliot vollkommen verwirrt fest. »Eine faschistische amerikanische Regierung? In den Verlagen dominiert geiles Porno. Wir müssen hier fort und uns wieder mit Dudley beraten. Die Probleme sind noch größer, als ich es für möglich hielt. Komm schon, Bill!«

14

Sie standen an einer belebten Straßenkreuzung. Elliot sah in seinem Zeitticker nach.

»Queens«, sagte er. »Sir Dudley hat gesagt, daß er dorthin verreist. Es ist ein Teil von New York, in dem ein Jahrmarkt oder irgendeine Festivität stattfindet. Sieht so aus, als müßten wir mit der U-Bahn dorthin fahren.«

»Was ist eine U-Bahn?« erkundigte sich Bill.

»Ich meine natürlich einen U-Bahn-›Zug‹, Bill. Laut der Anweisungen dieser Maschine sollen wir in den N-Zug steigen, und zu dem gibt es hier an der Ecke einen direkten Eingang.«

»Warum können wir kein Himmelstaxi nehmen?« beschwerte sich Bill, der für unterirdische Reisen in altertümlichen Fahrzeugen nichts übrig hatte.

»Weil wir uns jetzt in einer Zeit lange vor den Himmelstaxis befinden. Und ich habe nicht genügend lokale Währung in der Tasche, um mir ein Taxi zu leisten. Laut dem Ticker kostet die U-Bahn nur einen Nickel – das entspricht hier fünf Cents –, und ich fand diese Fünfundzwanzig-Cent-Münze auf dem Boden. Verstehst du diese höhere Mathematik?«

Bill brummte einsilbig. In Wirklichkeit hatte er nicht zugehört, sondern das Schild BAR auf dem Gebäude vor ihnen bewundert. »Wie wäre es mit einem Bier?« schlug er vor.

»Kein Geld, keine Zeit. Hier hinunter.« Elliot führte ihn über Zementtreppen in die düstere, unterirdische Welt der New Yorker Verkehrsmittel.

Sie bemerkten den Mann im grauen Trenchcoat nicht, der die Hutkrempe heruntergezogen und die Hände in die Taschen gesteckt hatte, auf dessen Armbinde SS stand, und der ihnen jetzt verstohlen folgte.

Die U-Bahn war ein altes, stinkendes Verkehrsmittel, das sehr geräuschvoll hin und her schaukelte. Bill wurde allmählich immer mulmiger zumute. Um sich abzulenken, schob er sich auf seinem Platz zurecht und studierte die Anzeigen an den Waggonwänden.

»Onkel Adolf liebt dich!«

»Raucht ›Panzerschlag‹-Zigaretten!«

»Kauft Deutsch-Amerikanisch!«

»Trinkt bayerisches Bier – sonst!«

Der U-Bahnzug rollte durch Queens. Bis auf Bill, Elliot und dem Kerl im Trenchcoat, der weiter drüben an der anderen Seite des Waggons saß, waren alle Passagiere unterwegs ausgestiegen.

Der Zug fuhr mit einem Ruck an und die Lichter flackerten. Der Inhalt von Bills Verdauungsapparat gurgelte mitfühlend. Elliot der Zeitpolizist ließ sich durch die Bewegung nicht stören, sondern war in seinen Zeitticker vertieft. Sein Gesicht drückte absolute Verblüffung aus. »Es stimmt einfach nicht«, murmelte er und schüttelte düster den Kopf. »Die Folgen weisen auf eine Ursache hin – aber ich kann sie nicht entlang des Zeitflusses zurückverfolgen.«

All diese Probleme versetzten Bill in philosophische Stimmung. Der trostlose U-Bahnwaggon, der im Nazi-Amerika des Jahres 1939 durch New York ratterte, wirkte äußerst deprimierend. Das war schlecht. Schlimmer war, daß Bill trotz der Übelkeit allmählich hungrig wurde, weil er sehr lange nicht mehr gegessen hatte. Ihn erfaßte schwarze Verzweiflung.

Das stellte an und für sich beinahe nie ein Problem dar. Das Trooper-Essen war für gewöhnlich voll von das Ego zersetzenden Chemikalien, und die militärische Musikberieselung, die aus den Lautsprechern kam, bestand beinahe nur aus Harmonien, die unterschwellig Stress und Identität abbauten. Dadurch waren Trooper, die nicht direkt im Kampf gegen die Chingers in Stücke gerissen wurden, so gedoped und eingelullt, daß sie nur selten auf die Idee kamen, sich selbst zu erforschen und genauso selten in Depressionen verfielen oder in Verzweiflung gerieten. Seit der Einführung dieses Psycho-Mastprogramms war die Zahl der im Tod lächelnden Leichen phänomenal.

Alle übrigen Probleme wurden normalerweise im Selbsthilfeverfahren mit Alkohol behandelt – was Bill gründlich gelernt hatte.

Wenn ein Trooper dennoch psychologische Probleme hatte, mußte er nur zum diensthabenden Kaplan oder zum Gehirnklempner gehen, der ihm Blut abnahm, ihm eine Neuro-Massage oder einen leichten Schlag verpaßte, oder, wenn alles andere versagte, einfach eine Gehirnentfernung vornahm. Das war zur Zeit bei emotionalen und psychologischen Problemen die effizienteste Methode, doch selbst die Trooper hielten sie für zu radikal. Die Standardbehandlung durch einen Psycho-Techniker bestand für gewöhnlich darin, daß er dem Opfer ein paar Kredits in die Hand drückte und ihm sagte, er solle einen oder zwei (oder drei) auf das Wohl des Kaisers trinken.

Doch Bill hatte das alles sehr lang mitgemacht und verfügte inzwischen über eine gewisse Distanz zu der Psycho-Besänftigung, die er als Diener des Imperiums erhalten hatte. Er saß jetzt mit knurrendem, sich beschwerendem Magen in einem schmutzigen Metallsarg, der unterirdisch ins Zentrum von Queens unterwegs war, und bekam es allmählich mit der typischen Angst des einundzwanzigsten Jahrhunderts zu tun.

Worin bestand überhaupt der Sinn des Lebens? Bills Verstand bezweifelte alles und jedes, und seine unteren Extremitäten trommelten den Kontrapunkt dazu.

Bill war plötzlich von Trauer erfüllt.

Wie sehr fehlte ihm Phigerinadon II.

Wie sehr fehlte ihm seine Mom. Obwohl er sich überhaupt nicht mehr an sie erinnerte.

Am meisten fehlte ihm jedoch sein Robot-Maultier!

Bill vergaß kurz den quälenden Hunger und sang das Schlaflied des Phigerinadon-Farmjungen für sein Robot-Maultier.

Er wußte nicht genau, was die Worte bedeuteten, aber die Melodie war einschmeichelnd, und er hatte das Lied seinem Robot-Maultier jeden Abend nach der Feldarbeit vorgesungen, bevor er es ölte und in die Scheune brachte. Dem Robot-Maultier, das Ned hieß, hatte es offenbar gefallen und es hatte keine einzige Panne gegeben.

Er gab seinem Gefühl nach und eine traurige, nachsichtige Träne tropfte über seine Wange. »Du fehlst mir, Ned«, stöhnte er. »Du fehlst mir sehr, großer Kerl.«

»Hast du den Verstand verloren?« fragte Elliot. »Was ist mit dir los?«

Bill rieb sich mit den Fingerknöcheln die Augen und schluckte. »Vielleicht ist mir etwas ins Auge geraten.«

»Das überrascht mich nicht. Die U-Bahn ist ein besonders schmutziges Verkehrsmittel.«

In diesem Augenblick bemerkte Bill, daß der Mann im Trenchcoat vom Ende des Waggons heraufgekommen war und jetzt dunkel, unheimlich und gefährlich vor ihnen stand.

»Hier«, sagte der Mann und reichte Bill ein Taschentuch. »Ich sehe, daß Sie etwas im Auge haben.«

»Danke«, antwortete Bill. Er nahm das Taschentuch und betupfte sich die Augen. »Danke.«

»Gern geschehen.« Der Mann blickte nach links und rechts, um festzustellen, ob man sie beobachtete. Dann zog er eine unangenehm aussehende Luger. »Wie gefällt dir mein kleiner Revolver? Er heißt Otto. Otto sagt, daß du mir erzählen wirst, wer du bist und von wo du kommst.«

»Bill, er ist ein Nazi«, sagte Elliot.

Dann bewies er plötzlich wilden Mut und griff nach dem Mann im Trenchcoat – aber bevor er ihn erreichte, bellte die Luger dreimal. Eine Kugel zerschmetterte den Zeitticker, die zweite ging durch Elliots Hals durch und die letzte traf ihn genau ins Herz, aus dem eine blutige Fontäne schoß.

Elliot gurgelte, dann fiel er um.

Bill betrachtete den Toten. Er war im Jahr 1939 mit einem Nazi, der eine Luger auf ihn richtete, in einem U-Bahnwaggon im nazistischen New York allein. Er nahm an, daß er sich früher schon in schlimmeren Klemmen befunden hatte, aber ihm fiel so rasch keine ein.

»Jetzt wirst du mir vielleicht erzählen, wer du bist und von wo du kommst«, sagte der Nazi-Geheimpolizist, denn er konnte bestimmt nichts anderes sein.

»Sprich, Schweinehund. Wie heißt du? Wilhelm?«

»Bill. Mit zwei L.«

»Ja. Du bist Mitglied der Zeitpolizei?«

»Nein. Mein Freund Elliot war Zeitpolizist. Ich bin nur ein harmloser galaktischer Trooper. Ich falle nicht unter die Zuständigkeit dieser Stadt, und ich soll keine Nazis töten, sondern Chinger. Sie befinden sich also in Sicherheit.«

Der Naziagent kicherte. »Ich bin erleichtert. Jetzt wirst du mir von deinem toten Freund von der Zeitpolizei erzählen und wie ihr aus der Zukunft hierhergekommen seid. Und vielleicht wirst du mir bei dieser Gelegenheit einige Informationen über den Wertpapiermarkt geben, ja?«

»Nein, Mr. Nazi. Sie verstehen mich nicht. Ich komme aus der fernen, fernen Zukunft. Ich weiß nicht einmal, was ein Wertpapiermarkt ist. Seit dem Kaiser so ziemlich alles gehört, gibt es bei uns kaum noch Märkte irgendwelcher Art.«

»Sehr interessant. Jetzt... wirst du mir die Wahrheit erzählen. Warum spionierst du uns nach? Worüber hast du mit Max Perkins gesprochen, wohin bist du unterwegs... und wann wird das Baseballteam Berliner Panzerblitze endlich die Weltmeisterschaft gewinnen?«

»Ich... ich... das weiß ich wirklich nicht. Ich meine... Elliot und ich haben nur zu verhindern versucht, daß die Geschichte der Welt vollkommen verändert wird, das ist alles. Die Nazis sollten keine Kontrolle über dieses Land ausüben. Etwas ist schrecklich schiefgegangen. Wenn Sie mir also die Pistole geben und ruhig mitkommen …«

»Die Information!« sagte der Zeitnazi. »Ich will die Info.«

Bill merkte, daß er in einer ernsten Klemme steckte. Aber er war doch ein Trooper. Man hatte ihn für den Kampf ausgebildet. Welchen Griff setzte man auf das Gelenk der Hand an, die eine Pistole hielt? Er stand langsam auf und wich vor dem drohenden Nazi zurück, der die Pistole vorschob.

Bill ging weiter zurück – und trat in die Blutlache. Glitt aus, sein Fuß ging bei dem Sturz in die Höhe und schlug dem Angreifer die Pistole aus der Hand.

Der Naziagent schrie und wich zappelnd zurück.

Bill erkannte seine Chance und sprang den Mann an.

Die beiden fielen auf den Boden und schlugen um sich wie zwei Fische auf dem Trockenen, während sie um die Luger kämpften, die der Agent wieder zu fassen bekam.

»Schweinehund«, schrie der Nazi. »Du wirst sterben, sage ich. Sterben!«

Bill sagte nichts, weil er zu sehr damit beschäftigt war, die Pistole von sich wegzudrücken.

Der Nazi hatte sich erholt und schaffte es mit einer plötzlichen Kraftanstrengung, Bill von sich zu schleudern. Er stand keuchend auf und richtete die tückische, schlanke Pistole auf Bill, der auf dem Boden lag.

»Es ist mir gleichgültig, was meine Vorgesetzten sagen. Niemand greift mich an und überlebt. Du wirst sterben!«

Der Nazi hatte bei dem Kampf den Hut verloren; seine Haare waren blond und seine arischen Gesichtszüge waren zu einem grausamen Lächeln verzogen.

Die blauen Augen des Nazis blitzten noch grausamer, als er auf Bill zielte.

»Heh heh heh«, sagte er.

Bill spannte sich für einen letzten Angriff, bevor die Pistole losging.

Doch als der Nazi auf den Abzug drücken wollte, kam aus dem Nichts plötzlich ein Lichtstrahl und schnitt den Hals des Mannes durch, so daß der Kopf auf den Boden fiel.

Die kopflose Leiche schlug neben Bill auf, der sich erhob und nach seinem Lebensretter Ausschau hielt.

Er sah niemanden.

Er war mit den beiden Leichen allein, während der Zug durch die unterirdische Nacht polterte.

Bill sah sich verständnislos um. Was hatte das wieder zu bedeuten? Doch er hatte keine Zeit, sich lange Fragen zu stellen, denn eine winzige Stimme piepste dicht hinter Elliots Leiche.

»Ja also, Bill«, sagte die Stimme. »Das war knapp.«

15

»Eager Beager«, gurgelte Bill ungläubig.

»Ja also, Bill, das bin ich. Aber könntest du ein wenig Intelligenz aufbieten und dir merken, daß ich Bgr heiße? Das ist mein wirklicher Chinger-Name, und ich bin mächtig stolz auf ihn.«

Bill sah sich um. »Wo bist du?«

»Hier unten!«

Bill blickte hinunter. Die Stimme kam aus dem niedergestreckten, erschossenen, toten Körper von Elliot Methadrine. Und noch während Bill hinsah, sprang sein alter Feind von der Brust der Leiche auf einen Sitz. Er blies den Rauch von der Mündung des winzigen Blasters, mit dem er gerade einen Nazikopf mitsamt Nazihut von einem Nazi-Trenchcoat und vor allem von einer Nazi-Luger getrennt hatte.

Bgr, den Bill im Lager Leo Trotzki als Eager Beager kennengelernt hatte, wo er als phantastischer Schuhputzer brillierte, war ungefähr fünfundzwanzig Zentimeter groß, hatte vier Arme, ein häßliches Gesicht und eine defensive Haltung. Was nicht überraschend war, da der Kaiser und alle seine Kampfeinheiten darauf aus waren, jeden friedliebenden Chinger ins Jenseits zu befördern. Bill staunte noch mehr, als sich der obere Teil von Elliots Kopf mittels einer Türangel öffnete und das Abteil freigab, die das Gehirn ersetzte. Man sah sogar einen winzigen Wasserkühler darin und ein noch winzigeres Nachttöpfchen.

»Kontrollraum … Roboter«, murmelte Bill. »Aber woher kam das viele Blut?«

»Dein Gehirn ist durch das Militär und den Alkohol beschädigt worden, Bill. Erkennst du Ketchup nicht? Ich hatte im Pseudofleisch dieses Robots drei Gallonen untergebracht. Schön blutrünstig, wenn notwendig.«

Erst jetzt wurde Bill klar, daß Elliot Methadrine von Anfang an Bgr in einer Metall-Fleisch-Verkleidung gewesen war. Elliot war eine Art Cyborg gewesen, den der Feind steuerte. Wenn J. Edgar Insufledor das erfuhr, würde er sicherlich entsetzt sein. Bill hingegen war nicht entsetzt. Er hatte sich zu lange in der Nähe der Chinger aufgehalten.

Doch obwohl der kleine Kerl ein Feind war, freute sich Bill überraschenderweise darüber, ihn wiederzusehen.

»Es tut gut, dich zu sehen, Bgr. Ich weiß, daß du der Feind bist und so weiter, aber du hast wenigstens ein vertrautes Gesicht. Es ist nicht lustig, wenn man im Jahr 1939 allein in einem U-Bahn-Zug festsitzt und nach Flushing in Queens fährt, um auf der Weltausstellung den Kerl vom Zeitportal zu finden.«

»Ich weiß, ich weiß«, sagte Bgr. »Ich bin auf dem laufenden. Wo, glaubst du denn, bin ich all die Zeit gewesen? Ich bin Elliot Methadrine gewesen!«

»Oh! Ja. Das stimmt.«

»Manchmal bete ich inbrünstig zu dem Großen Chinger im himmlischen Bienenhaus, Bill, du mögest irgendwie zum Admiral der kaiserlichen Flotte ernannt werden. Doch nach reiflicher Überlegung erinnere ich mich daran, daß er laut unseren Aufzeichnungen noch dümmer ist als du.«

»Danke, Bgr.« Bill strahlte. »Das ist wahrscheinlich eine der nettesten Bemerkungen über mich, die du je gemacht hast. Vermutlich ist es das einzig Nette, das du jemals zu mir gesagt hast. Und was tun wir jetzt?«

»Ja also – wir sollten als erstes diesen U-Bahnzug bei der Station Flushing verlassen.«

»Klingt gut.«

»Ich freue mich, daß du endlich verstehst. Dann suchen wir Sir Dudley das Zeitportal beim Cricketmatch im britischen Pavillon. Und dann – entschuldige den Ausdruck – bekommen wir heraus, was, zum Teufel, geschehen ist. Offenbar stimmt überhaupt nichts mehr. Als eifriger Student eurer Geschichte kann ich mir nicht vorstellen, wie es den Nazis möglich war, in Amerika die Macht zu übernehmen. Ich hege den starken Verdacht, daß ein Nebenfluß der Zeit abgeleitet wurde, um die Mainstream-Literatur durch geiles Porno zu ersetzen; das hängt sicher irgendwie damit zusammen.«

»Richtig«, stimmte Bill laut zu, obwohl er keine Ahnung hatte, wovon Bgr sprach.

»Vor allem müssen wir uns jedoch vergewissern« – Bgrs Schnauze zuckte rasch –, »daß es in diesem lausigen Universum noch die Chinger gibt. Gehen wir.«

Bill stieg in Flushing aus dem U-Bahnzug; der Waggon mit dem toten Nazi polterte in die Wildnis von Queens weiter. Bill hatte Bgr in die Tasche gesteckt, was sehr unangenehm war, weil der Chinger-Planet eine sehr hohe Schwerkraft besaß und der kleine Alien infolgedessen kein Leichtgewicht war. Bill stampfte die Treppe hinauf und in die Weltausstellung 1939 hinein.

»Ja also«, sagte Bgr, der aus Bills Tasche herausschaute. »Das sieht kaum so aus, wie der Zeitticker die Weltausstellung 1939 beschrieb – aber es ist ja auch ein anderes 1939, nicht wahr?«

»Ja. Vermutlich.«

Für Bill sah es sehr vielversprechend aus. Jede Menge von Gebäuden, Verkehrsmitteln und Buden mit Imbissen und Getränken.

»Ob es hier wohl Bars gibt?« fragte er weinerlich.

»Du darfst eine Zeitlang nicht einmal an Alkohol denken. Wir haben einen Auftrag auszuführen.«

Sie gingen durch einen Bogengang auf das Ausstellungsgelände.

»Diese Hakenkreuze.« Bgr zeigte auf die riesigen verbogenen Symbole, die an den Bogen und praktisch an jedem Gebäude und jeder Bude hingen. »Sie dürften nicht hier sein.«

»Nein?«

»Hoffentlich ist Sir Dudley nicht in Schwierigkeiten

geraten … und hoffentlich existiert das britische Weltreich noch und hat einen Pavillon hier. Ja also – es sieht nicht sehr gut aus, Bill. Es sieht überhaupt nicht gut aus. Und es wäre mir sehr unangenehm, ausgerechnet in dieser Zeit festzusitzen.«

Bill betrachtete die Oktoberfest-Reklame und die zahlreichen verschiedenartigen Bierfässer und Maßkrüge. Auch herrschte 1939 hier kein Mangel an Bars. Er war ein guter Arbeiter und konnte wahrscheinlich irgendwo Arbeit finden. Vielleicht würde es Bgr nicht gefallen, aber es fühlte sich wie ein angenehmer Ort an.

Trotzdem – er war ein Trooper.

Er diente einem Kaiser.

Er mußte einen Auftrag ausführen, einen Schwur einhalten, zu einer Loyalität stehen.

Nicht einmal Bill konnte all das zur Gänze glauben, aber er führte seinen Auftrag dennoch weiter aus. Aus keinem anderen Grund hatte man ihm eine Gehirnwäsche verpaßt und ihm ungefähr genauso viel freien Willen gelassen wie einem Floh.

Bill mochte Jahrmärkte. Er mochte sie sehr. Auf Phigherinadon II hatte es Jahrmärkte gegeben, und als er zehn Jahre alt war, hatte ihn seine Mom zur Weltausstellung auf Phigerinadon II mitgenommen. Sie war natürlich nicht so groß gewesen wie die Weltausstellung 1939 auf der Erde, aber für einen Zehnjährigen war es das größte, wunderbarste Erlebnis, das er sich vorstellen konnte.

Auf der Weltausstellung auf Phigerinadon II hatte Bill übrigens beschlossen, Düngemitteltechniker zu werden. Das Thema dieser Ausstellung war nämlich ›Besser Leben durch Düngemittel‹ gewesen. Bill, der bereits seit fünf Jahren auf den Feldern arbeitete, war von der wunderbaren neuen Technologie und den aufregenden neuen Düngemittelsorten begeistert gewesen. Ihm war nie klar gewesen, wie viele verschiedene Arten von Düngemitteln es gibt, und wie man mittels Gentechnik, wissenschaftlichem Mischungs-Know-How und einer guten, entsprechend ausgebildeten Nase genau den richtigen Dünger für die richtige Feldfrucht entwickeln kann.

Es war eine Offenbarung. Der Junge war fasziniert und schnitt beim Düngemittel-IQ-Test verblüffend gut ab.

Die Düngemittel-Techniker waren begeistert und behaupteten, er sei ein Genie. Sie wollten ihm das Thomas-D. Crapper-Stipendium geben und ihn zur praktischen Ausbildung auf die Düngemittelwelt schicken.

Aber Mom brauchte ihn für die Feldarbeit, deshalb wurde nichts daraus. Trotzdem war die Weltausstellung auf Phigerinadon II eine goldene Erinnerung.

Und jetzt befand er sich wieder auf einer Weltausstellung. Wider Willen empfand er leises Heimweh.

Er überlegte bereits, wie er trotz Bgrs Einwänden zu einem Bier kommen konnte. Doch Bgr strebte seinem Ziel zu, also mußte Bill mit der Tür ins Haus fallen.

Deshalb sagte er: »Ich werde ein Bier trinken, Bgr. Es ist mir gleichgültig, was du sagst.«

»Wahrscheinlich kann man die Sucht nicht mehr loswerden. Aber beeil dich. Und schütte mich nicht damit an, verstanden?«

Bill fischte eine Dollarnote aus der Tasche. Zum Glück hatte der Chinger vorhergesehen, daß sie hier Bargeld brauchen würden, und sie hatten die Taschen des toten Nazis durchsucht, bevor sie den Waggon verließen.

Der Dollarschein wies das Bild eines Mannes namens George von Washington auf, dessen schwarze Haare komisch geschnitten waren und der einen poststempelgroßen Schnurrbart trug.

Bill lief zu einer Bude und setzte bald einen Maßkrug Bier an die Lippen. Ein verdammt gutes Bier.

»Na also«, stellte Bgr fest. »Du hast deiner Sucht nachgegeben und dich an deinem widerlichen Getränk sattgetrunken. Können wir uns jetzt wieder an die Arbeit machen und das Universum retten?«

Bill, dessen Nerven jetzt wesentlich ruhiger waren, nickte. »Ja, klar. Aber ich wollte dich schon die ganze Zeit fragen, Bgr – warum tust du das? Warum hast du dich als Elliot Methandrine verkleidet? Und als Zeitpolizist? Und überhaupt, wieso stehst du auf meiner Seite?«

»Glaubst du nicht, Bill, daß wir Chinger wegen der Geschichte mit dem Zeitloch Böses ahnten? Es gibt keine Zeitpolizisten – für mich war es nur ein Vorwand, um der Boss zu sein. Und schließlich – auch wenn wir Chinger euren Kaiser und eure Rasse im allgemeinen hassen – diese Art von Zeitverbrechen muß abgestellt werden. Sie überfordern das gesamte Zeitgefüge des Universums, was gar nicht gut ist, glaub mir.«

Bill, dessen Kenntnisse sich auf Militär und Düngemitteln beschränkten – was oft genug das gleiche ist –, hatte keine Ahnung, wovon Bgr sprach. Aber er nickte glücklich und genoß das angenehme Gefühl, daß sein Bauch voll Bier war.

Bgr zeigte ihm, wo es einen Ausstellungsführer gab.

Bill blätterte im Führer und las den Inhalt.

Bier-Aussstellung.

Brezel-Ausstellung.

Stiefel-Ausstellung.

Spaß mit dem Führer.

Schnaps-Ausstellung.

Wiener-Schnitzel-und-Dackel-Ausstellung.

Ausländische Pavillons minderwertiger Rassen.

»Das ist es«, sagte Bgr. »Gehen wir.«

»Die Schnaps-Ausstellung sieht gut aus. Ich weiß sogar, was das Wort heißt. Wir könnten hier beginnen…«

»Halte den Mund«, lächelte Bgr. »Das Gefüge des Universums hat Vorrang.« Er steckte den Kopf aus der

Tasche und sah sich um. »Komm schon, dorthin. Laut dem Plan befindet er sich genau in dieser Reihe.«

Bill zuckte die Achseln und ließ sich zum britischen Pavillon dirigieren.

Dem britischen Empire ging es offenbar nicht gut, denn der Pavillon erwies sich als ziemlich baufällige Angelegenheit, die man lieblos und unbeholfen aus Teekisten und Sperrholz zusammengefügt hatte. Es gab keine Fotos, keine Ausstellungsmuster und keine Vorführungen. Nur ein ziemlich zerrissener Union Jack, der in einer Ecke ein Hakenkreuz aufwies, war an die Wand genagelt. Vor einer Projektionskabine, in der körnige Bilder von einem trägen Cricketspiel gezeigt wurden, stand eine Reihe klappriger Stühle. In einem dieser Stühle war Sir Dudley zusammengesunken und schlief tief und fest.

»Dudley!« sagte Bgr, der den Kopf wieder herausgestreckt hatte.

»Zweifellos«, erwiderte dieser sofort hellwach. »Aber wer sind Sie, wenn ich fragen darf?«

»Ich war einmal Elliot.«

»Ich muß sagen – Sie sind ziemlich geschrumpft.«

»Ja, gut, wir werden später darauf zurückkommen. Im Augenblick müssen Sie uns zu der Stelle in der Zeit bringen, an der wir diesen Wahnsinn beenden können.«

»Gern! Diese Welt ist wahrhaft kein Meisterstück, deshalb habe ich nichts dagegen. Doch wo befindet sich der Zeitnexus dieses Durcheinanders?«

»Meinen Berechnungen zufolge«, sagte Bgr, »kann es nur dadurch zu der von dieser besonderen Zeitlinie verursachten Veränderung gekommen sein, daß die gesamte Bloomsbury-Gruppe beschloß, geiles Porno zu schreiben, wodurch es zu einer seriösen Form der Literatur wurde. Bringen Sie uns in das England der Jahrhundertwende, Dudley. Nach London und Bloomsbury, zum Haus von Virginia Wolfe. Wir müssen die Angelegenheit mit ihr besprechen.«

»Ach, die liebe alte Heimat, es ist mir wirklich ein Vergnügen. Springen Sie bitte hinein.«

»Es ist soweit, Bill«, befahl Bgr. »Geh hin.«

Bill trat entschlossen in den Rachen des Zeitportals. Er bekam allmählich Übung.

»Moment – ich bin noch nicht ganz soweit.«

Bill versuchte stehenzubleiben, aber er war bereits über den Rand gestolpert.

Er stürzte schreiend in das Zeitloch.

Das einzige weitere Geräusch, das er hörte, war Bgrs zorniger Schrei, als er aus Bills Tasche fiel.

16

Bill stürzte.

Er war Grenzfall-Alkoholiker und daher natürlich schon früher gestürzt. Aber niemals so. Manchmal hatte er das Gefühl, daß er hinauffiel, manchmal hatte er das Gefühl, daß er hinunterfiel. Zeitweise fühlte es sich an, als fiele er nach Norden, Süden, Osten und Westen und allen sich daraus ergebenden Kombinationen. Er wurde von den wildesten vorstellbaren Stürmen über den Himmel geweht, der voller Wolken und unglaublicher Farben war. Pfeifende Musik und wirbelnde Gerüche hüllten ihn ein. Er hörte rings um sich im Doppler-Effekt Musik und Stimmen, als befände er sich in einem riesigen Radio, während ein Idiot den Kanalwähler wie verrückt über die Wellenbandanzeige wandern ließ.

Bill fiel sehr lange.

Er verlor einige Male das Bewußtsein, obwohl er es nicht merkte, denn hier schienen andere Regeln zu herrschen.

Farben, Farben, Farben.

Musik, Musik, Musik.

Stimmen, Stimmen, Stimmen.

Stimme: »Du da, ich sehe dich und ich spreche zu dir.«

Bill sah sich um, erblickte niemand anderen und begriff, daß die Stimme zu ihm sprach. Er merkte auch, daß er nicht mehr fiel, sondern auf einer Art Wolkenbank saß.

»Zu mir?« fragte er.

»Siehst du sonst jemanden, zu dem ich sprechen könnte?« fuhr ihn die Stimme an. »Was tust du hier?«

»Na ja, da war dieses Zeitportal und Bgr der Chinger sagte, daß wir zu jemandem zurückkehren müßten, um mit jemandem oder etwas zu sprechen. Und dann ...«

»Schon gut. Damit weiß ich, daß rings um dich das übliche Durcheinander herrscht.« Die Stimme klang überzeugend und irgendwie göttlich – wie die eines Admirals über die allgemeine Sprechanlage in einem Raumschiff mit Nachhall. Aus irgendeinem Grund fröstelte es Bill. Er sah sich beunruhigt um.

Soweit er sehen konnte, erstreckten sich in alle Richtungen Wolken. In der Ferne erblickte er durch Spalten in diesen Wolken Sterne. Aus einem Wolkenloch über ihm drang ein einzelner Lichtstrahl wie eine Feuersäule.

Das gefiel Bill nicht und er war sehr besorgt. »Würden Sie mich wissen lassen, Sir, wo ich mich …?«

»Halt den Mund!« befahl die Stimme. »Ich werde dir einen Witz erzählen, Bill, der dir vielleicht einen Hinweis gibt. Er folgt sofort.« Das Licht bebte geheimnisvoll. »Was tut ein agnostischer Schlafloser mit Lesestörung?«

»Hmmmm – der ist hart«, murmelte Bill.

»Streng dich an, Bill. Setze dein sogenanntes Gehirn ein.«

»Vielleicht tut er überhaupt nichts?«

»Du bist wirklich ein echter Idiot. Du solltest ›Ich weiß es nicht‹ sagen.«

Die Stimme war ein tiefer Baß. Die Wolken grollten und bebten, und Bill grollte und bebte mit ihnen. Die Situation wurde immer beunruhigender.

»Ich weiß es nicht«, stammelte Bill schließlich.

»So ist es besser. Jetzt bringe ich die Pointe.«

Bill wich zurück, weil er auf eine Faust gefaßt war, die aus dem Nichts kam. Es waren schon seltsamere Dinge geschehen.

»Ein agnostischer Schlafloser mit Lesestörung bleibt die ganze Nacht auf und fragt sich, ob jemand da ist.«

Die Wolken donnerten vor Lachen.

Bill hatte nicht die Bohne verstanden, doch er hielt es für besser, wenn er mitlachte.

»Ganz schön komisch, was, Bill?«

»Und ob, wau, ein Volltreffer.«

»Es tut mir leid, daß ich diesen Witz nicht selbst erfunden habe, Bill. Aber ich habe ihn dir aus einem bestimmten Grund erzählt. Im allgemeinen erscheine ich nicht vor den Menschen, deshalb versuche ich, wenn ich es tue, ein wenig indirekt zu sein.«

»O ja … das verstehe ich.« Bill hatte überhaupt nichts verstanden.

»Verstehst du denn nicht, Bill?« Die Stimme stöhnte verzweifelt. »Es ist jemand da.«

»Ich habe nie einen Helfer gehabt«, erwiderte Bill. »Aber ich hatte ein Robot-Maultier.«

»Es ist beinahe nicht zu glauben. Ich wette, daß du nicht gleichzeitig gehen und sprechen kannst. Muß ich es dir vorbuchstabieren? Muß ich einen Busch in Brand setzen oder dir Tafeln auf den Kopf schlagen, oder – Moment mal. Ich weiß …«

Bill hörte kaum zu. Er war wirklich durstig und konnte einen Drink vertragen. Er hatte noch immer keine Ahnung, wovon die unsichtbare Stimme sprach. Ein Bier – ein schön beschlagener, großer Krug Bier – er war von dieser Vorstellung besessen.

Zoroaster, sowas brauchte er dringend.

Plötzlich materialisierte mit einem leisen *Peng* ein Bierkrug vor ihm, genau wie er ihn sich vorgestellt hatte.

Bills Reflexe setzten ein, bevor seine Gedanken mitkamen. Er streckte die Hand aus, packte den Humpen und hatte ihn halb geleert, bevor ihm klar wurde, daß hier ein Wunder geschehen war.

»Der Trick ist gut – wie funktioniert er?«

Die Stimme schien sich vor Frust zu winden. »Darum geht es nicht, du Tölpel. Denk nach, mein Junge. Falls du es kannst. Denk an deinen vorhergehenden, unausgesprochenen Gedanken. Wessen Namen nanntest du eitel, als du dir das Bier wünschtest?«

Bill blinzelte. »Ich glaube, es war Zoroaster.« Er wandte sich wieder seinem Bier zu. Und dann verstand er.

Er spuckte Bierschaum aus.

»Zoroaster! Sind Sie das? Ich meine, entschuldigen Sie, Sir – das heißt, ich meine – Schluck – sind Sie wirklich da draußen? – Sie *existieren* wirklich!«

»Endlich hast du kapiert, Bill. Dein Gott spricht zu dir – weil du schlimm gewesen bist, nicht wahr? Trinken, immer hinter den Mädchen her – und sie fangen –, Chinger töten und Offiziere umbringen ... all das ist das genaue Gegenteil der Erziehung, die dir deine Kirche gab. Irre ich mich?«

Bills Eingeweide wurden zu Sülze. Alte Kinderängste und Erzählungen vom Höllenfeuer tauchten aus der Vergessenheit auf und nagten an ihm. Ihm fiel ein, daß er sehr, sehr lange nicht mehr an Zoroaster gedacht hatte – er war abtrünnig geworden. Natürlich gab es beim Militär Kapellen und solches Zeug, aber sie waren nur dazu da, um die Vorstellung vom Kaiser als menschgewordener Gott zu festigen und die Kommunionsoblaten mit Training-Verstärkungsdrogen zu würzen. Als Kind war Bill ein vorbildlicher Ministrant gewesen, der Stolz seiner Mutter und der führende Sopran im Kinderchor.

»Ich bin kein guter Zoroastrer gewesen«, stöhnte Bill mit reuevoll gebeugtem Kopf.

»Und was geschieht mit meinen abtrünnigen Kindern?« fragte die Stimme.

»Sie werden für tausend Jahre in einem Meer aus Feuer an einen Felsen geschmiedet.«

»Ich greife nach den Ketten, Bill.« Metall rasselte schrecklich, und Bills Herz rutschte in die Hose.

»Sagen Sie das nicht, nein! Sie meinen ... Sie meinen, daß ich tot bin?« Er fiel schrecklich stöhnend auf die Knie und hob die Hände zum Gebet. Unglücklicherweise vergaß er, daß der Bierkrug in seinen Händen noch halbvoll war, und durchnäßte sich.

Die Stimme schnalzte. »Du vergeudest das gute Bier, Bill!«

»Bitte! Bitte! Eine zweite Chance – mehr will ich nicht. Lassen Sie mich leben, und ich verspreche, ein besseres Leben zu führen, viel, viel besser als es bis jetzt der Fall war.«

»Das wäre sicherlich nicht schwierig. Aber du bist noch nicht ganz tot, Bill.«

»Wirklich?«

»Ja. Du bist sogar relativ gesund. Das mußt du sein, wenn man bedenkt, wie schlecht du dich selbst behandelt hast. Irgendwann bekommst du Zirrhose, das steht fest, aber die Leber eines anderen Sterblichen hätte man längst eingefroren.«

»Ich lebe!« Bill tanzte lachend herum. Dann hörte er unvermittelt auf. »Aber wenn ich nicht tot bin – wo bin ich dann?«

»Das ist ein bißchen schwierig zu erklären, Bill, vor allem jemandem mit deiner Aufmerksamkeitsspanne. Hast du jemals auf dem Holo-Gerät auf die Taste ›Pause‹ gedrückt?«

»Klar. Ich hatte eine gute technische Ausbildung.«

»Die hattest du bestimmt, wenn du etwas so Kompliziertes schaffst.« Die körperlose Stimme klang leicht sarkastisch. »Sagen wir einfach, daß wir genau das getan haben. Sagen wir, daß ich mit dir sprechen wollte.«

Bill nickte schuldbewußt. »Das kann ich dank Ihrer Güte und Weisheit verstehen, o mächtiger Zoroaster. Ich lausche. Wirklich genau. Sie wollen, daß ich aufhöre zu trinken? Ich höre auf. Sie wollen, daß ich aufhöre zu fluchen? Ich höre für immer auf, ›Bowb‹ zu sagen. Ich werde wieder zur Kirche gehen. Aber keine Felsen! Keine Ketten.«

»Davor brauchst du dich nicht zu fürchten – das ist nicht meine Art. Es ist eine Masche, die irgendwelche Priester erfanden, um die Bauern in Reih und Glied zu halten. Nur ein Mythos, Bill. Jedenfalls bin ich nicht hier, um dir zu drohen. Ich nehme an, daß du dich für die Möglichkeit, gerettet und erlöst zu werden und den doppelten Wert für deine immerwährende Gebetesammlung zu erhalten, interessieren würdest.«

Bill nickte eifrig. »Was immer Sie sagen, Mr. Z.«

»Ich habe dich aus einem größeren Schlamassel herausgeholt, während du durch den Stoff zwischen Zeit und Raum tauchtest und ich dich leicht erreichen konnte. Für gewöhnlich kümmere ich mich nicht um die Angelegenheiten der Sterblichen, aber die Angelegenheit, in die du verwickelt bist, ist sehr wichtig. Deshalb benützte ich diese Gelegenheit, um kurz mit dir zu sprechen.«

»Es ist mir ein Vergnügen, o mächtiger Zoroaster.«

»So ist's richtig, Bill. Am ehesten heiterst du einen Gott auf, indem du unterwürfig bist und dich krümmst. Ich selbst halte mich für eine sehr nachsichtige Gottheit, soweit man das von Gottheiten sagen kann. Ich bin nicht rachsüchtig und erbarmungslos wie mein Bruder Jahwe – oder wie Allah, der Hände abschlägt und so weiter. Meine Philosophie in bezug auf die allgemeine Schöpfung war immer – Hände weg! Freier Wille. Solches Zeug. Das Schlamassel, in das sich die Menschheit gebracht hat, ist zum Großteil ihr eigener Fehler, richtig?«

»Richtig. Sprechen Sie nur weiter, Sir.«

»Krieg, Mord, Beamte, Kindesmord sind schwer zu übersehen. Doch ich tue mein Bestes.«

»Aber Chinger töten ist gut, nicht wahr, Sir? Ich werde jede Menge Chinger töten. Ich werde sogar Bgr abknallen, wenn Sie es wollen!«

»Eigentlich hatte ich nicht gerade das im Sinn. Und zwar vor allem deshalb, weil die Chinger wesentlich bessere Geschöpfe sind als ihr Menschen. Manchmal denke ich, daß ich deine Prototypen auf den Kopf fallen ließ oder sowas. Nein, Bill, keine toten Chinger.«

»Die geilen Porno Comics müssen verschwinden.«

»Nicht, wenn es nach mir geht. Gute Unterhaltung.

Sie werden mir fehlen – aber du bist nahe dran. Ich nehme an, sie sind gut für die Eier. Danke, mein Junge, daß du mich darauf aufmerksam gemacht hast. Vielleicht bist du doch klüger, als ich gedacht habe. Nein, Bill, es sind bestimmt nicht die geilen Pornos. Es sind die Nazis.«

»Die Nazis.«

»Ja. Die Nazis. Von wegen Auswüchsen. Man muß sie aufhalten, sonst erobern sie das Universum. Ich spüre bereits, daß sie mir im Nacken sitzen.«

»Aber …«

»Gute Frage, Bill. Warum sollten sie Mich stören? Das werde ich dir sagen. Das Ganze ist eigentlich Meine Schuld. Wenn ein Gott sich schuldig fühlen könnte, würde ich mich sogar so fühlen. Ich habe für eine neue Welt, die ich entwerfe, ein Stew aus Moral und sauberem Leben zusammengebraut, es in der Sonne stehengelassen, und es wurde sauer. Ich warf es ohne zu überlegen weg. Unglücklicherweise traf die verfaulende Masse die Erde, und zwar größtenteils ein Deutschland genanntes Land, und damit war es geschehen. Muß ich weitersprechen?«

Bill blinzelte. »Was geschah dann?«

Darauf folgte ein himmlischer Seufzer. »Offensichtlich muß ich weitersprechen. Muß ich dir alles erklären? Anscheinend ja. Die Fäulnis breitete sich aus und wir hatten die Nazis. Stell dir das vor! Nazis, die eine sogar noch niedrigere Lebensform als Anwälte, Kaiser oder Leutnants sind.«

»Was habe ich also zu tun, Zoroaster?«

»Einfach. Bekämpfe den Nazismus. Laut meinen geheimen Quellen stehen sie hinter der Zeit-Panne. Zermalme sie, Bill, du hast meine Erlaubnis und meine Anweisungen, tu das, und mein Licht wird auf dich scheinen.«

»Ich werde es tun, großer Zoroaster. Meine gesamte Trooperausbildung wird auf die Probe gestellt. Aber ich werde es tun. Wenn Sie mir jetzt noch sagen, wo die Nazis sind und mich mit ihnen in Berührung bringen, wäre das Transportproblem einfacher.«

»So gern ich es täte, Bill, und ich möchte es wirklich tun – es gibt ein Problem mit dem Nachrichtendienst. Ich gebe es ungern zu, aber ich weiß wirklich nicht genau, was vor sich geht. Anscheinend hat eine andere Gottheit diesen Faden deines Lebens in der Hand, und macht mit dir hemmungslos wilde Kreuzstiche …«

»Aber … aber …«, stotterte Bill.

»Ich weiß, Bill, das tut weh. Ich bin zwar unsterblich, aber nicht allmächtig. Du bist also auf dich selbst gestellt – obwohl dich natürlich meine besten Wünsche begleiten. Also – hol sie dir, Tiger.«

Dann teilten sich die Wolken unter Bills Füßen, und er fiel wieder einmal in totale Verwirrung.

17

Totale Verwirrung auf Pilgerwelt war eine kleine Stadt für Zwei-Raketen-Schiffe gleich neben Nirgendwo und im galaktischen Süden von Irgendwo. Die Kolonisten kannten sie und machten hier Station, um sich über die Heimsuchungen und Widerwärtigkeiten zu informieren, auf die sie auf den von ihnen gewählten Welten gefaßt sein mußten, und um vielleicht ihre Kehlköpfe mit dem berühmten selbstgebrannten Alkohol zu schmieren. Eine Theorie besagte, daß man, wenn man Pilgerwelts schwarzgebrannten Alkohol überlebte, mit allen Schwierigkeiten auf jedem öden intergalaktischen Felsen, für den man sich auf Gedeih und Verderb entschieden hatte, fertigwurde.

Bill kam in der Luft über einem Gehsteig in Totale Verwirrung zu sich, als wäre er sozusagen aus den Federn der Zeit gefallen. Es war ein wirklich harter Zementgehsteig, und Bill hatte etwa zwei Meter oberhalb von ihm materialisiert. Er stürzte weiter und schlug hart auf, doch da er ein erfahrener Trooper war, verwandelte er den Sturz in eine Schulterrolle, die den Aufprall größtenteils kompensierte. Er stand auf und klopfte sich ab. Dann sah er sich leise fluchend um. Nichts Besonderes.

Der Himmel war grün.

Auf dem grünen Himmel standen zwei – nein, drei Sonnen.

Einige der Passanten waren nicht menschlich. Doch sie kümmerten sich nicht um ihn und verhielten sich, als wären vom Himmel fallende galaktische Trooper etwas Alltägliches.

Aus den konischen Spitzen der Gebäude wuchsen riesige Blumen. In der Luft lag süßsaure Musik wie Haaröl und Essig. In der Ferne landete eine Rakete auf einer Feuersäule.

»Hmmm«, sagte Bill. »Ich möchte wissen, in welchem

Teil der Erdgeschichte ich mich jetzt befinde.« Er sah sich um. »Ein sonderbarer Teil, das steht fest.«

Ein alter Mann kam die Straße herunter. »Hören Sie, Pops«, wandte sich Bill an ihn, »können Sie mir sagen, in welcher Ära der Erdgeschichte ich mich befinde?«

»Bist du betrunken oder sowas, Söhnchen?«

»Nein, ich möchte es nur gern sein. Es ist doch eine einfache Frage, oder?«

»Nein. Weil du nicht auf der Erde bist, Söhnchen.« Der alte Mann spuckte Tabaksaft aus. Es war ein großes Ziel, aber der Mann schaffte es, die Straße zu verfehlen und statt dessen Bills Stiefel zu erwischen. »Du bist hier in Totale Verwirrung.«

»Die Geschichte meines Lebens«, murmelte Bill und betrachtete den braunen Fleck.

»Aber wohin du auch gehst, Sonny-Boy, du wirst nicht auf der Erde sein. Weil dies hier Pilgerwelt ist. Das Jahr unseres abscheulichen Kaisers, Sternendatum 234152.«

Bill blinzelte. »Das ist ungefähr ein Jahr, bevor ich zur Welt kam. Aber das hier ist ein ganz anderer Teil der Galaxis als Phigerinadon II.«

»Du sprichst, als hättest du sie nicht alle beisammen. Kriegsverletzung?«

Bill kratzte sich am Kopf. Man hatte ihn durch Zeit und Raum an einen vollkommen neuen Ort katapultiert. Warum? Es ergab keinen Sinn. Aber – was in seinem Leben hatte in letzter Zeit wirklich einen Sinn ergeben? Natürlich mit Ausnahme einer gleichbleibenden, verläßlichen Realität.

»Kriegsverletzung stimmt«, antwortete Bill. »Nur noch eine Frage – eine wirklich leichte. Gibt es in der Gegend eine Bar?«

»Ja, allerdings. Gleich um die Ecke befindet sich in der Äußerster Nihilismus-Straße Sallys Saloon. Sag ihnen, daß Willie-Boy dich geschickt hat.«

»Danke, Willie-Boy.« Bill winkte dem alten Kauz zu und humpelte zu dem Saloon.

»Verdammt, ich bin nicht Willie-Boy«, fuhr ihn der alte Mann an, während er weiterwankte.

Aber Bill hörte ihn nicht. In seinem Kopf tanzten Visionen von Bierflaschen.

Bill bog um die Ecke mit dem Schild ›Äußerster Nihilismus‹ und erblickte sofort das vielsagende Neonschild, das SALLYS SALOON rief. Er brauchte ein paar Drinks, um sich zu überlegen, wie er nach Barworld gelangen, das Universum vor den Hippies aus Hellworld retten, der Bedrohung durch die Nazis ein Ende setzen konnte und so weiter. Er betrat die Bar, die seinem Geschmack entsprach – dunkel, feucht und nach schalem Bier und ausgedrückten Zigarettenkippen riechend. Er schnappte sich direkt vor dem gelangweilt dreinschauenden Barkeeper, dessen Arme die Größe von Aldebaran-Schinken hatten, einen Hocker.

»Mich hat Willie-Boy geschickt«, erklärte Bill.

Der Barkeeper verpaßte ihm sofort einen Faustschlag ins Gesicht.

Als Bill es endlich schaffte, wieder auf den Barhocker zu klettern, hatte er die Hand zur Faust geballt und zurückgenommen, um den Schlag zurückzugeben.

Vor ihm stand das größte Schnapsglas, das er je gesehen hatte. Es war mit einer bernsteinfarbenen Flüssigkeit gefüllt, die nur Whisky sein konnte, und daneben stand ein großes Glas Faßbier.

»Was?« murmelte Bill, dessen Kopf vor Verwirrung wirbelte.

»Der Code für einen Streich«, erklärte der Barkeeper. »So begrüßen wir auf Pilgerwelt alle Neuankömmlinge. Es ist eine Grenzstadt, Freundchen. Wir sind rauh, aber wir haben auch goldene Herzen. Genießen Sie Ihre Gratis-Drinks.«

Er mußte Bill nicht zweimal auffordern. Der Whisky war scheußlich, aber alkoholisch, das Bier fad, aber kalt. Zum Teufel, hier war die Grenze. Während er trank und in den Spiegel hinter der Bar blickte, sah er Elliot Methadrine hereinkommen. Dieser zog lächelnd einen Barhocker neben den entsetzten Bill.

»Barkeeper, ich nehme das gleiche wie mein Freund. Und sagen Sie ihm, er soll den Mund zumachen, bevor er einige Fliegen schluckt.«

»Ergl!« rief Bill und klappte den Mund zu. »Du bist doch tot, in der U-Bahn erschossen worden.«

»Du spielst schon zu lang den Dummen, Bill. Hast du Sir Dudley, das Zeitportal, vergessen? Er brachte mich in die Fabrik, die die alten Körper erzeugt hat, und sie fertigten einen neuen an. Er wartet draußen und sagt, wir sollen austrinken, weil wir uns auf den Weg machen müssen.«

»Wohin?«

»Ich bin froh, daß du fragst.« Er zog eine Sonnenbrille aus der Tasche und setzte sie auf. »Gefällt dir die Brille? Wir brauchen sie dort, wo wir als nächstes hingehen«.

»Verrate es mir nicht. Wir suchen einen wirklich hellen Planeten auf.«

»Nein«, widersprach Elliot-Chinger. »Die Erde hat sogar einen sehr niedrigen IQ. Dorthin müssen wir – auf die Erde. Hollywood, Kalifornien, Bill. Zwanzigstes Jahrhundert. Wir besuchen einen Filmproduzenten namens Slimeball Sid. Er besitzt eine eigene Filmproduktionsgesellschaft.«

Sie tranken aus, winkten dem Barkeeper zu – der zurückknurrte – und verließen das Lokal.

»Es tut gut, Sie wiederzusehen«, sagte Sir Dudley. »Diesmal habe ich die Koordinaten richtig berechnet. Gehen wir?«

Sir D. hatte es ausnahmsweise erraten. Ihre Füße prallten auf einem teppichbelegten Boden auf, und vor ihnen befand sich eine Glastür mit der Inschrift ESS-ESS PRODUCTIONS. Elliot öffnete sie und marschierte hinein.

»Haben Sie eine Verabredung?« gähnte die Empfangsdame und feilte einen Stilett-Fingernagel zu einer scharfen Spitze.

»Ich brauche keine. Ich bin Elliot Methadrine.«

»Rufen Sie zuerst an, kommen Sie dann zurück, verschwinden Sie.«

»Der gleiche Elliot Methadrine, der Ihrem Brötchengeber einen Scheck über fünfhunderttausend Dollar geschickt hat.«

Ihr Stuhl krachte auf den Boden, während sie sich nach vorn schleuderte und ihm beide Hände küßte. »Hinein! Er wartet. Es wird ein wunderbarer Film werden. Wenn Sie so freundlich wären, Platz zu nehmen, werde ich Mr. Sids derzeitige Gesprächspartner entfernen und Sie hineinführen.«

Die Empfangsdame lief auf den Stilett-Absätzen durch den Korridor und schwang dabei ihr Hinterteil äußerst attraktiv. Bill beobachtete sie, bis sie außer Sicht war, dann ließ er sich in einen Stuhl fallen. Das viele Herumlaufen machte ganz schön müde.

»Worum geht es bei dem Film und was ist aus den Zeit-Nazis geworden?« fragte Bill. »Und was ist mit unserem Auftrag?«

»Nachdem wir dich verloren hatten, fiel mir die Lösung ein«, erwiderte Elliot-Bgr. »Wir hatten jede Menge Zeit. Das heißt, mir stand ein tragbares Zeitportal zur Verfügung. Wir konnten aus der Zukunft in unserem Tempo mit den Zeit-Nazis verhandeln. Ich ging zurück, vernichtete die Pläne der Bloomsbury-Schriftsteller und brachte sie von den geilen Pornos ab, die sie produzierten.«

»Wie hast du das geschafft?« wollte Bill wissen.

»Es wäre einmalig schwierig, es dir zu erklären, da ich bezweifle, daß du jemals von Bloomsbury gehört hast. Am schwierigsten war es, das Manuskript zu lesen, das sie produzierten, bevor sie infolge des Zeitwechsels geiles Porno schrieben. Ich nützte ihre Schwäche für Benebelung und Sichgehenlassen aus.

Dann jubelte ich ihnen Material über den Dekonstruktivismus unter, und sie stürzten sich darauf.«

»War nicht ein Gott daran beteiligt, der ihnen weiterhalf?«

»Hast du etwas geraucht, wovon ich nichts weiß? Aber ich fand im Göttlichen Netz etwas darüber. Eine knarrende alte Gottheit namens Zoroaster schnüffelte überall herum. Wir haben ihn vertrieben. Mach dir seinetwegen keine Sorgen.«

»Ich bin froh, daß die Nazis fort sind – was soll dann das Gerede um einen Film?« Bill räkelte sich träge auf der Couch.

»Das ist einfach.« Die fremde, als Elliot verkleidete Eidechse ging auf dem braunroten Teppich auf und ab. »Du weißt doch, Bill, wie lange ich versucht habe, die Menschen davon abzubringen, daß sie mit uns Chingern Krieg führen, richtig?«

»Vermutlich hast du es getan. Aber du kannst uns nicht die Schuld zuschieben. Ihr seid heidnische fremde Ungeheuer!«

»Ich wundere mich über dich, Bill«, schniefte Elliot-Bgr, der eine Träne im Augenwinkel hatte. »Nach allem, was wir durchgemacht haben. Nach allem, was ich dir von Frieden und keinen Kriegen mehr erzählt habe. Schäm dich!«

»Okay, ich habe es vergessen. Wahrscheinlich hat nur die Trooper-Gehirnwäsche aus mir gesprochen. Ich sollte mehr von dir halten, denn du hast mir erst vor kurzem in der U-Bahn das Leben gerettet.«

Elliot nickte. »Das klingt schon besser. Ich halte sehr viel von dir, Bill. Mir ist sogar aufgefallen, daß du ideal in meinen Plan paßt.«

»Deinen Plan? Ach ja, die Sache mit dem Filmstar. Richtig.«

»Stell dir doch vor, Bill. Mit der entsprechenden Technologie und einem Zeitportal wie Sir Dudley kann ich die Wahrheit filmen. Ich werde den Film *Der Menschen-*

Chinger-Krieg nennen, und du wirst die Hauptrolle spielen. Ich könnte ihn sogar nach dir benennen: *Bill, der galaktische Held*. Er wird euch Menschen als die verrückten Kriegshetzer und Mörder zeigen, die ihr seid – und er wird auf der Erde Millionen einspielen. Und außerdem wird die Produktion so gut wie nichts kosten. Alle Spezialeffekte, das Blut und die Dramen und der Tod werden real sein. Ich habe hier eine Super-CD mit kilometerlangen echten Aufzeichnungen von echten Schlachten im Weltraum. Eine Art Dokumentation, Bill. Und du wirst der Star sein. Du wirst nie mehr Raumschiff-Trooper sein müssen. Du wirst genügend Geld verdienen, um einen ganzen Planeten zu kaufen.«

»Barworld?« flüsterte Bill hoffnungsvoll.

»Wenn du das willst, dann bekommst du es. Klingt gut, was?«

»Klingt unglaublich fabelhaft«, stellte ein rundlicher Mann mit einer großen Zigarre im Mund fest, der zur Tür hereinkam. »Macht mit, und ihr seid nicht nur reich, sondern auch berühmt. Ich bin Sid.«

18

Der Minivan glitt durch den Haupteingang von SIDSLI PRODUCTIONS und hielt vor der Tür zur Bühne 3.

»Wir sind da.« Sid schwenkte seine Zigarre in die Richtung der Tonbühne. »Wir haben gestern die Arbeit an einem unglaublich intellektuellen – aber dennoch emotionellen, ihr wißt ja, für die Damen – Knüller von Film mit dem zurückhaltenden Titel *Grünes Schleimgeschöpf aus dem Marsabgrund* abgeschlossen. Die Szenenaufbauten sind da, Ihr Hauptdarsteller ist da, der Scheck liegt in der Bank – also laßt die Kameras rollen.«

Er führte sie durch die Doppeltür des Eingangs in einen riesigen, verdunkelten Raum. Einige Flutlichter wurden laut klappernd eingeschaltet, und Sid erklärte stolz:

»Ist das nicht schön? Dieser Szenenaufbau hat eine Menge gekostet, aber Sid macht nichts auf die billige Tour!«

»Vor allem mit meinem Geld!« bemerkte Elliot-Bgr gewandt.

»Das haben Sie gesagt – nicht ich. Qualität muß bezahlt werden. Und *das* ist Qualität.«

»Sieht meiner Meinung nach beschissen aus«, murmelte Bill.

»Ihr Hauptdarsteller sieht nicht nur gut aus und kann sich gut ausdrücken, sondern er hat auch Sinn für Humor.« Sid sah Bill drohend an und drückte seine Zigarre aus – dann lächelte er schief und sah dabei einem Hai sehr ähnlich. Das war er in diesem Schwarm bedauernswerter Fische tatsächlich.

Der Szenenaufbau war ein Konglomerat aus allen unklaren Ideen aller Schwachköpfe, die beschlosssen hatten, einen schlechten Science Fiction-Film zu machen. Von denen es Legionen gibt. Funkenstrecken, Vandegraaf Generatoren, unmögliche Maschinen, Griffe groß wie Weichenhebel auf elektrischen Schalttafeln. Die restlichen Spitzenprodukte beschreibe ich lieber nicht.

»Zuerst der Bildschirmtest«, sagte Sid. »Bringen wir Bil hier hinauf ...«

»Ich heiße Bill, mit zwei L.«

»Entschuldigen Sie. Ein sensibler Schauspieler, das mag ich. Eben hat er noch Leidenschaft vermittelt, im nächsten Augenblick ist es Mitgefühl. Mein Herz schlägt für Sie, Billl! Ihre Karriere beginnt – und bald wird Ihr Stern auf den Firmamenten von Filmen leuchten, die alle übrigen Nebel und Sterne und Asteroide übertreffen.«

»Ihre Astronomie ist auch nicht besonders gut«, tadelte Bill streng. »Aber ich werde Sie einiges über die Sterne und auch über das Leben und den Krieg lehren.«

Bill ließ sich von seinen eigenen Worten mitreißen, stolzierte auf der Bühne herum, zog den Bauch ein, streckte die Brust heraus und sah nicht die Menschen vor sich, sondern seine künftige Karriere als Schauspieler. Nicht nur als Schauspieler, sondern als STAR.

»Kamera! Ton. Schaltet noch ein paar Jupiterlampen dazu, damit ich das Glitzern in seinen Augen sehen kann«, befahl Sid. »So ist's richtig. Rechts bereit – links bereit – schießt los!«

Es war ausschließlich langweilig und trübselig, und nur Bill und Bgr genossen es; der eine träumte von Schauspielerruhm, der andere von der Rettung seines Volks. Sir Dudley knirschte verzweifelt mit den Zeit-Zähnen und schlief sofort ein. Sid fiel es schwer, durch den Nebel von Dollarzeichen, die sich in seinen Augen spiegelten, überhaupt etwas zu sehen. Die Kulissenschieber, Elektriker, Tischler und alle übrigen sahen eine Zeitlang zu, weil es die schlechteste schauspielerische Leistung war, die sie je gesehen hatten. Was tief blicken ließ. Aber bald waren auch sie eingeschlafen, und der Kameramann, der gezwungen war, wenigstens ein bißchen wach zu bleiben, verfluchte sie stumm.

Kein Klischee schlechter Schauspielkunst fiel unter den Tisch. Jeder verstaubte SF-Gag wurde ausgegraben, jeder Funke Kreativität wurde im Keim erstickt.

»Nimm das – und das – du dreckige, kriechende, fremde Lebensform!« schäumte Bill durch die speichelglänzenden Lippen.

»Sid – ich muß mit dir sprechen!«

»Schnitt!« Jetzt schrie und schäumte auch Sid. »Wer ist das? Was ist los? Das rote Licht war an, wir drehen ein Meisterwerk und ihr kommt einfach herein.« Er beschattete seine Augen vor dem Licht und erkannte zwei näherkommende Gestalten.

»Dich kenne ich! Du bist Bluto, mein Fahrer und Leibwächter. Du solltest klug genug sein, so etwas nicht zu tun. Und wenn du es nicht weißt, dann weißt *du* es, Sheldon Fastbuck, mein lebenslanger Freund und Buchhalter.«

»Ich tue es, weil ich weiß.« Sheldons Stimme klang düster. »Weil ich die Preise von Filmmaterial, Kameras, Gewerkschaftskameraleuten ...«

»Sag ja keinen bösartigen Scheißdreck über die Gewerkschaft!« rief der Kameramann.

»Ich bitte um Entschuldigung. Ich bin aufgeregt«, stöhnte Sheldon. »Ich liebe die Gewerkschaften – mein Sohn ist ein Organisator für Dockarbeiter – aber ich mußte Sid die herzzerreißende Nachricht sofort überbringen.«

»Meine geliebte Mutter in Miami ...«, kreischte Sid verzweifelt.

»Ist bei bester Gesundheit. Genau wie deine liebe Schwester und dein Vater im Gefängnis. Ich komme nicht wegen eurer Gesundheit, sondern wegen etwas Wichtigerem. Ich komme wegen – der Bank.«

Es wurde still. Im Raum wurde es kalt. Sid schnappte nach Luft und trat zurück. »Was ist mit der Bank?« keuchte er heiser.

»Die Bank rief an ...«

»Erzähl es mir!«

»Sie rief wegen eines Schecks an.«

»Schone mich nicht – einem kleinen Scheck?«

»Einem großen Scheck. Dem Scheck, den dieser Schweinehund dir gegeben hat. Es war – ein ungedeckter Scheck!«

»Er ist geplatzt!!« schrie Sid.

»Bis zum Mond.«

Jetzt war Sids Stimme kalt wie der Tod. Er drehte sich um und deutete grausam mit dem Zeigefinger. »Bluto – *töte!* Dieses Ungeziefer – raus!«

Obwohl Bluto groß und schwer war, funktionierte er wie ein geölter Blitz. Noch während das Wort *Raus* von den Dachbalken widerhallte, hatte er Elliot-Bgr am Hosenboden gepackt und schleuderte ihn durch den Notausgang.

»Moment!« Sir Dudley schreckte hoch. »Hören Sie auf – das können Sie nicht tun.«

»Bluto es schon gemacht hat – misch dich nicht ein«, grinste Bluto und packte Bill noch während er sprach. Bill wehrte sich vergeblich gegen den stählernen Griff. Sir D trat vor, um sich zu beschweren, während Bluto Bill schwungvoll nach hinten zog und dann zur Tür warf.

Doch Sir Dudley stand ihm im Weg. Er wich zurück, aber zu spät.

Bill flog durch das Zeitportal in die unerforschten Einöden der spiralförmigen Zeit.

19

Als Bill aufwachte, fiel ihm sofort zweierlei auf.

Erstens hatte er keine Kopfschmerzen.

Zweitens war er eiskalt nüchtern.

Beide Tatsachen waren bemerkenswert. Körperlich fühlte er sich gut, er war ausgeruht und fit. Er war in Höchstform, wie seinerzeit auf Phigerinadon II an einem Feiertag, wenn er wirklich ausgeschlafen war. Er wäre beinahe liegengeblieben und hätte das gute Gefühl genossen, wenn ihm nicht plötzlich unmißverständlich klar geworden wäre, daß er keine Ahnung hatte, wo zum Teufel er sich befand!

Er öffnete die Augen.

Oberhalb von ihm glänzte eine Metalldecke aus zusammengenieteten Platten. Hinter ihm klingelte es gedämpft; er sah dorthin und entdeckte eine Art Armaturenbrett mit digitalen Anzeigen und Skalen.

Leise Schritte tappten auf ihn zu.

»Na also, Sie sind wach«, sagte eine klare, deutliche Stimme. »Wie fühlen wir uns heute?«

»Okay«, antwortete Bill mißtrauisch und unverbindlich. Er blickte zum Sprecher auf, einem unauffälligen Mann im Arztkittel mit kurzgeschnittenen Haaren und einem gleichgültigen, knochigen Gesicht. Er hatte einen Notizblock bei sich, den er jetzt zu Rate zog.

»Also, Junge, wer immer Sie sind, innerlich sahen Sie gräßlich aus. Wir bezeichnen es als Trooper-Bauch. So etwas können wir nicht dulden, nein, Sir. Deshalb haben wir Sie chemisch gereinigt. Sie sind körperlich nicht mehr alkoholabhängig. Ihre Leber befindet sich zwar in keinem großartigen Zustand, aber wir hatten keine andere bei der Hand, also müssen Sie sich damit begnügen. Für Sie gibt es den Alkohol nicht mehr. Das ist in Ordnung, denn dort, wo man Sie hinschickt, werden Sie kaum welchen bekommen.«

»Wohin schickt man mich?« Bill setzte sich auf. Im Raum herrschte der verräterische Geruch eines Krankenreviers.

»Aus dem Krankenhaus werden die Trooper für gewöhnlich nach Deathworld 69 geschickt. Und Sie sind ein Trooper. Das wissen wir. Wer sonst würde in einem Faß gezogene, chirurgisch implantierte Hauer, zwei rechte Arme und einen Metallfuß besitzen? Sie gehören mit Körper und Seele zu uns. Doch da stellt sich die Frage, wer Sie sind.«

»Trooper Bill. Das bin ich. Ich bin dem Galaktischen Ermittlungsbüro zugeteilt. Welches Jahr haben wir?« Bill war nicht gewohnt, klar zu denken und zu sprechen, aber in dieser merkwürdigen Situation war es sicherlich nützlich.

»9435.24 Galaktischer Standard«, antwortete der Arzt.

»Das war vor etwa zwei Jahren.«

Der andere sah ihn erstaunt an. »Vor zwei Jahren? Ich verstehe Sie nicht.«

»Vor zwei Jahren bin ich in der Zeit zurückgereist. Wie gesagt arbeite ich heimlich für das GBI.«

»Ich wiederhole, Trooper. Wer sind Sie?«

»Bill. Trooper Bill.«

»Ja. Das sollen wir aufgrund Ihrer Netzhautmuster und Ihrer Fingerabdrücke glauben. Doch wir haben in den Aufzeichnungen nachgesehen. Trooper Bill erholt sich jetzt von einer Fußoperation. Weil wir darauf gefaßt waren, daß Sie aufwachen, haben wir ihn ins Ultra-Licht-Hochgeschwindigkeits-Raum-Übertragungs-Fernsehen geholt.« Der Doktor schnippte mit den Fingern. Zwei Sanitäter schoben einen Fernsehapparat ans Bett. Der Arzt schaltete ihn ein.

Das Bild zeigte eine Bar, an der ein Mann vor einem Drink saß, und Bill erkannte ihn sofort: es war eindeutig er selbst.

»Entschuldigen Sie«, sagte der Arzt zum Bildschirm. »Entschuldigen Sie, Trooper.«

Der Mann an der Bar blinzelte, gähnte und blickte dann trübe zur TV-Kamera, also zu ihnen. »Waschisch?« fragte er mühsam.

»Wie heißen Sie, Trooper?«

»Bill. Trooper Bill. Mit schwei L, das vergeschen Sie nich, Bowbkopf…«

»Doktor Bowbkopf! Ich meine, Doktor Magnus Fraud! Intergalaktisches Medizinisches Korps. Nehmen Sie Haltung an, halten Sie den Mund und hören Sie zu. Wir haben ein kleines Problem, Trooper Bill. Wir haben hier einen Trooper, der behauptet, daß er Trooper Bill ist. Wir haben gedacht, daß Sie uns helfen können.«

»Was?« fragte der Mann an der Bar, der sichtlich bemüht war zu verstehen, was geschah. »Ich bin *hier*.«

»Erkennen Sie den Mann neben mir?«

Der Mann an der Bar schüttelte den Kopf, um sich zu konzentrieren, blinzelte ein paarmal und griff dann nach seinem Bier. »Den hab ich noch nie gesehen. Schu häschlich, um ich schu sein.« Er leerte das Glas.

Bill war entsetzt. »He, hör mal, du besoffener Idiot. Ich bin es. Erkennst du mich nicht?«

»Kommt nich in Frage«, erklärte die jüngere Ausgabe von Bill. »Du siehst ein wenig aus wie ich. Aber ich bin hier, du bist dort. Wiedersehen.«

»Sind Sie jemals geklont worden, Trooper Bill?« fragte der Arzt den Bildschirm.

»Nicht daß ich wüßte.«

»Ich verstehe. Als wir diesen Mann fanden, war er bewußtlos, weil er wahrscheinlich auf dem Kopf gelandet war – und wir wissen nicht, woher er kam. Sind Sie sicher, daß Sie uns nicht helfen können?«

»Nein. Aber wenn Sie beschließen, ihn auseinanderzunehmen, möchte ich einen seiner Füße haben.«

»Ich habe genauso Schwierigkeiten mit meinen Füßen wie du, du Idiot!« erklärte Bill der Erste. »Schau her! Der ist auf Veneria abgeschossen worden. Erinnerst du dich?«

»He, Veneria. Das ist etwas. Dort ist auch meiner abgeschossen worden.«

»Natürlich – weil du ich bist. Nur vor zwei Jahren. Ich meine, ich bin du – vor zwei Jahren. Ich bin Zeitreisender.«

»Ja? Laß dir was anderes einfallen.«

Es gab plötzlich ein Übertragungsproblem. Bill hob den Finger, als wolle er etwas sagen …

… und kippte auf seinem Barhocker nach hinten und fiel bewußtlos auf den Boden.

»Okay. Das ist genug, mehr als genug«, sagte der Arzt. »Er hat Sie nicht erkannt. Sie müssen ein Betrüger sein. Sie sind allerdings sehr menschlich.«

Er wollte den Fernsehapparat abschalten.

»Nein, warten Sie! Bill!« rief Bill. »Wach auf, Bill. Du bist meine einzige Hoffnung. Ich will nicht nach Deathworld 69, Bill.« Die einzige Antwort war Schnarchen.

»Das war's«, sagte der Arzt und schaltete den Apparat ab. »Wir vergeuden die Zeit. Sie kommen nach Deathworld 69.« Der Arzt nickte den Sanitätern zu, die den auf Abwege geratenen, nicht identifizierten Trooper in Gewahrsam nahmen.

»Nehmt dieses Kanonenfutter und legt es in Ketten, Jungs. Er wird seine Pflicht dem Kaiser gegenüber erfüllen – und wahrscheinlich dabei eines schrecklichen Todes sterben.«

Bill wehrte sich vergeblich. Die Sanitäter schleppten ihn umgehend fort.

»Übrigens, Trooper Nicht-Bill«, sagte der Arzt und drohte ihm mit dem Finger. »Denken Sie daran. Keinen Alkohol mehr. Er schadet Ihrer Gesundheit.«

Die MPs packten ihn schadenfroh, und obwohl er schreiend um sich schlug, beförderten sie ihn auf das Todesschiff, für das er bestimmt war, und ketteten ihn auf einer naßkalten, schrecklichen Ebene sicher an. Erst jetzt erinnerte sich Bill endlich an das Armband, das ihm Bgr und Sir Dudley gegeben hatten.

Er wälzte sich auf dem Strohlager, auf das sie ihn geworfen hatten, stöhnend herum und untersuchte sein Handgelenk. Das Armband war tatsächlich da. Aber wo waren seine Zeit/Raum Gefährten, die ihm versprochen hatten, zu kommen und ihn zu holen, wenn er auf Abwege geriet?

Dann erinnerte er sich.

Bgr hatte gesagt, daß dieses Ding bei Undurchdringlichkeit nicht funktionierte – und er hatte sich die ganze Zeit nur in undurchdringlichen Raumschiffen und Transportmitteln befunden.

Sie konnten ihn nicht herausholen, weil sie nicht wissen konnten, daß er hier war.

Bill stieß einen verzweifelten Seufzer aus und legte sich zurück. Nach allem, was er geleistet hatte, saß er hier in einem Raumschiff fest, das zu einer Todeswelt unterwegs war. Sie sah wahrscheinlich Veneria ähnlich, wo er seinen Fuß in Stücke geschossen hatte, um von ihr wegzukommen. Doch bei den Kämpfen gegen die Chinger auf dem Gottverlassenen Planeten – Deathworld 69 – würde es kein solches Entkommen geben. Wenn er sich die Füße abschoß, würden ihn die Trooper zwingen, auf den Knien weiterzukämpfen.

Bill lag stöhnend in dem feuchten, stinkenden Stroh.

Was für ein Leben!

Und er mußte die ganze Reise *eiskalt nüchtern* zurücklegen!

Die Tage krochen langsam und arthritisch dahin.

Bill lebte von seiner alten, nur zu bekannten Diät aus chemisch absolut reinem Wasser, in dem achtzehn Aminosäuren, sechzehn Vitamine, elf Mineralsalze, ein fetthaltiger Aminoester und Glukose enthalten waren.

Es war scheußlich widerwärtig – aber es hielt ihn am Leben.

Da er keine Comics zum Lesen und nichts Alkoholisches zum Trinken hatte, langweilte er sich bald unsäglich. Das einzige, was er tun konnte, war, sein Leben in Rückblenden zu erleben, und da sein Gedächtnis infolge des jahrelangen Trinkens schlecht war, brauchte er ungefähr vierundvierzig Minuten dazu.

Beim hundertzweiten Wiedererleben langweilte sich Bill so unaussprechlich, daß er endlich dem Undenkbaren nachgab.

Er zupfte sich am Ohr und griff auf das Implantat in seinem Ohrläppchen zu, damit er mit jemandem sprechen konnte. Auch wenn der Jemand eine sehr künstliche künstliche Intelligenz war. Er wurde sofort mit jaulender Country- und Western-Musik belohnt.

»Hi, Partner. Diese künstliche Intelligenz hat sich Sorgen gemacht, weil du überhaupt nicht mehr so wie früher auf mich zugegriffen hast.«

Bill machte sich nicht die Mühe, dem Ding zu erzählen, daß er das Implantat vollkommen vergessen hatte, obwohl es ein bio-elektronisches, direkt an Bills Kleinhirn angeschlossenes Wunderwerk war. Er hatte vergessen, daß es über einen Vorrat an Volksmusik verfügte und darauf bestand, sie abzuspielen. Es verfügte aber auch über eine erstaunliche Wissens-Datenbank sowie über Intelligenz, und konnte auch als praktischer Taschenrechner verwendet werden. Bill hatte außerdem vergessen, wie aufreizend das Ding war. Es war offensichtlich mit allen möglichen Sensorgeräten ausgestattet, die an Bills Nervensystem angeschlossen waren: ein Nanochipgedächtnis, eine elementare künstliche Intelligenz, ein nasaler Stimmensimulator. Bill verfluchte den verrückten Programmierer, der das System entworfen und gleichzeitig die Volksmusik der längst verschwundenen Erde geliebt hatte. Er hatte wahrscheinlich die digitalisierte Datenbank eines alten Raumschiffs angezapft und sie in den RAM in Bills Ohr befördert. Aber er hatte die Software so schlecht geschrieben, daß Teile der Musik in den Rest des Programms einsickerten.

»Sprich mit mir, Partner«, jammerte die AI* nasal. »Wo sind wir? Was ist los? Wie steht es mit der Mission? Hast du das Zeitproblem gelöst? Ich hoffe es. Ich möchte gern in die Zentrale zurück.«

Bill schaltete das Ding beinahe wieder ab, aber dann erinnerte er sich daran, wie sehr er sich langweilte und wie elend es ihm ging. Vielleicht konnte er lernen, die scheußliche Volksmusik zu mögen, die ständig im Hintergrund dudelte.

Vielleicht konnte er lernen, es zu genießen, wenn ihn Robot-Maultiere wiederholt gegen den Kopf traten. Aber er würde wenigstens die Stille viel mehr genießen, wenn er das Implantat schließlich abschalten mußte.

»Ich bin in einem Raumschiff angekettet, das nach Deathworld 69 – einem Gottverlassenen Planeten – unterwegs ist«, erklärte Bill voll Selbstmitleid. »Und ich bin auch in der Zeit zurückgeworfen worden. Es wird zwei Jahre dauern, bis ich das Gespräch mit J. Edgar Insufledor führen werde. Zwei Jahre, bis sie dich in mich einsetzen. In zwei Jahren und einer Entfernung von vielen Lichtjahren.«

Keine sofortige Antwort. Die Neuigkeiten hatten dem Implantat offensichtlich einen elektronischen Schock versetzt.

»Das ist natürlich unangenehm, alter Junge«, sagte es schließlich. »Du warst zur falschen Zeit am falschen Ort.«

»Das kann man wohl sagen.«

»Ich entdecke an dir etwas ganz Neues, Trooper Bill.«

»Was? Vollkommenes, totales Elend statt nur einer schwarzen Depression?«

»Nein. Du scheinst, ich weiß nicht recht, wie ich es sagen soll – aber du scheinst nüchtern zu sein.«

»Das kommt daher, daß ich in letzter Zeit nicht ge-

* Artificial Intelligence

trunken habe, du idiotische AI. Ich trinke nur den Schlamm, den sie hier Nahrung nennen.«

»Guter Kumpel, es ist mehr als das. Du scheinst ... ich checke jetzt meine Neurofäden-Eintragungen und sehe, daß sie den gleichen gesunden Menschenverstand aufweisen – dein IQ ist besser geworden.«

»Mein was?«

»Dein Intelligenzquotient, Söhnchen. Ich will dich nicht belehren, aber ...« Eine kurze Tarantella folgte, und dann veränderte sich der Akzent der AI wieder. »Ich spreche davon, wie du Mathematik, Physik, Philosophie, Sprachen verstehst. Ich überprüfe es schnell – Mamma Mia! – dein IQ ist von ungefähr 90 auf gut über 170 gestiegen!«

Die AI war von dieser Entdeckung gefesselt und ging rasch die Country Gardens durch, auf die die Greensleeves folgten. »Anscheinend hat das Trinken, das du so gut beherrscht hast, deine Intelligenz unterdrückt. Laut meinen Unterlagen warst du ein Farmer, ein Robot-Maultiere-Jockey, der sich brennend wünschte, Düngegeräte-Techniker zu werden. Vielleicht hemmten die Chemikalien in dem Dünger das Wachstum deiner Neo-Großhirnrinde. Sie scheint jedenfalls immer schneller zu wachsen. Vielleicht warst du bei deinen kürzlichen Zeitreisen auch eine Zeitlang einem Strahlungssturm ausgesetzt.«

Bill erzählte die ganze traurige Geschichte von den Höhen von Barworld zu den derzeitigen Tiefen des gräßlichen Raumschiffs.

»Ich muß sagen, das ist eine grimmige Geschichte.«

»Und – irgendwelche Ideen für die Zukunft?« fragte Bill.

»Hast du versucht, deine Kette zu sprengen und zu fliehen?«

»Jetzt verstehe ich, warum man deine Intelligenz als künstlich bezeichnet. Denk nach, du elektronischer Idiot – wohin sollte ich fliehen, wenn ich die Kette sprenge? Wir befinden uns im Weltraum und sind zu einem Gottverlassenen Planeten unterwegs.«

»Deathworld 69. Ich weiß. Deprimierend. Du mußt es so sehen: Du hast dort wenigstens eine Chance.«

»Eine sehr kleine. Ich war auf Veneria. Das ist auch eine Todeswelt. Die Trooper bleiben dort höchstens eine Woche am Leben. Warum, glaubst du, haben sie die Leute hier angekettet? Sie würden bestimmt eine Meuterei anzetteln. Sie wissen, wohin sie unterwegs sind.«

In einiger Entfernung wurden Seufzer laut, als hätten die dem Untergang geweihten Trooper zugehört und sich an ihr Los erinnert.

»Schrecklich. Aber die Reise dauert vermutlich einige Zeit.«

»Vermutlich.« Bill betastete die Stoppeln auf seinen Wangen und dann die Haare auf seinem Kopf. »Ich bin schon seit einiger Zeit hier.«

»Wir müssen unser Bestes tun, damit du vernünftig bleibst, wenn alle um uns den Kopf verlieren.«

»Du kannst damit beginnen, daß du nicht die ganze Zeit die lausige Musik spielst.«

»Liebend gern. Und so lange es sonst nichts gibt, können wir dich wenigstens unterrichten.«

»Mich unterrichten?«

»Ja. Dir sollte klar sein, daß in meinen Datenbänken alle Enzyklopädien der Galaxis und alle technischen Texte gespeichert sind – alles, was man für eine vollständige Erziehung braucht. Und ich wage zu behaupten, daß ich ein guter Lehrer bin.«

»Alles in allem hätte ich lieber ein Bier.«

»Alles in allem würde ich lieber die einzigen beiden Arten von Musik in der Galaxis hören – Country und Western. Prost.«

Ein leises ›Plop‹, und die Stimme war weg.

Stille.

»Na schön, bowb auch dich, Kumpel«, erwiderte Bill grätzig und verschränkte die Arme eigensinnig vor der

Brust. Aber nach wenigen Augenblicken der Totenstille und Langeweile zupfte er wieder an seinem Ohrläppchen.

»Bist du da, Sportsfreund? Es tut mir leid, daß ich mich nicht beherrscht habe. Ja, sicher. Sprechen wir. Du lehrst, ich lerne. Was sagst du dazu?«

Nichts.

Bill zerrte stärker am Ohrläppchen. Diesmal bekam er einen ohrenbetäubenden Jazz-Schock.

»Okay. Klasse, Mensch. Willst du mit A beginnen – oder aufs Geratewohl?«

»Geratewohl klingt gut«, erklärte Bill.

Und so lernte Bill mit Hilfe der AI, sichtete die Datenbanken, die das Wissen und die Weisheit der Jahrhunderte enthielten.

Bill lernte die Geschichte der menschlichen Rasse. Er lernte die Geschichten der großen Religionen. Er lernte von der Entwicklung der Wissenschaften. Bald führte er mit der AI lange sokratische Dialoge, und als er den Philosophiekurs beendet hatte, diskutierte er mit dem Ohrläppchen-Implantat über die wesentlichen Gesichtspunkte von Kants Ethik im Gegensatz zu Kierkegaards Erkenntnistheorie.

Bill lernte Biologie, Mathematik und höhere Mathematik. Er lernte Physik von Newtons Gesetzen bis zur Quantentheorie. Er begann sogar zu verstehen, wie Raumschiff-Antriebe funktionieren, was eine beträchtliche Leistung war, weil nicht einmal die Schöpfer dieser Antriebe auch nur die leiseste Ahnung davon haben. Bill lernte Xenobiologie, Xenosoziologie und die Prinzipien der Xenoabwasseraufbereitung. Schließlich verstand er allmählich einige Schönheiten des Universums. Er verstand jetzt Bgrs Gesellschaft und erkannte die Tragödie, die unter dem Deckmantel der Menschlichkeit über die Chinger-Welten hereingebrochen war.

Bill lernte Woche um Woche und saugte das Wissen auf wie ein Schwamm das Wasser.

Als das Raumschiff landete, kam die AI, die Überlebenspläne durchgegangen war, mit einem daher, der so einfach war, daß er funktionierte. Es gab Berge von lockerem Stroh, und Bill vergrub sich unter dem dreckigen Zeug. Als das gefangengehaltene Kanonenfutter – die Trooper – hinausgetrieben wurde, gingen die Wächter einfach an Bill vorbei, weil sie ihn in der Dunkelheit nicht sahen.

Das war für Bill der Anfang einer neuen Existenz. Seine schmutzige Umgebung spielte keine Rolle. Bill entdeckte, daß er das Wissen liebte. Und die Weisheit anbetete. Alle Gegenstände, die ihn das AI-Implantat lehrte. Plötzlich war das Universum groß und wunderbar, voller faszinierender Wahrheiten und unglaublicher Geheimnisse.

Bill begann, über die Geheimnisse des Lebens zu staunen, und sammelte mit Hilfe des Implantats allmählich alle Stücke des großen alchimistischen Rätsels, mit dem die gesamte Menschheit, vielleicht sogar alle Wesen, im Lauf der Jahrhunderte nicht fertiggeworden waren:

Dem Sinn des Lebens an sich.

Bill, dessen Geist und Intellekt wunderbar erweitert waren, fand eine einfache Wahrheit, die den Philologen, Philosophen und großen theologischen Denkern im Lauf der Geschichte irgendwie entgangen war.

Das Leben hatte einen Sinn, eine Ordnung.

Aber weil er so schwer herauszukriegen war, konnte man ihn nicht mit den normalen Worten der Galaktischen Sprache ausdrücken.

Nein, damit man den Sinn des Lebens richtig verstand, brauchte man eine eigene mathematische Sprache dafür. Da die Notwendigkeit die Mutter der Erfindung ist – niemand weiß, wer der Vater ist –, erfand er diese Sprache. Sie war auf ein einziges Ziel ausgerichtet: Die schwer faßbaren kleinen Stückchen Sinn, die das größere Ganze einschlossen, aufzuspüren und zu erklären. Der Sinn des Lebens.

Schließlich war Bill nach Wochen, Monaten, ja, sogar Jahren – zwei, um genau zu sein – imstande, all die Weisheit und all das Wissen auf eine kurze mathematische Formel zu reduzieren. Er kratzte sie mit einem Nagel in die Wand, las sie und bewunderte sie. Das war es. Der Sinn des Lebens. Endlich. Wenn es soweit war, würde er dieses Wissen mit der Galaxis teilen.

Grob in die Galaktische Sprache übertragen, lautete die Übersetzung:

Leben = Bowb

Leben bedeutet nicht bowb. Kurz. Tiefgründig.

Brillant.

Als Bill diese Gleichung niederschrieb, hatte er keine Ahnung, wo er sich befand. Während seiner Gefangenschaft waren sie viele Male gelandet, und Bill hatte sich immer unter dem schmutzigen Stroh versteckt, und man hatte ihn immer übersehen. Er hatte aufgehört, die Tage zu zählen, die hinter ihm lagen, weil es hier keine Tage gab – nur ewige Düsternis, die das Stöhnen und die klirrenden Ketten der eingesperrten Trooper noch finsterer machten.

Er bewunderte die Gleichung von allen Seiten. Sein Geist begann zu leuchten – nein, zu glühen. Er brannte angesichts dieser plötzlichen Wahrheit, und dieses Feuer wütete in ihm mit wilder, brennender Klarheit, die alle Probleme des Universums lösen würde.

Der Sinn des Lebens war die Lösung für alle Übel der Galaxis. Er würde alle Schmerzen, alle Leiden beenden. Wenn er nur dieses Höllenschiff verlassen und sie den Regierungen der Chinger und dem Kaiser selbst vorlegen könnte, denn dann würden die Chinger und die Reiche der Menschen endlich Frieden haben.

Keine galaktischen Trooper mehr!

Kein Krieg mehr!

Kein Haß, keine Angst, kein Blut, kein Tod und keine mutwillige Zerstörung mehr. Kein Grund mehr, zu trinken, bis man vergaß. Es würde ein Universum des Friedens, der Musik, der Kunst, der Literatur sein. Ein Universum der Zusammenarbeit, des allgemeinen Guten.

»Das Leben ist unglaublich«, vertraute er der AI an. »Ich habe nur den Verdacht, daß ich es noch mehr genießen würde, wenn ich etwas Ordentliches zu essen hätte und dieses Schiff verlassen könnte.«

»Du hast recht. Aber wie?«

Das wußte Bill nicht. Deshalb wandte er seinen sich entfaltenden, lichterfüllten Geist anderen Aufgaben zu. Da ein normaler Galaxisbewohner sein ganzes Leben brauchen würde, um die Grundlagen seiner Gleichung, geschweige denn ihre Feinheiten zu verstehen, befaßte sich Bill von nun an mit dem Problem, wie man den Sinn des Lebens in Worte fassen konnte, die für normale Menschen verständlich waren. Es war kein leichtes Vorhaben, und er landete in mehreren Sackgassen, bis er hoffen konnte, daß er sein Ziel erreichen würde. Denn ihm war klar, daß sich die heilende Macht des Sinns des Lebens nur dann auswirken konnte, wenn er imstande war, seinen Mitmenschen diesen Sinn klarzumachen.

Eines Tages arbeitete er an einer besonders schwierigen Exegese, als ein Mann an ihm vorbeirannte, über die Kette stolperte, die Bill an die Wand fesselte, und sie sprengte.

Bill hatte plötzlich einen Anfall von semi-*déjà vu*.

20

Bill stand auf.

»Aus dem Weg, verdammter Bowber!« rief der Mann, der ihn unabsichtlich befreit hatte. »Ich muß aus diesem Kahn raus. «

Bill versuchte zu sprechen, aber er hatte es in den letzten beiden Jahren so selten getan, daß er nur mit tiefer, drohender Stimme polterte: »Langsam drehe ich mich, Schritt für Schritt ... Zoll um Zoll ...«

»Hast du ein Problem, Blindgänger? Ich habe eins! Ich muß hier raus!«

Bill hob das Bein, an dem die alte, zerrissene Kette hing. Es stimmte wirklich. »Ich bin frei«, sagte er. »Ich glaube es nicht! Sie haben mich *befreit*! Ich sitze seit Jahren vergessen in diesem Raumschiff. Und Sie haben mich befreit. Wie kann ich Ihnen jemals danken?«

»Indem du dich bewegst. Ich muß diese Leiter hinunter.«

Ein Lautsprecher dröhnte. »Zwei Minuten, bis die Luke zugeht. Nächste Station: ›Ein Gottverlassener Planet.‹«

»O nein! Das ist Deathworld 69. Dort gibt es den Tod, nur den Tod.« Bill fiel verzweifelt schluchzend auf die Knie.

»Geh mir aus dem Weg!«

»Bitte, Sir. Ich verrate Ihnen das Geheimnis des Universums! Ich kenne den Sinn des Lebens an sich.«

»Hör mal, Blödmann, mir ist es gleich, ob du den Schlüssel zum Alkoholschrank des Captains hast. Dieses Boot wird sehr bald in die Luft fliegen, und ich werde nicht darauf sein.«

»Ich lüge nicht!«

»Du kannst aus dem Weg gehen, Kumpel. Ich muß diese Leiter hinunter.«

Ein Lautsprecher dröhnte: »Eine Minute bis zum Schließen der Luke. Nächste Station: Ein Gottverlassener Planet!«

Der fremde Trooper geriet in Panik.

»Ich lüge nicht!«

»Dreißig Sekunden bis zum Schließen der Luke... Letzte Gelegenheit für eine Flugversicherung. Nur zehn Millionen Kredits pro Kopf. Neunundzwanzig Sekunden...«

Das Ganze wurde schrecklich vertraut.

Genau wie dieser Kerl!

»Ich habe gesagt, du hirnloser Volltrottel, daß du mir aus dem Weg gehen sollst.«

Bill erhielt einen harten, heftigen Stoß. Er fiel immer weiter nach hinten – und dann öffnete sich der Boden unter ihm. Er griff nach einem Halt, bekam die Sprossen der Leiter zu fassen – und das Ding gab nach und fiel mit ihm hinunter.

Er schlug hart auf, aber er wußte genau, was er zu tun hatte. Trotz der Schmerzen in seinem Körper riß er sich zusammen und bewegte sich instinktiv dorthin, wo es hinausging.

Er erblickte sehr bald den Umriß der Tür zur Freiheit. Es war eine Luke, das Tageslicht fiel herein, es stank und war rauchig, aber es war das Tageslicht. Der durch das Licht beinahe blinde Bill schwankte die Gangway hinunter.

Frei, dachte er. *Frei!*

Aber frei – wo?

»He, Trooper. Wohin, zum Teufel, willst du?« fragte ein Wächter.

»Wo bin ich?« fragte Bill.

»Du hast wirklich nicht alle Tassen im Schrank. Du bist auf dem Happy Trails Raumschiffhafen auf der Jinx Ether Militärbasis. Du versuchst, das Raumschiff *Beelzebub* zu verlassen. Also wer, zum Teufel, bist du?«

In diesem Augenblick fiel ihm alles wieder ein. Mit seiner neuen Intelligenz erfaßte er genau, was geschehen war.

Er war in der Zeit zurückgegangen, hatte Lehrgeld bezahlt ...

Und war gegen sich selbst gerannt.

Er wußte sofort, was er zu sagen hatte.

»Ich bin Lieutenant Brandox. Das bin ich.«

»Großartig. Der Trooper hat also gefunden, was er suchte. Wo, zum Teufel, steckt er?«

»Er ist unterwegs. Er müßte jeden Augenblick herauskommen.«

Der Wächter sah auf die Uhr. »Er sollte sich beeilen. Das Ding ist abflugbereit.«

»Machen Sie sich keine Sorgen«, sagte Bill. »Er wird es schaffen. Knapp ...«

Genau drei Sekunden, bevor es zu spät war, sah er sich selbst über die Gangway hinunterrollen. Der Trooper, der sein früheres Ich war, blieb am unteren Ende der Rampe liegen.

»He, Mann«, sagte der Wächter. »Ist dieser Kerl Brandox?«

Bill starrte sein früheres Selbst so flehentlich an, wie es seine geröteten Augäpfel schafften. Er sah sich selbst in die Augen, und etwas Seltsames geschah.

»Ja. Das ist er. Er kommt mit mir mit.«

»Dann schlage ich vor, daß Sie sich in Ihren Gravwagen setzen und in einem Höllentempo von hier verschwinden, weil diese Dinger mit einer Explosion starten, die im Umkreis von etlichen Metern alles Lebendige in Asche verwandelt.« Damit setzte sich der Mann in Bewegung und rannte wie wild davon.

Bill sah sich um. Da stand der Gravwagen, an den er sich erinnerte. Er sprang auf den Rücksitz.

Der Vorher-Bill sprang in den Fahrersitz und schaltete die Anti-Grav-Repulsionsmotore ein. »Ich weiß nicht, warum ich das tue. Ich weiß es einfach nicht«, sagte er, während sie davonrasten.

»Du wirst es nicht bereuen, Bill«, sagte Bill. »Das verspreche ich dir.«

Bill hörte, wie die *Beelzebub* hinter ihnen startete. Dann zupfte ihn etwas am Handgelenk.

Das Armband ... es aktivierte sich. Hinter der unempfindlichen Abschirmung der *Beelzebub* konnte es nicht funktionieren. Aber hier draußen hatte es ein Signal durch Zeit und Raum geschickt ...

Ein Signal an Sir Dudley und Elliot-Bgr.

Tatsächlich materialisierten die beiden, noch bevor er einen Augenblick Zeit gehabt hatte, aus diesem Gedanken zu extrapolieren. Sie hingen in der Luft, und Elliot winkte ihn zum Zeitportal.

Bill ließ sich nicht lange bitten. Seine langen Haare flatterten, als er sich aus dem beschleunigenden Grav-Wagen direkt in Sir Dudley das Zeitportal schleuderte. Elliot-Bgr und ein sehr veränderter Bill verschwanden, indem sie in die Zukunft zurücksprangen.

Und nach Hellworld.

»Wo sind wir?« japste Bill und hustete, als er die rauchige, verschmutzte Luft einatmete. Aus dunklen Wolken zuckten Blitze, stinkender warmer Regen plätscherte auf die verfallene, zerbröckelnde Stadt herab, in der sie standen. Undeutliche Gestalten schlurften durch die Düsternis, und in der Ferne grollte Donner.

»Sie haben das Recht zu fragen.« Sir Dudley schnüffelte. »Während Sie getan haben, was immer Sie getan haben – und nach Ihrem Aussehen zu schließen war es sicherlich eine interessante Erfahrung – fanden Elliot und ich, daß es reicht. Nicht einmal die Tatsache, daß wir die Bloomsbury Gruppe wieder für ihre langweiligen Episteln einsetzten, beseitigte die Bedrohung durch die Nazi zur Gänze. Also mußte Hellworld noch immer existieren. Indem ich die kompliziertesten Verfolgungs- und Berechnungstechniken verwendete, entdeckte ich den nicht ausgetretenen Hoden der Zeit. Eine rekursive Schleife verursachte all die Schwierigkeiten mit der Zeit. Wir sind jetzt hier, um sie für immer zu eliminieren.«

»Klingt vernünftig«, bemerkte Bill. »Untersuchen, aufklären, nachdenken, eliminieren.«

»Ja also, Bill, du sprichst plötzlich so komisch«, meinte Elliot-Bgr. »Was ist dir wirklich zugestoßen, während du weg warst?«

»Ich werde euch gern aufklären, sobald wir die jetzige Operation beendet haben.«

»Ja – ja also – wau«, murmelte Elliot-Bgr und schüttelte verwirrt den Kopf, während er sich an Sir Dudley wandte. »Was wissen Sie über diesen Ort?«

»Sehr wenig. Die Welt des Untergangs und der Verzweiflung. Ich spüre Nazi-Deutungen und den starken Geruch von Hippies. Außerdem, muß ich hinzufügen, das lautstarke Dröhnen von geilem Porno. Ja, da ist es – wir sind endlich hier –, die Heimat von geilem Porno und den Fans von geilem Porno. Und ich muß sagen, Bill, das muß ich, daß du deine Rolle erfaßt hast.«

Bill erblickte sich kurz im gesprungenen Fenster eines verfallenden Hauses. Er mußte wider Willen nach Luft schnappen. Er sah dem Kerl sehr ähnlich, der an Bord des Raumschiffs nach Barworld versucht hatte, ihn zu ermorden.

Die verfilzten, ungekämmten Haare hingen ihm auf die Schultern herab. Er hatte einen langen Bart und einen Schnurrbart, und seine Kleidung war zerlumpt und zerrissen.

»Ekelhaft – aber eine ausgezeichnete Verkleidung für diese Operation, nicht wahr?« bemerkte er.

Elliot-Bgr rümpfte angewidert die Nase. »Ja, in Ordnung, Bill. Trotzdem solltest du in die Badewanne steigen, was, Trooper? Ich habe von Anfang an gesagt, daß alle bowby Menschen Körpergeruch haben. Chinger können nicht schwitzen – hoch die Chinger. Aber du bist heute besonders unangenehm.«

»Ich stimme absolut zu«, ergänzte Sir Dudley.

»Ich entschuldige mich, Gentlemen. Es tut mir schrecklich leid, aber ich habe zwei Jahre in einem Gefängnisschiff verbracht, deshalb wäre ich für ein wenig mehr Verständnis dankbar.«

Elliot-Bgr schüttelte bekümmert den Kopf. Oder war das Kopfschütteln das Chinger-Äquivalent eines sarkastischen Grinsens? »Das muß hart gewesen sein, Bill. Ich bin froh, daß du herausgekommen bist. Ja also – wir durchkämmten die Straßen der Zeit nach dir. Was hast du getan, um dir die Zeit zu vertreiben?«

»Ich bin nüchtern und will keinen Drink. Und mit der Hilfe des Implantats, das mir Edgar Insufledor gab, bin ich jetzt gebildet.«

»*Nein!*« sagte Sir Dudley.

»Ja, und ich habe den Sinn des Lebens gefunden.«

»Du nimmst mich auf den Arm«, sagte der Chinger.

»Natürlich mußte ich dazu eine eigene mathematische Sprache erfinden. Um den Sinn des Lebens zu verstehen, muß man die Gleichungen verstehen.«

»Ja also – wir sollten dir vor der ersten Lektion ein Bad verpassen.«

»Ja, und dann können wir uns mit den Hippies und den Zeit-Nazis beschäftigen.«

»Es ist die Mühe wirklich wert. Es wird alle Probleme des Universums lösen – und bei diesem großen Vorhaben werdet ihr euch mir anschließen.«

Das Trio eilte weiter, um ein Hotelzimmer zu finden. Die Zeit-Nazis und die Hippies aus Hellworld konnten noch eine Weile warten; Bill brauchte ein Bad.

Unterwegs fiel Bill auf, daß alle Einheimischen, Männer wie Frauen, beinahe genauso aussahen wie er. Struppiges Haar, schäbige Kleidung. Doch sie besaßen alle etwas, das Bill nicht hatte: Sie trugen eine kleine, runde Propellerkappe auf dem Kopf.

»Aha«, sagte er. »Ja. Das Kennzeichen der zum harten Kern gehörenden Fans von geilem Porno. Das muß also der Planet sein, auf den sie emigriert sind, um der Unterdrückung zu entgehen.«

»Ja also, Bill, das haben wir alle gesagt.«

»Ah«, sagte Bill, der die Sehenswürdigkeiten genoß. Nach einer so langen Zeit in einem feuchten, dunklen Loch war es unglaublich erfrischend und interessant, diesen großen sensorischen Input zu erhalten. Und wie faszinierend das alles war!

»Die ganze Stadt sieht aus wie ein riesiges Versammlungszentrum. Und die Einheimischen nehmen anscheinend an einer langen, endlosen Zusammenkunft über geiles Porno teil, eine überreife Tradition, die irgendwo in dem verlorengegangenen Nebel der Zeit entstand.«

»Sehen wir zu, daß wir das Hotel und das Bad bekommen«, unterbrach ihn Elliot-Bgr. »Die intelligenten Bemerkungen kannst du später machen.«

Sie kamen an den Räumen von Hausierern vorbei, die voller Bücher, billigem Schmuck, geilem Porno und den merkwürdigsten Gebräuen waren, die Bill jemals gesehen hatte. Langhaarige Hellworld-Hippies gingen in barbarischer Aufmachung oder als halbnackte Sklavinnen und sadomasochistische Bordell-Madams mit Peitschen und anderem interessanten Zubehör herum. Sie kamen an vollgestopften Räumen vorbei, in denen Hippies geilen Pornopersönlichkeiten zuhörten, die über Analverkehr, Schlagen, Wichsen, Prunken und andere bunte Begriffe plauderten, die der Verstand nicht verdauen kann. Sie gingen an großen Hallen vorbei, die mit Kunstausstellungen gefüllt waren, mit Bildern, die aussahen, als hätte man sie direkt aus Bills Drei-D-Sammlung von geilen Pornocomics herausgerissen.

Der ungebildete Bill wäre wahrscheinlich sehr beeindruckt gewesen, aber der jetzige, superakademische Bill, der über das Äquivalent von zehn Doktor-der-Philosophie-Titeln der Universität Oxford, drei Harvard-Titel und einem Ehrenkuß des Präsidenten von Berkeley verfügte, war entsetzt.

»Du meine Güte! Was für ein pervertierter Geschmack! Ich kann mir das Grauen, das ihre Belletristik hervorruft, kaum vorstellen.«

Denn Bill hatte während der Stunden, in denen er sich von seinem Lernen entspannte, auch alle großen Klassiker gelesen – von *Beowulf* über Shakespeare bis zu *Abduktion: Die Ufo-Verschwörung.*

Daher kannte er den Unterschied zwischen Qualität und schäbigem populären Schund genau. Bills liebste Hoffnung war, daß er, nachdem er den unfähigen Nichtskönnern des Universums den Sinn des Lebens vermittelt hatte, seine Memoiren schreiben würde – auch wenn er vielleicht nur versuchte, sich an alles zu erinnern, was ihm tatsächlich zugestoßen war. Natürlich war es der schäbige populäre Schund, den die geilen Porno-Hippies auf Hellworld konsumierten.

»Komm schon, Bill«, sagte Elliot-Bgr. »Dieses Zeug stinkt sehr, aber im Augenblick stinkst du mehr.«

Das Trio bekam ein Zimmer mit Bad, und die beiden Freunde tauchten Bill in die Wanne. Sie brauchten fünf Einzelbäder mit heißem Wasser, um den Schmutz von seinem Körper zu schrubben. Sie beschlossen jedoch, Haare und Bart beizubehalten, denn auf diese Weise war die Gruppe viel besser getarnt, sobald sie sich auf die Suche nach der Quelle der geilen Porno-Infektion begaben.

Um nicht aus der Rolle zu fallen, sah Sir Dudley jetzt nicht mehr wie ein Zeitportal aus, sondern war ein Folterknecht mit Peitschen und einem Topf mit geschmolzenem Blei. Elliot-Bgr wirkte als halbnackte babylonische Hure besonders anziehend.

»Wollen wir anfangen, Gentlemen?« fragte Bill. Denn er war auf seine frisch erworbene Intelligenz sehr stolz. Endlich hatte sein Dasein einen Sinn.

Er wollte nicht nur das Universum retten, sondern er wollte ihm auch den Sinn verleihen, der seine Seele so sehr bereichert hatte.

21

»Yeah! Was kann ich für euch Leute tun?« wollte der Sicherheitsmann wissen. Er war ein großer, muskulöser Idiot, der eine getupfte Propellerkappe, eine blaue Uniform mit Epauletten, einen Pistolenhalfter und natürlich eine Pistole trug. Außerdem stand sein Hosenschlitz offen.

»Guten Nachmittag«, grüßte Bill und verbeugte sich höflich. »Wir sind Fans von geilem Porno und sind hierher verwiesen worden, um mit den hohen Verlegern von supergeilem Porno zusammenzutreffen. Welches Stockwerk?«

»Sie suchen wahrscheinlich den Galaktischen Geil-Porno Verlag im neunten und zehnten Stock. Dort hält sich der Doc auf. Er leitet den Betrieb. Schriftsteller und Herausgeber sind im siebenten und achten Stock untergebracht. Die normalen Fahrstühle sind heute kaputt. Sie müssen den Lieferantenlift benützen.«

»Ich danke Ihnen, mein Herr.« Bill war nicht nur von seinem erweiterten Wortschatz begeistert, sondern auch von seinen neuen Umgangsformen. »Sie sind ein Gentleman und ein Gelehrter.«

»Diesen Korridor entlang.« Der Sicherheitsmann zeigte hin. »Gleich neben den Kisten mit gefriergetrockneten Gehirnen von geilen Porno-Schriftstellern.«

Bill und Co. marschierten zu dem Fahrstuhl, auf den der Sicherheitsmann gezeigt hatte. Tatsächlich waren neben ihm Kisten schlampig aufgestapelt, die den Vermerk: ›ZERBRECHLICH – LÖSLICHE SCHRIFTSTELLERGEHIRNE. Fügen Sie einfach heißes Wasser hinzu, und rühren Sie kräftig um‹ trugen.

»Interessant«, stellte Bill fest. »Ich habe mich immer gefragt, wo sie ihre verrückten Ideen herhaben.«

Nach langem Warten traf der Fahrstuhl endlich ein. Sie stiegen ein und fuhren in den neunten Stock. Dort stiegen sie aus. Sofort überfiel das Klappern von Computertastaturen Bills Ohren. Er schaute zu einer Tür hinein; der Anblick, der sich ihm bot, war fürchterlich.

Reihen um Reihen von Textverarbeitungscomputern füllten den großen Raum, und an diese Computer waren Männer und Frauen gekettet, die sich über die Tasten beugten und fleißig Zeile um Zeile glänzender Prosa produzierten. Kaffeeinfusionen tropften direkt in ihre Armvenen: obszönes schwarzes Plasma. Ihre Hemden waren nur noch Fetzen, und auf ihren Rücken glitzerten blutige Striemen. Muskulöse Wächter gingen mit Peitschen zwischen den Reihen auf und ab und schlugen auf die armen Seelen ein, die zu lange Pausen zwischen den Sätzen machten. Am Rand der Schreibtische war die Bezahlung aufgestapelt, die diese armen Sklaven für ihre literarischen Bemühungen erhielten: Pennies.

»Ja also«, sagte Elliot-Bgr. »So sieht also Textverarbeitung aus, was?«

»VERLAGSLEITUNG«, las Bill auf einer Hinweistafel. »Da hinüber. Wahrscheinlich hält sich Doktor Kraft-Nibbling Jr. dort auf. Seid ihr sicher, daß er in diesem widerlichen Zeitabschnitt derjenige ist, der hinter dieser Angelegenheit steht? Ich erblicke keinen Hinweis auf Nationalsozialismus. Es sieht wie reiner Kapitalismus aus.«

»Ich weiß, ich weiß«, sagte Sir Dudley. »Es ist mir ein Rätsel. Aber wir müssen uns dem Mann stellen. Diese Greuel müssen aufhören. Es ist empörend, daß man mit Schriftstellern so umgeht. Selbst wenn sie Klone sind, dürfen sie nicht so schlecht behandelt werden!«

»Das stimmt!« pflichtete ihm Elliot-Bgr bei. »Wir *verehren* unsere Schriftsteller und *beten sie an*. Sie werden geehrt und geliebt und immer bevorzugt behandelt. Vor allem bei Gemeinschaftsorgien.«

Bill nickte. »Du hast recht. Damit habe ich ein neues Anliegen – die Rechte der Schriftsteller. Was günstig ist, weil ich vorhabe, Schriftsteller zu werden.«

»So, so«, meinte Sir Dudley. »Wollen Sie einen Ratgeber über Betrunkene für Barkeeper schreiben? Wie es der Autor erlebt hat – nicht, wie es ihm erzählt wurde.«

»Ich habe dem Alkohol entsagt und trinke jetzt ausschließlich aus der Quelle der Wahrheit!« erklärte Bill.

Sie hatten inzwischen Kraft-Nibblings Büro erreicht und hielten sich nicht damit auf anzuklopfen, sondern stürmten direkt hinein.

»Wer sind Sie?« fragte eine Sekretärin.

»Wir wollen mit Kraft-Nibbling sprechen!« Elliot-Bgr zog seinen Blaster. »Holen Sie ihn, sonst.«

Die Sekretärin drückte eine Taste der Sprechanlage. »Ich glaube, wir haben einige wütende Leser im Empfangsraum, Doktor Kraft-Nibbling«, sagte sie.

»Nazis?« fragte Doktor Kraft-Nibbling.

»Schlimmer«, sagte Bill. »*Zeit*-Nazis.«

Doktor Shelley D. Kraft-Nibbling Jr. war käsebleich. Er mußte sich in einen Lehnstuhl setzen. »Hört mal, Leute. Bill, Elliot-Bgr, Sir Dudley das Zeitportal. Ich muß zugeben, daß ich vielleicht ein bißchen skrupellos bin. Ich habe meine Hippies, die Fans von geilem Porno waren, durch die Zeit zurückgeschickt, damit sie den Verlauf der erfundenen Geschichte ändern. Ich behandle meine Schriftsteller wie Dreck und bezahle sie mit Pennies. Aber Zeit-Nazis? Nie! Ich will nur für mein Unternehmen werben und die Freuden von geilem Porno in allen Zeitaltern verbreiten. Aber Zeit-Nazis! Ich weiß nicht, wie das geschehen konnte. Ich kann nicht verstehen, wo etwas schiefgegangen ist – *falls* das, was Sie mir erzählen, tatsächlich wahr ist.«

Bill musterte ihn mißtrauisch. »Natürlich ist es wahr. Sie glauben uns nicht? Sie wollen *Beweise*?«

In Wirklichkeit traute Bill dem Kerl überhaupt nicht. Vielleicht war es das glatt zurückgekämmte Haar. Vielleicht war es das piekfeine, kultivierte Aussehen. Vielleicht waren es die Schuhe aus Schlangenleder. Vielleicht war es das Eau-de-Hai, das um ihn hing wie eine Krankheit. Doch vor allem kam es daher, daß seine schmale Nase, seine Schlagfertigkeit und der scharfe Blick Bill an einen Anwalt erinnerten.

Tatsache war, daß der Kaiser – natürlich in einem Anfall von Menschenliebe – Shakespeares Rat befolgt und während der Großen Winkeladvokaten-Säuberung alle Anwälte im bekannten Universum ins Jenseits befördert hatte. Doch das lag nur einige Jahre zurück, daher erinnerte sich Bill gut daran, wie dieser Menschenschlag gewesen war. Fest stand, daß der Rekrutierungsvertrag, den Bill auf Phigerinadon II unterschrieben hatte, von einem Militäranwalt verfaßt worden war.

Doch er war immer ein Fan von geilen Porno Comics gewesen, also konnte der Doc nicht *ganz* schlecht sein.

»Ich mag euch«, sagte Kraft-Nibbling, »wirklich. Ich weiß, daß ihr die Leute seid, die ich mag.«

»Wie kommt es dann, daß einer Ihrer Zeit-Hippies versucht hat, Bill und mich zu töten?« fragte Elliot-Bgr.

»Natürlich war der Kerl ein bißchen zu fanatisch«, gab der Verleger zu. »Aber ich habe ihm ganz bestimmt nicht befohlen, irgendwen zu töten. Ich will nur Frieden, Wohlstand, Glück und einen stabilen Absatz, bei dem nur wenig an den Verlag zurückgeschickt wird.« Er sah sich um. »Etwas sehe ich allerdings nicht, Gentlemen: einen Hinweis auf Ihre sogenannten Zeit-Nazis.«

Die Sprechanlage wählte diesen Augenblick, um zu quieken.

»Entschuldigen Sie, Doktor Kraft-Nibbling«, sagte die Sekretärin. »Aber Mr. Schickelgruber möchte mit Ihnen sprechen.«

»Der Name kommt mir irgendwie bekannt vor«, meinte Sir Dudley.

»Sagen Sie ihm, Edna, daß ich im Augenblick eine wichtige Besprechung habe, und ...«

Die Stimme der Sekretärin klang sehr gepreßt. »Ich fürchte, daß er ein ›Nein‹ nicht akzeptieren wird ...«

Die Tür flog auf.

Ein Mann, der Stiefel, eine graue Uniform, eine schwarze Armbinde und einen schwarzen Schnurrbart, nicht größer als eine Schmeißflige, trug, stürmte in das Zimmer und fuchtelte mit einer Luger herum.

»Hände hoch, oder ihr werdet sterben«, sagte der Nazi.

»Das ist es«, stellte Sir Dudley fest. »Der wirkliche Name dieses ... dieses Hitler war doch ›Adolph Schikkelgruber‹, oder?«

Epilog

»Das war ein guter Schuß, Bgr«, sagte Bill. »Ein einziger Schuß mit dem Blaster, und es gab Hitler nicht mehr.«

»Es gehört auch Glück dazu, so ein kleines Hirn zu treffen«, wehrte Bgr ab.

»Jedenfalls tut es gut, dich nicht mehr in der Elliot-Verkleidung zu sehen, sondern wieder grün und mit vier Armen, so wie du aussehen solltest.«

»Sobald er fort war, wurde die Zeitspur wieder deutlich«, sagte Sir Dudley. »Ich verfolgte sie bis dorthin zurück, wo sie ihn in Berlin aus dem Bunker holten, bevor er abkratzte.«

»Mir hat noch besser gefallen, wie all die Hippies und Hellworld und alles verschwanden, sobald die Zeitlinie zerstört wurde«, meinte Bgr der Chinger. »Ja also – wir müssen Ihnen dankbar sein, Sir D, weil Sie so schnell gedacht und das Zeitportal sofort betätigt haben.«

»Sie sind zu freundlich, lieber Junge. Ich habe nur meine Pflicht getan.«

»Weit mehr als nur Ihre Pflicht. Und Sie haben noch mehr getan, als Sie Barworld als unser Ziel wählten.«

»Es war naheliegend, dort zu feiern.«

Nicht für Bill. Er betrachtete bekümmert sein Glas Limonade. »Leben bedeutet nicht bowb«, wiederholte er immer wieder. »Leben bedeutet nicht bowb.«

Wir haben den Auftrag ausgeführt, dachte er. *Jetzt sitze ich in einem hübschen Sommer-Ensemble wieder in Onkel Nancys kreuzweiser Bekleidungsbar, das Universum ist vor den Zeit-Nazis in Sicherheit, und ich kenne den Sinn des Lebens. Wieso fühle ich mich so, wie der Sinn des Lebens nicht ist?*

Bill vertiefte sich in diesen Gedanken.

»Ich freue mich, daß ich wieder im Geschäft bin, Jungs«, sagte Onkel Nancy und brachte ihnen eine neue

Runde. Zur Feier des Tages trug er ein entzückendes blaues Kleid mit Trägern. Um den Hals hatte er sich eine Federboa gewickelt. »Ich bin froh, daß ich die Bar in gutem Zustand und ohne Gewichteheber wiederbekommen habe. He, Bill. Du trinkst deine Limonade nicht. Kann ich dir einen Männerdrink bringen – auf meine Kosten? Wie wäre es mit einem hübschen, schäumenden Glas Halcyonischem Hausbräu? Es enthält soviel Alkohol, daß er aus dem Faß entweicht.«

Bills Speicheldrüsen gingen über, aber er schüttelte den Kopf. »Nein, danke, mein Freund. Ich bin für mein ganzes Leben trocken.« Er tätschelte seine erfolgreich wiederbelebte Leber. »Ich muß nicht nur an meine körperliche Gesundheit denken, denn meine geistige Gesundheit befindet sich in viel größerer Gefahr. Meine große Intelligenz würde sofort verschwinden, wenn Äthylalkohol jemals wieder meine Gehirnzellen angreift.«

»Wie du willst. Was ihr mit den Zeit-Nazis getan habt, war gute Arbeit. Ihr bekommt den ganzen Abend eure Getränke auf Kosten des Hauses.«

Bgr trank gerade mit großer Begeisterung Bier aus einem Glas, das beinahe genauso groß war wie er. »Ja, also. Jetzt müssen wir nur noch zurückkehren, den Krieg zwischen der Menschheit und den Chingern stoppen, und alles ist paletti.«

»Geht nicht«, widersprach Sir Dudley. »Ich habe aufgehört, Menschen in der Zeit zurück- und vorzutransponieren. Keine Veränderungen mehr. Wenn wir weiter herumpfuschen, könnten die Zeit-Nazis wiederkommen. Wer weiß. Vielleicht hatte Hitler mehr als ein Gehirn – und es liegt irgendwo in der Galaxis auf der Lauer.«

Das Zeitportal erschauerte.

»Na ja«, meinte Bgr. »Es war den Versuch wert. Es hat gut getan, mit euch zu trinken, Jungs, und zumindest einen provisorischen Waffenstillstand zu schließen.«

Sie tranken weiter und kauten ihre Abenteuer wieder, während Bill an seiner Limonade nippte und nachdachte. Falls das Leben nicht Bowb bedeutete, und wenn Bowb das war, was man sein Leben lang gekannt hatte, wie ging es dann weiter? Die Gleichung, die er entwickelt hatte, war schön und gut, und es war angenehm, super-intelligent zu sein. Aber *wozu*?

Je länger er vom Standpunkt der Intelligenz aus darüber nachdachte, desto dunkler, erschreckender und scheußlicher wurde dieses abstoßende Universum.

Und nicht nur das – die Intelligenz machte ihn neurotisch. Wenn man dumm war, machte man sich kaum Sorgen. Bill hatte früher nur dafür gesorgt, daß er am Leben blieb, und vielleicht auch noch darüber nachgedacht, wo er sein nächstes Bier bekommen würde.

Ein wirklich vielsagendes, einfaches Leben.

Plötzlich merkte Bill, daß man ihm ein riesiges Glas Bier unter die Nase schob. Der Duft von prima Hopfen und Malz war beinahe zuviel für ihn. Er blickte auf und sah Onkel Nancys lächelndes Gesicht.

»Was ist das?« fragte Bill.

»Ach, komm schon, Bill. Ein einziges wird dir nicht schaden. Genieß es. Du störst die Party.«

»Nein«, erklärte Bill. »Die Limonade reicht. Was ich brauche, ist anregende Konversation. Sprechen wir über Literatur, Onkel Nancy. Oder vielleicht Philosophie. Ich glaube, daß ...«

Bewegung am Eingang lenkte ihn ab. Bill und seine Freunde an der Bar drehten sich gleichzeitig um und erblickten eine Gruppe Trooper, die keine Frauenkleider trugen und in die Bar einmarschierten. Ihr Anführer war niemand geringerer als J. Edgar Insufledor, der einen Trenchcoat trug.

»Bill«, sagte der Leiter des Galaktischen Ermittlungsbüros mit seiner schroffen, rauhen Stimme. »Bill! Ihr Bericht ist unzulänglich. Mission erfolgreich? Was soll das heißen? Und wo ist Elliot Methadrine?«

»Ha ha, Sie dummer alter Tölpel.« Elliot-Bgr hüpfte leicht betrunken hin und her. »Ich, Bgr der Chinger, war die ganze Zeit Elliot Methadrine.« Bgr machte Edgar eine lange Nase und schnaubte verächtlich. Die ganze Bar applaudierte.

»Was!« tobte der kräftige, rotgesichtige stellvertretende Direktor. »Und wer ist dieser verdächtig aussehende Kerl?« Er sah Sir Dudley an.

»Ihre Bemerkungen sind äußerst abstoßend, Sir. Ich schlage vor, daß Sie sich entfernen. Oder …«

»Oder! Sie drohen mir? Vielleicht sind Sie ein verkleideter Chinger.« Er sah sich wütend um und wich entsetzt zurück. »Tatsächlich – Bücher! Seht euch all die Bücher an… ihr seid sicherlich alle Kommunisten. Trooper, verhaften Sie alle. Und verbrennen Sie die Bücher. Sofort! Ziehen Sie das lächerliche Kleid aus, Bill, und helfen Sie ihnen, und ich werde Ihre Strafe auf einen Monat herabsetzen.«

Bill seufzte und sah seine Freunde an. Dann betrachtete er die Trooper und den Stellvertretenden Direktor Insufledor.

Er zog seinen frisch geputzten und geölten Blaster aus dem Halfter an seinem Bein, stellte den Hebel auf MAXIMUM TODESSTUHL und hob ihn.

»Tu es nicht, Bill«, redete ihm Sir Dudley zu. »Insufledor ist sicherlich entbehrlich. Aber Sie würden es sich nie verzeihen, wenn Sie diese Trooper umlegen. Ich habe eine bessere Idee.«

Sir Dudley entwickelte sich vor Energie, dehnte sich aus und leuchtete, bis sein Zeitportal die Decke erreichte. Die erschrockenen Trooper beschossen ihn mit Energiestößen, aber er lachte nur, nahm die Energie in sich auf und wurde noch größer.

Dann schlug er zu.

Ein leuchtender Lichtschwall blendete sie, und als sie wieder sehen konnten, war das Zeitportal fort. Zusammen mit Insufledor und seinen Troopern.

Bill seufzte. »Er war ein gutes, altes Zeitportal. Trinken wir auf ihn.«

Sein Unterbewußtsein hatte ihm die Entscheidung abgenommen. Er streckte durstig die Hand aus, ergriff das riesige Glas Bier und leerte es mit drei großen Schlucken.

Nach zwei Jahren Abstinenz traf ihn der Alkohol wie eine feuchte, mit einem Bleirohr gefüllte Socke am Kopf.

»Neues Korollarium zum Sinn des Lebens.« Er sprach schon wieder leicht undeutlich. »Leben bedeutet vielleicht nicht Bowb, aber es kommt ihm verdammt nahe.« Er schob sein Glas vor. »Gib mir noch einen von der Sorte, Onkel Nancy.«

»Klar, Bill«, antwortete Onkel Nancy. »Kommt sofort.«

»He, Stadtmensch«, rief ihm AIs Stimme ins Ohr, ohne gefragt zu sein. »Was ist aus dem Boss geworden?«

Bill seufzte. »Ungefähr das gleiche, das dir zustoßen wird. Sir Dudley, wo immer Sie sind – können Sie mich hören? Glauben Sie, daß Sie dieses Implantat zusammen mit den übrigen entfernen können?«

In der Luft erschien eine Karte und fiel auf den Tisch. *»Dabei gibt es keine Schwierigkeiten, Bill. Genießen Sie es«*, stand darauf.

Es klingelte leise, Bills Ohr juckte, und das Implantat war fort.

»Ja also, Bill – jetzt sind nur noch wir beide übrig. Trink mit mir auf unseren Abschied. Der Krieg ist die Hölle.« Bgr leerte sein Glas.

Bill machte es ihm glücklich nach, trank noch ein Glas Bier, und die leise, süße Musik der Trunkenheit und des Vergessens flüsterte ihm bald wieder alkoholische Melodien zu.

Er bestellte noch ein Glas und legte dann seinen interessanten Fuß auf die Bar.

»Du weißt, Nancy«, sagte Bill.

»Was, Bill?« Onkel Nancy stellte ein weiteres Bier vor ihn und besiegelte damit seine alkoholische Zukunft.

»Der Fuß sieht gar nicht so schlecht aus. Ein Trooper sollte auf seine Füße stolz sein, ganz gleich, was er macht.«

»Ein verdammt hübscher Fuß, Bill«, sagte Onkel Nancy.

»Ja.« Bill trank von seinem frischen Bier, verlangsamte den Input und brauchte über eine Minute, um die beiden kaiserlichen Pinten zu gluckern. »Übrigens«, nuschelte er, »ich habe euch gerade den Sinn des Lebens erklärt – und ich habe keine Ahnung mehr, was ich gesagt habe.«

»Sehr einfach, alter Kumpel. Du hast gesagt, daß das Leben nicht Bowb bedeutet.«

»Das hast du gesagt, Bill«, bekräftigte Bgr von der Tür aus. »Das klingt vernünftig, nicht wahr? Auf Wiedersehen.«

»Du bist wirklich ein Chinger, und ich muß meine Pflicht erfüllen«, brabbelte Bill und tastete nach seinem Blaster. Aber die Tür war leer. Er seufzte und flüsterte die Inschrift, die auf seinem Grabstein stehen würde, laut.

»Barkeeper, noch einen Drink.«